作者简介

尹 贤 实名尹贤绪,诗人、诗论家。原籍四川武胜,在兰州铁一中任高中语文教师多年。《陇风》《甘肃诗词》创始人,主编。《中华大典·文学典·隋唐五代文学分典》编纂人之一。曾任《中国旅游名胜诗话》编委兼撰稿,国际炎黄文化出版社、银河出版社特约编审,《神州诗书画报》高级顾问。甘肃首届"联坛十老"。主要著作有《唐诗绝句选讲》《诗词写作指导》《对联写作指导》《新韵诗词曲选评》《望蜀斋诗文三集》《古人论诗创作》。诗词数获全国大赛等级奖、第三届龙文化金奖。兼写散文,诗论常发表于《中华诗词》。

诗词创作书坊

001

古人论诗创作
（增订本）

尹贤 / 选编

中国书籍出版社
China Book Press

图书在版编目（CIP）数据

古人论诗创作 / 尹贤选编. -- 北京：中国书籍出版社，2020.9
ISBN 978-7-5068-8009-1

Ⅰ.①古… Ⅱ.①尹… Ⅲ.①古典诗歌—诗歌创作—创作方法—研究—中国 Ⅳ.①I207.21

中国版本图书馆CIP数据核字（2020）第183745号

古人论诗创作

尹贤　选编

书坊策划	师　之
责任编辑	王志刚
责任印制	孙马飞　马　芝
封面设计	东方美迪
出版发行	中国书籍出版社
地　　址	北京市丰台区三路居路97号（邮编：100073）
电　　话	（010）52257143（总编室）　（010）52257140（发行部）
电子邮箱	eo@chinabp.com.cn
经　　销	全国新华书店
印　　厂	三河市双峰印刷装订有限公司
开　　本	787毫米×1092毫米　1/32
字　　数	300千字
印　　张	11.375
版　　次	2020年9月第1版　2020年10月第1次印刷
书　　号	ISBN 978-7-5068-8009-1
定　　价	58.00元

版权所有　翻印必究

序

易 行

　　毫不夸张地说，尹贤先生选编的这部《古人论诗创作》堪称古体诗词创作的《论语》，是诗家"必读"。当代诗词创作要提高，要崛起，不继承传统不行，继承传统不承古训也不行。历代先贤关于作诗填词制曲的论述，大都鞭辟入里，启人心智，开人眼界，不可不学，不可不用，而少量过时之论亦可参考鉴戒。也就是说对古训应该采取批判继承的态度。诗无达诂，亦无定法，不是说不能诂没有法，特别是格律诗，无法不成章，只不过是活法，而非死法。《古人论诗创作》重在讲活法，所以有很高的参考价值和实践价值。

　　全书共分三部分：一、总论诗词创作的动机、目的，以及立意、谋篇、布局、法度、变化、要诀与鉴戒，次论诗的表现艺术即手法、语言及继承、创新。二、分论古诗、律诗、绝句、词、曲等体类和山水诗、咏史诗、咏物诗、题画诗、赠答诗、讽喻诗等诗类。举凡诗词"要件"，赋比兴、起承转合、炼字炼句、用韵用典、通感对仗等，几乎无所不包。三、附论诗人的修为学养。这应该是比总论、分论更重要的"要论"。人们常说诗品出于人品。诗人的品格不高诗格怎么能高？诗人的品格高而学养不高也难成大器。所以诗人的"头等大事"是品性的修为、学识的积累、眼界的开拓。人的心境即诗境，只有有大胸襟、大抱负方能有大境界，古今皆然。从李杜、苏辛到鲁迅、毛泽东，哪个不是胸罗万象、思通今古、心怀天下的呢？由此看来《古人论诗创作》的三大部分，第一部分是纲，第二部分是目，第三部分则是举纲张目的帅。

尹贤先生以耄耋之身，选编《古人论诗创作》，用帅举纲张目，实属不易。笔者在几年前编写《中国诗学举要》时也专列一章古今贤达《论诗词创作》，深知阅选、翻检、核对资料的辛苦和难度。尹贤先生不辞辛苦不畏艰难，选编了这样一部有利于中华诗词复兴的"宝书"，而且加以简注，功莫大焉。联想到他数十年来对诗艺的孜孜以求，对诗词发展改革的殚精竭虑，怎能不让人肃然起敬！尹贤先生原本就是诲人不倦的语文教师，退休后却不退不休，不仅主编《甘肃诗词》，而且编著了《唐诗绝句选讲》《爱国诗词选讲》《诗词写作指导》《对联写作指导》《诗韵手册》《新韵诗词曲选评》等多种普及诗词基本知识、推动诗词改革创新的书籍。他对中华诗词发展的突出贡献，是有目共睹的。这也是我不知深浅，斗胆为这部《古人论诗创作》作序的原因。

癸巳年春于长天远日轩

易行，实名周兴俊，线装书局原总编辑，中华诗词研究院前副院长，中华诗词学会前副会长。编著有《诗词通变新论》《古今词范》《古韵新风·易行作品集》等。

目 录

序 …………………………………………………… 易行 1
总　论 …………………………………………………… 1
（一）诗的概念 ……………………………………………… 3
　《尚书》：诗言志，歌永言 …………………………… 3
　《礼记》：诗、歌、舞三者本于心 …………………… 3
　《毛诗序》：诗者志之所之，情动于中而形于言 …… 3
　《国语》：诗合意，歌咏诗 …………………………… 4
　挚虞：诗以情志为本 …………………………………… 4
　陆机：诗缘情而绮靡 …………………………………… 4
　刘勰：诗舒文载实，持人情性 ………………………… 4
　魏征等：诗歌咏情志 …………………………………… 4
　白居易：诗者，根情、苗言、华声、实义 …………… 5
　皎然：诗乃众妙之华实，《六经》之菁英 …………… 5
　范仲淹：诗之意出乎万物，其体甚大 ………………… 5
　严羽：诗吟咏情性，贵在兴趣 ………………………… 6
　郝经：诗乃文之至精者，以歌咏性情 ………………… 6
　李东阳：诗之体与文异，有声律讽咏 ………………… 7
　袁宏道：真诗是情至之语，自能感人 ………………… 7

吴乔：诗文不同，诗酿米而为酒 …………………… 8
田同之：声情并至之谓诗 ……………………………… 8
朱庭珍：诗言志又道性情，贵真意 …………………… 8

（二）创作动机目的 …………………………………… 9

司马迁：《诗》大抵贤圣发愤之所为作 ……………… 9
王逸：屈原作《离骚》上以讽谏，下以自慰 ………… 9
钟嵘：感荡心灵，形诸舞咏 …………………………… 10
刘勰：感物吟志 ………………………………………… 10
白居易：惟歌生民病，愿得天子知 …………………… 10
白居易：文章合为时而著，歌诗合为事而作 ………… 11
欧阳修：诗人之意，善者美之，恶者刺之 …………… 11
欧阳修：《花间集》作者可叹 ………………………… 11
魏庆之：作诗三不可 …………………………………… 12
杨载：古诗未尝有无为而作者 ………………………… 12
都穆：诗须有为而作 …………………………………… 12
谢榛：诗有天机，待时而发 …………………………… 13
陈子龙：古人不得已而作诗 …………………………… 13
陈子龙：作诗须导扬刺讥 ……………………………… 13
钱谦益：为诗必有深情蓄积于内 ……………………… 14
吴雷发：有意作诗不若诗来寻我 ……………………… 14
袁枚：诗从天籁来，或从人巧得 ……………………… 15
潘德舆：诗不可为人强作 ……………………………… 15
梁章钜：古人立言以感人为贵，欲人知其言之善 …… 16
何绍基：有为而作非必尽要庄重正大题 ……………… 16
刘熙载：诗不可一作不真 ……………………………… 17

陈廷焯：诗词不可以眩奇，争夺斗巧 …………………… 17

(三) 立意与篇章结构………………………………………… 18

陆机：收视反听，耽思旁讯 …………………………… 18

刘勰：为文先定三准 …………………………………… 18

刘勰：文章附辞会义，务总纲领，首尾周密，表里一体 19

吕本中：作诗须先立大意 ……………………………… 19

姜夔：作大篇尤当布置 ………………………………… 20

姜夔：篇终尾句 ………………………………………… 20

蔡梦弼：立意与布置 …………………………………… 20

魏庆之：诗意须次第开展 ……………………………… 21

陈善：文贵首尾相应 …………………………………… 22

王若虚：以意为主，字语为役 ………………………… 22

杨载：先立大意 ………………………………………… 22

杨载：诗要首尾相应 …………………………………… 23

陶宗仪：作乐府要凤头、猪肚、豹尾 ………………… 23

谢榛：起如爆竹，结如撞钟 …………………………… 23

谢榛：作诗不必先命意，意随笔生，不假布置 ……… 24

谢榛：大篇与小章之要 ………………………………… 24

王夫之：以意为帅 ……………………………………… 24

吴乔：一诗只立一意，起、中、结互相照应 ………… 25

吴乔：结句二法 ………………………………………… 25

沈德潜：结尾收束或放开一步，宕出远神 …………… 26

沈德潜：意在笔先 ……………………………………… 26

徐增：意向题上透出一层 ……………………………… 26

袁枚：欲作好诗，先要好题 …………………………… 27

袁枚：崇意 …………………………………………………… 27
赵翼：诗须妙选材，也须结构匠心裁 …………………… 27
冒春荣：作诗先须立意 …………………………………… 28
方东树：诗文须有顿挫 …………………………………… 28
刘熙载：《艺概》论篇章 ………………………………… 29
朱庭珍：作诗须相题之所宜 ……………………………… 29

（四）法度与变化 ………………………………………… 31

刘勰：执术驭篇，勿弃术任心 …………………………… 31
吕本中：学诗当识活法 …………………………………… 31
范温：以正体为本，自然法度行乎其间 ………………… 32
姜夔：诗出入变化，而法度不可乱 ……………………… 32
傅若金：作诗成法有起承转合 …………………………… 32
傅若金：诗法有正有变 …………………………………… 33
傅若金：诗法度可学而神意不可学 ……………………… 34
李东阳：唐人不言诗法 …………………………………… 34
李东阳：诗须有法，但不可泥 …………………………… 35
谢榛：法之奇正参伍 ……………………………………… 35
胡应麟：杜诗字、句、篇法之化 ………………………… 35
王夫之：有法而非死法 …………………………………… 36
王夫之：不必株守起承转收一法 ………………………… 37
毛先舒：诗无定法，亦不可讲法 ………………………… 38
叶燮：诗之法当乎理，确乎事，酌乎情 ………………… 38
王士禛：起承转合不可离 ………………………………… 38
沈德潜：以意运法，勿以意从法 ………………………… 39
徐增：作诗先从法入，后从法出 ………………………… 39

冒春荣：诗总不离起承转合四字 ……………………………… 39
　　朱庭珍：诗无定法而有定法，不守法亦不离法 ………… 40
（五）要诀与鉴戒 ………………………………………………… 42
　　释皎然：《诗式》论诗 …………………………………………… 42
　　魏泰：情贵隐 …………………………………………………… 43
　　陈师道：宁拙毋巧 ……………………………………………… 43
　　陈师道：以故为新，以俗为雅 ………………………………… 43
　　王直方：作诗八句诀 …………………………………………… 43
　　吕本中：初学诗不可靡丽 ……………………………………… 44
　　严羽：《沧浪诗话》论诗法 ……………………………………… 44
　　姜夔：白石道人说诗 …………………………………………… 45
　　魏庆之：《诗人玉屑》论作诗 …………………………………… 46
　　杨载：《诗法家数》论诗 ………………………………………… 46
　　李东阳：作诗须脱三气 ………………………………………… 48
　　谢榛：诗文不可无体、志、气、韵 ……………………………… 48
　　谢榛：佳句四关 ………………………………………………… 48
　　王世贞：诗勿四过 ……………………………………………… 49
　　王世贞：诗有四真 ……………………………………………… 49
　　王世懋：宜避重韵、重字、重意 ………………………………… 49
　　胡应麟：作诗大要不过体格声调、兴象风神 ………………… 50
　　陆时雍：诗之韵 ………………………………………………… 50
　　田同之：为诗四不可 …………………………………………… 50
　　吴乔：不以辞害志，不以韵害辞 ……………………………… 51
　　吴乔：诗以反常合道为趣 ……………………………………… 51
　　吴雷发：诗当为荔枝橄榄，不可为饧 ………………………… 51

沈德潜：前后语不可碍犯复 …………………………… 52
袁枚：味欲鲜，趣欲真 …………………………………… 52
袁枚：出新意、去陈言为第一着 ………………………… 52
袁枚：诗贵曲 …………………………………………… 53
袁枚：诗流三病：填塞书典，矢口而道，繁苛条规 …… 53
潘德舆：诗有一字诀：厚 ………………………………… 54
陈仅：诗在生熟、露隐、陈新之间 ……………………… 54
王寿昌：《小清华园诗谈》总论选录 …………………… 54
王寿昌：结句贵有味外之味、弦外之音 ………………… 55
施补华：诗戒小巧、俳优、粗俗 ………………………… 56

(六) 诗的表现艺术 …………………………………………… 57
1. 情、景、理、意、境 …………………………………… 57
司空图：诗有象外之象，景外之景 ……………………… 57
欧阳修：状难写之景，含不尽之意 ……………………… 57
司马光：意在言外 ………………………………………… 58
葛立方：苏轼知陶渊明谈理之诗 ………………………… 58
严羽：诗有别材别趣 ……………………………………… 59
胡仔：景以意会 …………………………………………… 59
姜夔：意与景 ……………………………………………… 59
范晞文：景无情不发，情无景不生 ……………………… 60
都穆：情与景会，景与情合 ……………………………… 60
朱承爵：诗妙在意境融彻 ………………………………… 61
谢榛：诗有四格：兴、趣、意、理 ……………………… 61
谢榛：景乃诗之媒，情乃诗之胚 ………………………… 62
陆时雍：善言情道景者 …………………………………… 62

王夫之：《姜斋诗话》论景情 …… 62
吴乔：诗以情为主，景为宾 …… 64
叶燮：诗之至在引人于冥漠恍惚之境 …… 65
叶燮：诗贵有不可言之理，不可述之事 …… 65
王世禛：妙在味外味 …… 66
贺裳：理与辞相辅而行，有无理而妙者 …… 67
沈德潜：托物言情 …… 67
沈德潜：诗入理趣 …… 68
黄图珌：景随情至，情由景生 …… 68
乔亿：景中须有意 …… 68
乔亿：景有神遇，有目接 …… 69
方东树：诗妙尤在情景交融 …… 69
刘熙载：借景言情 …… 69
刘熙载：尚理应不乏理趣 …… 70
刘熙载：理趣、理障之不同 …… 70
施补华：写景须曲肖此景 …… 70
沈祥龙：情景双绘，趣味无穷 …… 71
林纾：立意方能造境 …… 71
王国维：一切景语皆情语，有情语绝妙者 …… 71
王国维：言情写景应不隔 …… 72
王国维：《人间词话》论境界 …… 73

2. 真实与虚幻 …… 74

刘勰：酌奇玩华不失真实 …… 74
刘勰：意翻空而易奇，言征实而难巧 …… 74
刘勰：夸而有节，饰而不诬 …… 74

杜牧：李贺诗为《离骚》之苗裔 ······ 75
欧阳修：杜甫善陈时事，世号诗史 ······ 75
葛立方：李白《古风》言欲为神仙 ······ 76
魏庆之：豪句须不畔于理 ······ 76
刘克庄：诗不可舍真实而求虚幻 ······ 77
谢榛：写景述事宜实而不泥乎实 ······ 77
谢榛：景实而无趣，景虚而有味 ······ 78
谢榛：作诗不宜逼真，妙在含糊 ······ 78
陆时雍：诗之真趣在意似之间 ······ 78
归庄：情真景真，其词必工 ······ 79
李渔：传奇无实 ······ 79
叶燮：幽渺以为理，想象以为事，惝恍以为情 ······ 79
王士禛：诗取兴会超妙，不作记里鼓 ······ 80
吴乔：文虚做则无穷 ······ 81
沈德潜：失体之言 ······ 81
黄子云：情事景物要不离乎真实无伪 ······ 81
袁枚：考据家不可与论诗 ······ 82
刘熙载：寓真于诞，寓实于玄 ······ 82
王寿昌：诗有三真 ······ 82
王国维：诗有理想与写实二派 ······ 82

3. 个别性与概括性 ······ 83

司马迁：称文小而旨大，举类迩而义远 ······ 83
陆机：笼天地于形内 ······ 83
刘勰：比兴称名小，取类大 ······ 83
刘勰：写气图貌，以少总多 ······ 83

孔颖达：取众意以为己辞 ………………………………… 84
白居易：诗有普遍意义 …………………………………… 84
刘禹锡：片言可以明百意 ………………………………… 85
司空图：万取一收 ………………………………………… 85
苏轼：一点红解寄无边春 ………………………………… 85
王直方：动人春色不须多 ………………………………… 86
陈善：画工善体诗人意 …………………………………… 86
陆时雍：事多而寡用，言多而约出 ……………………… 86
何文焕：《江南春》善立题 ……………………………… 87

4. 赋比兴 ………………………………………………… 87

《毛诗序》：六义 ………………………………………… 87
王逸：《离骚》依诗取兴，引类譬喻 …………………… 88
郑玄等：汉晋唐宋学者释赋、比、兴 …………………… 88
洪迈：比兴引喻，实言以证 ……………………………… 90
魏庆之：苏轼诗长于譬喻 ………………………………… 90
罗大经：诗家喻愁 ………………………………………… 91
罗大经：兴多兼比赋 ……………………………………… 91
杨载：诗之体与诗之法 …………………………………… 92
李东阳：比兴皆托物寓情，言有尽而意无穷 …………… 92
吴乔：村歌俚曲无不暗合兴、赋、比 …………………… 93
吴乔：比兴不可失 ………………………………………… 93
庞垲：诗以赋为主 ………………………………………… 93
吴雷发：勿以兴比高于赋 ………………………………… 94
沈德潜：比兴互陈，言浅情深 …………………………… 94
李重华：诗得力于兴、比、赋 …………………………… 94

洪亮吉：唐诗人尚多比兴 …………………………… 95
施补华：诗用比兴之妙 ……………………………… 95
陈廷焯：比兴低回深婉，极沉极郁 ………………… 96

5. 用典 …………………………………………… 97
钟嵘：吟咏情性不贵用事 …………………………… 97
吕本中：用典亦文章之妙 …………………………… 97
魏泰：作诗不可专缀古人未使之事与奇字 ………… 98
周紫芝：事在语中而人不知 ………………………… 98
黄彻：用事不拘故常 ………………………………… 98
魏庆之：文章当从三易，用事不使人觉 …………… 99
魏庆之：用事要如水中着盐 ………………………… 99
魏庆之：反其意而用之 ……………………………… 99
杨载：用事只使影子 ………………………………… 100
胡应麟：用事的意义、源流及范例 ………………… 100
王世懋：善使事者勿为事所使 ……………………… 101
王士禛：诗用事以不露痕迹为高 …………………… 101
王士禛：用事脱化 …………………………………… 102
沈德潜：实事贵用之使活，熟语贵用之使新 ……… 102
沈德潜：诗有无故实而自高者 ……………………… 102
刘熙载：用事贵无事障 ……………………………… 103
朱庭珍：融化剪裁，运古语如己出 ………………… 103

6. 对仗 …………………………………………… 104
刘勰：言对、事对、反对、正对 …………………… 104
王直方：诗不可泥于对属 …………………………… 105
蔡启：晋宋诗人造语之病 …………………………… 105

吴可：宁对不工，不可使气弱 …… 106
葛立方：对偶太切并不俗 …… 106
葛立方：骈句不足为法 …… 106
洪迈：诗文有当句对 …… 107
胡仔：对仗要合乎事理 …… 107
魏庆之：六对、八对 …… 108
魏庆之：对仗贵自然，无斧凿痕 …… 108
魏庆之：借对 …… 109
罗大经：诗互体 …… 109
范晞文：老杜对句有终非法者 …… 110
胡应麟：作诗最忌合掌 …… 110
毛先舒：对仗精整，须审平侧 …… 110
吴雷发：诗有自然成对处 …… 111
薛雪：要通体稳称，上下句悉敌 …… 112
冒春荣：律诗对仗的多种形式 …… 112
钟秀：对法不可太近太远 …… 114

（七）诗的语言 …… 115

司马迁：《离骚》文约辞微 …… 115
钟嵘：陶渊明诗省净，辞兴婉惬 …… 115
钟嵘：古今胜语多由直寻 …… 115
刘勰：情者文之经，为情造文要约写真 …… 116
释皎然：诗须修饰，要苦思 …… 116
欧阳修：理有不通亦语病 …… 117
吴坰：好诗流走如弹丸，浏亮明白 …… 117
释惠洪：夺胎换骨 …… 118

黄庭坚：点铁成金 …………………………………… 119
叶梦得：意与言会，言随意遣 …………………………… 119
叶梦得：诗语天然工妙，巧而不见刻削痕 ………… 119
周紫芝：街谈市语皆可熔化入诗 ……………………… 120
吕本中：诗中响字 …………………………………… 120
陈善：诗语是妙思逸兴所寓 ……………………………… 121
葛立方：勿涉陈腐怪奇语 ………………………………… 121
葛立方：平淡而天然则善 ………………………………… 121
胡仔：形似语与激昂语 …………………………………… 122
胡仔：诗句以一字为工 …………………………………… 122
胡仔：诗语不可太熟 ……………………………………… 123
杨万里：诗有惊人句 ……………………………………… 123
杨万里：以故为新，夺胎换骨 …………………………… 124
姜夔：语贵含蓄 …………………………………………… 124
范晞文：诗在意远，词不贵乎多 ………………………… 125
元好问：一语天然万古新 ………………………………… 125
杨载：诗要炼字 …………………………………………… 126
李东阳：诗当可解 ………………………………………… 126
李东阳：诗贵不经人道语 ………………………………… 126
李东阳："一"改"半"字 ………………………………… 127
都穆：妙语出天然 ………………………………………… 127
杨慎：大家作诗取其流畅 ………………………………… 127
俞弁：吐语操词不用奇 …………………………………… 128
俞弁：白居易诗善用俚语 ………………………………… 128
王世贞：研精殚思，字必推敲 …………………………… 129

胡应麟：语浅意深、语近意远为最上乘 …………… 129

胡应麟：巧而不尖，奇而不诡 …………………… 129

陆时雍：绝去形容，独标真素 …………………… 130

李渔：琢句炼字须新而妥，奇而确 ………………… 130

王夫之：诗有灵通之句，勿但求巧 ………………… 131

毛先舒：古来流传俊句举例 ……………………… 132

顾嗣立：古人论诗，一字不苟 …………………… 132

叶燮：陈熟与生新相济 ………………………… 133

吴雷发：精炼兼宕流利 ………………………… 134

贺贻孙：名手炼句炼字皆臻化境 ………………… 134

沈德潜：古人不废炼字法 ……………………… 134

沈德潜：议论须带情韵以行 …………………… 134

李重华：诗不可一味模糊不可解 ………………… 135

薛雪：古歌辞语短意长 ………………………… 135

袁枚：用意要精深，下语要平淡 ………………… 136

袁枚：一字师 ………………………………… 136

袁枚：双字勿单用一字 ………………………… 137

赵翼：奇警与坦易 ……………………………… 137

何绍基：诗要说自家的话 ……………………… 138

何绍基：佳句乃自然流出 ……………………… 138

何绍基：诗贵有奇趣 …………………………… 138

刘熙载：至语本常语，出色而本色 ……………… 139

樊增祥：专取清新，扫空陈言 ………………… 139

黄遵宪：我手写吾口，古岂能拘牵 ……………… 139

（八）继承与创新 …………………………………………… 140

陆机：谢朝华于已披，启夕秀于未振 …………………… 140

刘勰：体必资于故实，数必酌于新声 …………………… 140

刘勰：古来辞人因革以为功 ………………………………… 141

萧子显：文无新变，不能代雄 ……………………………… 141

吕本中：作诗不应只规摹古人 ……………………………… 141

蔡梦弼：虽有所袭，而语益工 ……………………………… 142

魏庆之：自名一家，忌随人后 ……………………………… 142

赵秉文：为诗当尽得古人所长，自成一家 ………………… 143

谢榛：赋诗要有英雄气象 …………………………………… 143

谢榛：诗法前贤，青愈于蓝 ………………………………… 144

袁宏道：孤行不可无，雷同不可有 ………………………… 144

顾炎武：诗文不得不变，李杜似而未尝似前人 …………… 144

叶燮：不寄人篱下，宁甘作偏裨 …………………………… 145

叶燮：自我作诗，必言前人所未言 ………………………… 145

袁枚：诗有工拙，而无今古 ………………………………… 146

袁枚：著我 …………………………………………………… 146

赵翼：天工人巧日争新 ……………………………………… 147

朱庭珍：诗中有我 …………………………………………… 147

朱庭珍：融贯众妙，别铸真我 ……………………………… 148

延君寿：不可刻意求新，非谓不当新 ……………………… 148

梁启超：诗界革命须革其精神，非革其形式 ……………… 148

分 论 ··· 149

（一）诗体 ····································· 151

1. 古诗 ·· 151

杨载：古诗要法 ······························ 151

范德机：《木天禁语》论古诗篇法 ········· 152

李东阳：长篇诗须有节奏，有委曲 ········ 154

李东阳：古歌辞贵简远 ······················ 154

王世贞：歌行三难 ···························· 154

贺贻孙：尽与不尽 ···························· 155

毛先舒：古风长篇构局法 ··················· 155

王士禛：七言古诗平仄韵法度之异同 ····· 156

徐增：作古诗之忌 ···························· 156

徐增：古诗贵质朴、紧严 ··················· 156

沈德潜：古诗篇法 ···························· 156

沈德潜：古诗转韵 ···························· 157

赵翼：吴伟业古诗擅长转韵 ················ 158

冒春荣：五言古诗是诗之根本 ············· 159

刘熙载：五七言之别 ························· 159

施补华：五古宁拙毋巧 ······················ 160

朱庭珍：转韵七古不戒律句 ················ 160

钟秀：歌行忌平衍滞碍 ······················ 160

2. 律诗 ·· 161

范温：律诗法同文章，意若贯珠 ·········· 161

葛立方：五言律诗有十字格 ················ 161

严羽：五言律诗有多体 ······················ 162

胡仔：七言律诗之变体 …………………………… 162
胡仔：律诗有扇对格 ……………………………… 163
范晞文：五律第三字拗能出奇 …………………… 163
杨载：律诗要法 …………………………………… 164
谢榛：律诗重在对偶，妙在虚实 ………………… 165
王世贞：七言律篇法、句法、字法 ……………… 165
胡应麟：近体莫难于七言律 ……………………… 166
胡应麟：五律七律绝譬 …………………………… 166
胡震亨：七言拗律有所不足，非唐风之正 ……… 167
徐师曾：排律以布置有序、首尾通贯为尚 ……… 167
吴乔：唐人七律有定法，但勿固定 ……………… 167
吴乔：律诗有用和不用起承转合之二体 ………… 168
沈德潜：律诗收束法 ……………………………… 169
沈德潜：长律所尚在气局严整，开阖相生 ……… 169
金人瑞等：明清人论律诗中二联 ………………… 170
袁枚：起结句之妙者 ……………………………… 173
李重华：七律章法不出杜诗范围 ………………… 173
冒春荣：《葚原诗说》论律诗章法 ……………… 174
洪亮吉：七律正宗 ………………………………… 175
厉志：五律是众诗之基 …………………………… 175
刘熙载：《艺概》论律诗 ………………………… 176
施补华：《岘佣说诗》论五言律诗 ……………… 176
钟秀：律诗忌平头截腰 …………………………… 178

3. 绝句 ……………………………………………… 178

杨万里：五七言绝句最难工 ……………………… 178

杨载：绝句之法 …………………………………… 179
王世贞：五言绝句之难 …………………………… 179
胡应麟：五七言绝句之异同 ……………………… 179
胡应麟：绝句最贵含蓄 …………………………… 180
王夫之：绝句之由来 ……………………………… 180
王夫之：五言绝句宜有势 ………………………… 181
张谦宜：绝句与律法无异 ………………………… 181
沈德潜：《说诗晬语》论绝句 …………………… 182
沈德潜：七言绝句贵言微旨远，语浅情深 ……… 183
冒春荣：五言绝句正格为言止而意不尽 ………… 183
冒春荣：五绝务从小中见大 ……………………… 184
冒春荣：绝句体最多变局 ………………………… 184
潘德舆：五七言绝句之难 ………………………… 185
潘德舆：七言绝句以第三句为主是臆说 ………… 185
施补华：《岘佣说诗》论绝句 …………………… 186
刘熙载：绝句取径贵深曲 ………………………… 188
刘熙载：绝句小中见大 …………………………… 188
钟秀：五七绝贵以神行 …………………………… 188
胡震亨等：明清人论《竹枝词》 ………………… 188

4. 词 …………………………………………… 189

李清照：词别是一家 ……………………………… 189
张炎：词用虚字呼唤 ……………………………… 190
张炎：词要清空 …………………………………… 191
沈义父：《乐府指迷》论词 ……………………… 191
陆辅之：词须血脉贯穿，过片不可断意 ………… 192

俞彦：好词一字未易改 ································· 193
杨慎："斜阳暮"非复 ································· 193
李渔：词上不似诗，下不类曲 ························· 194
李渔：一气如话 ······································· 194
沈谦：填词杂说 ······································· 195
贺裳：词险丽不及本色语妙 ··························· 196
贺裳：小词三不可 ···································· 196
沈雄：五七字句须辨句法 ····························· 197
沈雄：经书语入词非第一义 ··························· 197
郭麟：词之体派 ······································· 198
周济：非寄托不入，专寄托不出 ······················· 198
周济：词妙在换头煞尾 ······························· 199
孙麟趾：作词十六要诀 ······························· 199
刘熙载：《艺概》论词 ································ 200
俞樾：词大率婉媚深窈 ······························· 201
陈廷焯：词贵沉郁 ···································· 201
沈祥龙：《论词随笔》论词 ···························· 202
王国维：《人间词话》论词 ···························· 205

5. 曲 ··· 207
王世贞：《作词十法》要点 ···························· 207
王骥德：《曲律》论戏曲 ······························ 208
徐渭：文而晦不若俗鄙易晓 ··························· 213
凌濛初：曲贵当行，不贵藻丽 ························· 213
李渔：元曲绝无书本气 ······························· 214
黄周星：制曲之难易 ································· 214

黄周星：制曲之诀 ·················· 215
黄图珌：曲贵乎口头言语，化俗为雅 ······· 216
陈栋：本色语不可离趣，矜丽语不可入深 ····· 216
刘熙载：《艺概》论曲 ················ 217

（二）诗类 218

1. 山水诗 218

周紫芝：作诗正要写所见 ·············· 218
葛立方：钱塘风物入诗多 ·············· 218
杨载：登临诗有一定之法 ·············· 219
杨慎：陈尧佐诗咏东南之美 ············· 219
谢榛：情景有异同，作者须异其同 ········· 220
谢榛：假山川以发豪兴 ··············· 220
叶燮：游览诗不可作应酬山水语 ·········· 221
宋征璧：自然妙境 ················· 221
王士禛：写实景宛然在目 ·············· 221
张谦宜：古诗写景如写意 ·············· 222
沈德潜：游山诗勿失山水真面目 ·········· 222
翁方纲：山水各有地方特色 ············· 222
厉志：偶然感触方有好诗 ·············· 223
朱庭珍：山水诗应有内心，传山水之性情精神 ··· 223

2. 咏史怀古诗 225

叶梦得：歌风台题诗不凡 ·············· 225
张戒：李商隐咏史用事似僻，意则甚远 ······ 225
都穆：杜牧、王安石咏项羽 ············ 226
杨慎：晚唐希声马戴诗 ··············· 227

王士禛：咏息夫人诗有所不同 …………………………… 227
贺贻孙：杜牧《赤壁》风华蕴藉 …………………………… 228
贺裳：翻案贵入情 …………………………………………… 229
叶矫然：同题始皇陵诗各有其妙 …………………………… 229
乔亿：咏史诗须使人一唱三叹 ……………………………… 230
沈德潜：咏古诗避雷同剿说 ………………………………… 230
沈德潜：咏史不必粘着一事，须写己怀抱 ………………… 231
沈德潜：怀古诗必切时地 …………………………………… 231
方世举：《西塞山怀古》章法之妙 ………………………… 231
袁枚：咏史须有新义味永 …………………………………… 232
袁枚：怀古诗不以详核为佳 ………………………………… 232
王寿昌：吊古诗须褒贬森严 ………………………………… 233
朱庭珍：出新奇以正大之域，融议论于神韵之中 ………… 235
朱庭珍：怀古七绝既须新警，复须深情远韵 ……………… 236

3. 咏物诗 ……………………………………………………… 237
阮阅：此咏物非诗 …………………………………………… 237
张戒：咏物须各相称 ………………………………………… 237
杨载：咏物诗要托物以伸意 ………………………………… 238
胡应麟：杜甫咏物自开堂奥 ………………………………… 238
胡应麟：咏物须有格调，切而不觉其切 …………………… 238
王骥德：咏物妙在不即不离，如灯镜传影 ………………… 239
王夫之：即物达情，勿带匠气 ……………………………… 239
吴乔：咏物诗贵活句，贱死句 ……………………………… 240
邹祗谟：咏物取形不如取神 ………………………………… 241
王士禛：咏物须不粘不脱 …………………………………… 241

吴雷发：咏物诗论工拙，不必计较寓意 ……… 241
李重华：咏物诗两法 ……… 242
张谦宜：咏物贴切亦须超脱变化，有自家意思 ……… 242
洪亮吉：咏月诗佳者多 ……… 243
施补华：同一咏蝉，比兴不同 ……… 243
施补华：咏物必有寄托 ……… 244
蒋敦复：咏物贵得风人比兴之旨 ……… 244
王寿昌：咏物诗之切、工、精、妙 ……… 245
陈仅：咏物以寓兴见我为上 ……… 245
朱庭珍：咏物诗最难见长，杜甫小诗妙绝时人 ……… 246

4. 题画诗 ……… 246
曾季狸：《明皇夜游图》诗讽当时 ……… 246
葛立方：苏黄等题惠崇小景 ……… 247
葛立方：王安石题燕画山水 ……… 247
杨慎：东坡诗画论有偏 ……… 248
瞿佑：黄庭坚题《浣花醉归图》 ……… 248
谢榛：白居易《画竹歌》难得 ……… 248
王士禛：倪云林自题画 ……… 249
张谦宜：《絸斋诗谈》评前人题画诗 ……… 249
沈德潜：题画不粘画上发论 ……… 250
陈仅：题画诗中须有人在 ……… 251
乔亿：题画诗概况 ……… 251
袁枚：题画诗最妙者 ……… 252
潘德舆：题赵孟頫画者率寓讥刺 ……… 252

5. 酬赠诗 ·············· 253

刘攽：赓和诗有次韵、依韵、用韵 ·············· 253
阮阅：陶宏景答南齐帝诗 ·············· 254
洪迈：和诗当和意 ·············· 254
杨万里：投人诗文须知语忌 ·············· 255
严羽：赠答多相勉 ·············· 255
杨载：赠别诗当写不忍之情 ·············· 256
杨载：赞美宜的当亲切，勿过与不及 ·············· 256
杨载：赓和诗当观原诗之意 ·············· 257
杨载：哭挽诗要情真事实 ·············· 257
李东阳：近时挽寿诗之病 ·············· 257
王世贞：和韵联句易为害而无大益 ·············· 258
贺贻孙：卢谌、刘琨相赠诗佳 ·············· 258
叶燮：题是应酬，诗自我作 ·············· 258
叶矫然：古人送别意实相师 ·············· 259
李重华：酬赠诗须辨别侪类 ·············· 260
沈德潜：应酬诗须切人切地，流露己之情性 ·············· 260
潘德舆：杜诗应酬之作不佳 ·············· 260
袁枚：王士禛五戒 ·············· 261
朱庭珍：真诗不得谓之应酬，诗家不登应酬为妙 ·············· 261
梁章钜：诗以应酬世故不如不作 ·············· 262

6. 时事讽谕诗 ·············· 262

《毛诗序》：诗以正得失，移风俗 ·············· 262
白居易：《新乐府》系于意不系于文 ·············· 263
魏泰：王逵嘲贪腐吏 ·············· 263

陈岩肖：杜甫诗多纪时事 ········· 264
蔡梦弼：杜甫讥时事诗 ········· 264
杨载：讽谏诗要忠厚恳恻，多借此喻彼 ········· 264
瞿佑：刘禹锡讥刺朝士并及君上，诗多感慨 ········· 265
沈德潜：直诘易尽，婉道无穷 ········· 265
沈德潜：诗意在或不在文辞之中 ········· 266
薛雪：世人喜爱触景垂戒之作 ········· 266
赵翼：吴伟业诗多有关于时事之大者 ········· 267
潘德舆：讥讽诗尤须蕴藉 ········· 268
王寿昌：刺恶诗贵字挟风霜 ········· 269
沈祥龙：感时之作借景以形之 ········· 270

附 论 ········· 271

（一）诗的评赏 ········· 273

1.评赏的态度、方法与准则 ········· 273

《孟子》：说诗应以意逆志 ········· 273
刘勰：务先博观，无私不偏 ········· 273
刘勰：阅文须六观 ········· 274
钟嵘：味之无极，闻之动心 ········· 274
令狐德棻：文章贵调远、旨深、理当、辞巧 ········· 274
刘攽：诗以意为主 ········· 275
苏轼：名实不可欺，高下付众口 ········· 275
黄彻：以意为上 ········· 275
黄彻：诗人之言不足为实 ········· 276
陈俊卿：诗要中存风雅，外严律度，有补于时 ········· 276

张戒：诗语以中的为工，不可预设法式 …………… 276
张戒：意、文、词、理，不可一偏 …………… 277
张表臣：诗要看气韵、格力 …………… 277
张表臣：非亲有体验者不能识诗语之妙 …………… 278
张表臣：含蓄天成为上，破碎雕锼为下 …………… 278
朱熹：诗视其志之高下 …………… 279
严羽：《沧浪诗话》论诗 …………… 279
刘克庄：诗以简澹、微婉、轻清、虚明为佳 …………… 279
元好问：诗之工与病 …………… 280
杨载：作诗要正大雄壮 …………… 280
高启：诗之要有格、意、趣 …………… 280
李东阳：意贵远贵淡 …………… 281
谢榛：解诗勿泥其迹 …………… 281
王骥德：曲之神品绝技 …………… 281
吴乔：诗如陶杜者为上 …………… 282
吴乔：诗贵有含蓄不尽之意 …………… 282
王夫之："兴观群怨"以辨诗 …………… 283
贺贻孙：诗贵厚 …………… 283
吴雷发：勿以一首一句便定人高下 …………… 284
吴雷发：诗贵一气贯注，写出眼前道理 …………… 284
乔亿：诗当论性情、风韵 …………… 284
薛雪：听谈诗须竖起脊梁，撑开慧眼 …………… 285
徐增：论诗须细心探讨 …………… 285
袁枚：论诗勿随声，要审音 …………… 286
袁枚：入人心脾便是佳诗 …………… 286

朱庭珍：诗以超妙为贵 …………………………………… 286
方南堂：风雅之正传 ……………………………………… 287
方南堂：先辨是诗非诗 …………………………………… 287
陈廷焯：不容穿凿，必须考镜 …………………………… 287
王国维：大家之言情写景 ………………………………… 288
樊志厚：文学之工不工视其意境之有无与深浅 ………… 288

2. 评赏举例 ………………………………………………… 289
钟嵘：陶潜是古今隐逸诗人之宗 ………………………… 289
阮阅：司空图与杜甫诗之比较 …………………………… 289
叶梦得："池塘生春草"之工 …………………………… 290
叶梦得：杜诗善用虚字 …………………………………… 290
叶梦得：独爱"初日芙蕖"与"弹丸脱手" …………… 291
杨万里：苏轼《煎茶》诗之意味 ………………………… 291
严羽：《沧浪诗话》评诗 ………………………………… 292
魏庆之：臞翁诗评 ………………………………………… 293
李东阳：黄庭坚诗如熊蹯鸡跖 …………………………… 294
王世贞：《孔雀东南飞》：长篇之圣 …………………… 294
王世贞：李杜之优劣 ……………………………………… 294
胡应麟：《敕勒歌》浑朴莽苍 …………………………… 295
施闰章：唐人绝句有直述而自然入妙 …………………… 296
贺贻孙：宋末诗人悲愤尽泄于诗，情真语切 …………… 296
王士禛：诗之逸品 ………………………………………… 297
叶矫然：《锦瑟》诗用事写意 …………………………… 297
袁枚：妙在孩子语 ………………………………………… 298
赵翼：论陆游古今体诗 …………………………………… 298

管世铭：古近各体诗声不同 299
施补华：杜甫《月夜》无笔不曲 299
陈廷焯：苏辛并称，绝不相似 300
陈廷焯：稼轩词之笔力与绝技 301

（二）诗人修养 302

屈原：《离骚》语录 302
司马迁：屈原志可与日月争光 302
陶渊明：陶渊明著文自娱，忘怀得失 303
曹丕：文人勿相轻，应审己以度人 303
刘勰：才为盟主，学为辅佐 304
刘勰：词人勿务华弃实 304
杜甫：读书破万卷，下笔如有神 304
杜甫：不薄今人，转益多师 305
韩愈：立言者无诱于势利，应养根而俟实 305
欧阳修：穷者之言易工 305
苏轼：勤读多为，文字自工 306
陈师道：欧阳修为文有三多 306
吕本中：文字频改，工夫自出 306
葛立方：艰危困踬，不忘制述 307
陆游：工夫在诗外 308
陆游：有是实乃有是文 308
沈祥龙：有才而淫于富贵，移于贫贱，得不偿失 309
严羽：入门须正，立志须高 309
范开：器大声必闳，志高意必远 309
刘克庄：诗人应有忧民之念 310

元好问：工诗必生死于诗，反复锻炼 …………… 310
方回：诗人须有博识奇思 …………………………… 311
辛文房：文人应文德兼备 …………………………… 311
宋濂：诗人须备才、功、师友、咏吟、江山助五美 … 311
都穆：心画心声有失真者 …………………………… 312
都穆：诗须苦吟 ……………………………………… 312
都穆：读书与为诗 …………………………………… 313
谢榛：作诗勿自满 …………………………………… 313
谢榛：集众长合而为一 ……………………………… 314
袁宗道：士先器识而后文艺 ………………………… 314
黄宗羲：作诗当性情、才识、火候三到 …………… 315
归庄：立德为立言之本 ……………………………… 315
叶燮：文人须才胆识力四者相济，以识为先 ……… 316
王士禛：根柢原于学问，兴会发于性情 …………… 316
吴雷发：才识居读、做、讲究之先 ………………… 317
孔尚任：诗友应真实切磋，不以面谀为知己 ……… 317
李沂：学诗八字诀 …………………………………… 318
沈德潜：有第一等襟抱学识，斯有第一等真诗 …… 318
徐增：人高诗高，人俗诗俗 ………………………… 318
薛雪：作诗必先有诗之基 …………………………… 318
乔亿：诗文名不可以口舌争、势力取 ……………… 319
袁枚：多师是我师 …………………………………… 319
袁枚：读万卷书，行万里路，缺一不可 …………… 319
洪亮吉：诗人大节不可亏 …………………………… 320
何绍基：临大节而不可夺，谓之不俗 ……………… 320

曾国藩：读书要慎择 …………………………………… 320
刘熙载：诗人忧乐过人 …………………………………… 321
朱庭珍：平心静气，公道持论 …………………………… 321
王国维：大诗人其人格自足千古 ………………………… 322
王国维：成大事业大学问者必经三种境界 ……………… 322
王国维：诗人对宇宙人生须入乎其内，出乎其外 …… 323

后　记………………………………………………… 325

内容提要…………………………………………………… 327

总论

（一）诗的概念

《尚书》

诗言志，歌永言

诗言志，歌永言，声依永，律和声①。

《尚书·尧典》 十三经注疏本《尚书正义》

① 四句是舜帝之言。《史记·五帝本纪》作"诗言意，歌长言，声依永，律和声。"永言，意即为咏唱。律和声，用音律来调节歌声。

《礼记》

诗、歌、舞三者本于心

诗，言其志也；歌，咏其声也；舞，动其容也。三者本于心，然后乐器从之。是故情深而文明，气盛而化神，和顺积中而英华发外，惟乐不可以为伪。

《礼记·乐记》 十三经注疏本《礼记正义》

《毛诗序》

诗者志之所之，情动于中而形于言

诗者，志之所之也，在心为志，发言为诗。情动于中而形于言。言之不足，故嗟叹之；嗟叹之不足，故永歌之；永歌之不足，不知手之舞之足之蹈之也。

《毛诗序》 十三经注疏本《毛诗正义》

《国语》

诗合意，歌咏诗

诗所以合意，歌所以咏诗也。

《国语·鲁语下》 上海古籍出版社排印本

挚虞

诗以情志为本

夫诗虽以情志为本，而以成声为节。

〔晋〕挚虞《文章流别论》 中华书局《艺文类聚》卷五十六

陆机

诗缘情而绮靡

诗缘情而绮靡，赋体物而浏亮。

〔晋〕陆机《文赋》 上海古籍出版社《文选》卷十七

刘勰

诗舒文载实，持人情性

大舜云：诗言志，歌永言。圣谟所析，义已明矣。是以在心为志，发言为诗，舒文载实，其在兹乎！诗者，持①也，持人情性。

〔梁〕刘勰《文心雕龙·明诗》 人民文学出版社范注本
①持，扶持端正。

魏征等

诗歌咏情志

诗者，所以导达心灵，歌咏情志者也。

〔唐〕魏征等《隋书·经籍志》　中华书局排印本

白居易

诗者，根情、苗言、华声、实义

感人心者，莫先乎情，莫始乎言，莫切乎声，莫深乎义。诗者，根情，苗言，华声，实义①。

〔唐〕白居易《与元九书》　中华书局《白居易集》卷四十五
①四句说，感情是诗的根本，语言是它的枝叶，声韵是它的花朵，思想意义是它的果实。

皎然

诗乃众妙之华实，《六经》之菁英

夫诗者，众妙之华实，《六经》①之菁英，虽非圣功，妙均于圣。彼天地日月，玄化之渊奥，鬼神之微冥，精思一搜，万象不能藏其巧。其作用也，放意须险②，定句须难，虽取由我衷，而得若神表。至如天真挺拔之句，与造化争衡，可以意冥③，难以言状，非作者不能知也。

〔唐〕皎然《诗式》　《十万卷楼丛书》本
①《六经》，儒家六部经典，《诗》《书》《礼》《易》《春秋》五经加《乐经》。
②句意是立意要新奇。
③意冥，意会。冥，暗合。

范仲淹

诗之意出乎万物，其体甚大

诗之为意也，范围乎一气，出入乎万物，卷舒变化，其体甚大。故夫喜焉如春，悲焉如秋，徘徊如云，峥嵘如山，高乎如日星，远乎如神仙，森如武库，锵如乐府。羽翰乎教化之声，献酬乎仁义之醇，上以德于君，下以风于民。不然，何以动天地而感鬼神哉？

〔宋〕范仲淹《唐异诗序》　《四部丛刊》本《范文正公集》卷六

严羽

诗吟咏情性，贵在兴趣

诗者，吟咏情性也。盛唐诸人，惟在兴趣①；羚羊挂角，无迹可求②。故其妙处，透彻玲珑，不可凑泊③。如空中之音，相中之色，水中之月，镜中之象，言有尽而意无穷。近代诸公乃作奇特解会，遂以文字为诗，以才学为诗，以议论为诗；夫岂不工，终非古人之诗也，盖于一唱三叹之音，有所歉焉。且其作多务使事④，不问兴致，用字必有来历，押韵必有出处，读之反复终篇，不知着到何处。其末流甚者，叫噪怒张，殊乖忠厚之风，殆以骂詈为诗。诗而至此，可谓一厄也。

〔南宋〕严羽《沧浪诗话·诗辨》　何文焕辑《历代诗话》本

①兴趣，诗的意境韵味。

②二句比喻意境超脱，不露雕琢痕迹。典故原出佛家语，相传羚羊有神，夜宿防患，以角挂树而不显露。

③二句说，意象空明灵活，不可捉摸。凑泊，靠近。

④使事，用事，使用典故。

郝经

诗乃文之至精者，以歌咏性情

诗，文之至精者也。所以歌咏性情，以为风雅。故抒写襟素，托物寓怀，有言外之意，意外之味，味外之韵。凡喜怒哀乐蕴而不尽发，托于江花野草风云月露之中，莫非仁义礼智、喜怒哀乐之理。依违而不正言，恣睢而不迫切，若初无与于己，而读之者感叹激发，始知己之有罪焉。

〔元〕郝经《与撒彦举论诗书》 人民文学出版社《宋金元文论选》录自《郝文忠公集》

李东阳

诗之体与文异，有声律讽咏

诗之体与文异，……以其有声律讽咏，能使人反复讽咏，以畅达情思，感发志气，取类于鸟兽草木之微，而有益于名教政事之大。必其识足以知其窔奥[①]，而才足以发之，然后为得及天机物理之相感触，则有不烦绳墨而合者。诗非难作，而不易作也。

〔明〕李东阳《沧洲诗集序》 清刻本《怀麓堂集》文卷五

①窔（yào 耀）奥，堂室之内，室隅深处。

袁宏道

真诗是情至之语，自能感人

大概情至之语，自能感人，是谓真诗，可传也。而或者以太露病之，曾不知情随境变，字逐情生，但恐不达，何露之有？且《离骚》一经，忿怼之极，党人偷乐，众女谣诼，不揆中情，信谗赍怒，皆明示唾骂，安在所谓怨而不伤者乎？

〔明〕袁宏道《叙小修诗》 上海古籍出版社《袁宏道集笺校》卷四

吴乔

诗文不同,诗酿米而为酒

文之词达,诗之词婉。书以道政事,故宜词达;诗以道性情,故宜词婉。意喻之米,饭与酒所同出。文喻之炊而为饭,诗喻之酿而为酒。文之措词必副乎意,犹饭之不变米形,啖之则饱也。诗之措词不必副乎意,犹酒之变尽米形,饮之则醉也。

〔清〕吴乔《围炉讲话》卷一 郭绍虞辑《清诗话续编》本

田同之

声情并至之谓诗

声情并至之谓诗,而情至者每直道不出,故旁引曲喻,反复留连,而隐隐言外,令人寻味而得。此风人之旨,所以妙极千古也。

〔清〕田同之《西圃诗说》 郭绍虞辑《清诗话续编》本

朱庭珍

诗言志又道性情,贵真意

诗所以言志,又道性情之具也。性寂于中,有触则动,有感遂迁,而情生矣。情生则意立,意者志之所寄,而情流行其中,因托于声以见于词,声与词意相经纬以成诗,故可以章志贞教、怡性达情也。是以诗贵真意。真意者,本于志以树骨,本于情以生文,乃诗家之源,即诗家之先天。

〔清〕朱庭珍《筱园诗话》卷四 郭绍虞辑《清诗话续编》本

（二）创作动机目的

司马迁

《诗》大抵贤圣发愤之所为作

夫《诗》《书》隐约者，欲遂其志之思也。昔西伯拘羑里①，演《周易》；孔子厄陈、蔡，作《春秋》；屈原放逐，著《离骚》；左丘失明，厥有《国语》；孙子膑脚，而论兵法；不韦迁蜀，世传《吕览》；韩非囚秦，《说难》《孤愤》；《诗》三百篇，大抵贤圣发愤之所为作也。此人皆意有所郁结，不得通其道也，故述往事，思来者。

〔西汉〕司马迁《史记·太史公自序》　中华书局排印本

①西伯，周文王姬昌。羑（yǒu 友）里，古城名，在今河南汤阴北。相传周文王被纣王拘禁在羑里时推演《周易》八卦为六十四卦。

王逸

屈原作《离骚》上以讽谏，下以自慰

屈原履忠被谮，忧悲愁思，独依诗人之义，而作《离骚》，上以讽谏，下以自慰。遭时暗乱，不见省纳，不胜愤懑，遂复作《九歌》以下二十五篇。

〔东汉〕王逸《楚辞章句序》　《四部丛刊》本《楚辞》卷一

钟嵘

感荡心灵,形诸舞咏

气之动物,物之感人,故摇荡性情,形诸舞咏。……若乃春风春鸟,秋月秋蝉,夏云暑雨,冬月祁寒,斯四候之感诸诗者也。嘉会寄诗以亲,离群托诗以怨。至于楚臣[1]去境,汉妾[2]辞宫;或骨横朔野,或魂逐飞蓬;或负戈外戍,杀气雄边;塞客衣单,孀闺泪尽;或士有解佩出朝,一去忘反[3];女[4]有扬蛾入宠,再盼倾国。凡斯种种,感荡心灵,非陈诗何以展其义,非长歌何以骋其情?故曰:"《诗》可以群,可以怨。"使穷贱易安,幽居靡闷,莫尚于诗矣。

〔梁〕钟嵘《诗品·序》 何文焕辑《历代诗话》本
[1] 楚臣,指屈原。
[2] 汉妾,指王昭君。
[3] 反,同"返"。
[4] 女,指汉武帝李夫人。李延年歌:"北方有佳人,绝世而独立。一顾倾人城,再盼倾人国。宁不知倾城与倾国,佳人难再得。"

刘勰

感物吟志

人禀七情,应物斯感。感物吟志,莫非自然。

〔梁〕刘勰《文心雕龙·明诗》 人民文学出版社范注本

白居易

惟歌生民病,愿得天子知

我亦君之徒,郁郁何所为;不能发声哭,转作乐府诗:篇篇无空文,句句必尽规;功高虞人①箴,痛甚骚人辞;非求宫律高,不务文字奇;惟歌生民病,愿得天子知。

〔唐〕白居易《寄唐生》 文学古籍刊行社《白氏长庆集》卷一
①虞人,古代掌管山林苑囿的官,作箴戒田猎。

白居易

文章合为时而著,歌诗合为事而作

自登朝来,年齿渐长,阅事渐多,每与人言,多询时务,每读书史,多求理道,始知文章合为时而著,歌诗合为事而作。

〔唐〕白居易《与元九书》 文学古籍刊行社《白氏长庆集》卷四十五

欧阳修

诗人之意,善者美之,恶者刺之

诗之作也,触事感物,文之以言,善者美之,恶者刺之,以发其揄扬怨愤于口,道其哀乐喜怒于心,此诗人之意也。

〔北宋〕欧阳修《诗本义》卷十四《本末论》 《四部丛刊》本

欧阳修

《花间集》作者可叹

《花间集》皆唐末五代时人作。方斯时,天下岌岌,生民救死不暇,士大夫乃流宕如此,可叹也哉!或者亦出于无聊故耶?

〔南宋〕陆游《跋〈花间集〉》 《四部丛刊》本《渭南文集》卷三十

魏庆之

作诗三不可

诗不可强作,不可徒作,不可苟作。强作则无意,徒作则无益,苟作则无功。《骊塘文集》

〔南宋〕魏庆之《诗人玉屑》卷五　上海古籍出版社排印本

杨载

古诗未尝有无为而作者

古人凡欲讽谏,多借此以喻彼,臣不得于君,多借妻以思其夫,或托物陈喻,以通其意。但观汉魏古诗及前辈所作,可见未尝有无为而作者。

〔元〕杨载《诗法家数》　何文焕辑《历代诗话》本

都穆

诗须有为而作

东坡①云:"诗须有为而作。"山谷②云:"诗文惟不造空③强作,待境而生,便自工耳。"予谓今人之诗,惟务应酬,真无为而强作者,无怪其语之不工。元遗山④诗云:"纵横正有凌云笔,俯仰随人亦可怜。"知此病者也。

〔明〕都穆《南濠诗话》　丁福保辑《历代诗话续编》本

①东坡,苏轼,字子瞻,号东坡居士,北宋文学家、书画家,开创豪放词风。
②山谷,黄庭坚,字鲁直,号山谷道人,又号涪翁,宋江西诗派创始人,诗与苏轼齐名,时号"苏黄"。
③造空,《诗人玉屑》作"凿空"。
④元遗山,元好问,字裕之,号遗山,金文学家。

谢榛

诗有天机，待时而发

诗有天机，待时而发，触物而成，虽幽寻苦索，不易得也。如戴石屏①"春水渡傍②渡，夕阳山外山"，属对精确，工非一朝，所谓"尽日觅不得，有时还自来"。

〔明〕谢榛《四溟诗话》卷二　丁福保辑《历代诗话续编》本
①戴石屏，戴复古，南宋诗人。
②傍，同"旁"。

陈子龙

古人不得已而作诗

古人之诗也，不得已而作之；今人之诗也，得已而不已。夫苏、李①之别河梁，子建②之送白马，班姬③《明月》之篇，魏文④《浮云》之作，此境与情会，不得已而发之咏歌，故深言悲思，不期而至。今也既无忠爱恻隐之性，而境不足以启情，情不足以副境，所纪皆晨昏之常，所投皆行道之子，胡其不情而强为优之啼笑乎？

〔明〕陈子龙《青阳何生诗稿序》　辖山草堂本《陈忠裕全集》卷二十五
①苏、李，苏武、李陵。
②子建，曹植字，有《白马篇》，末云"捐躯赴国难，视死忽如归"。
③西汉班婕妤见赵氏日受宠幸，作《怨歌行》以自伤，诗中谓扇"团团似明月"，常恐秋来见弃。
④魏文，魏文帝曹丕，《杂诗》其二："西北有浮云，亭亭如车盖。惜哉时不遇，适与飘风会。……"

陈子龙

作诗须导扬刺讥

而诗之本不在是，盖忧时托志者之所作也。苟比兴道备，而褒刺义合，虽涂歌巷语，亦有取焉。……夫作诗而不足以导扬盛美，刺讥当时，托物联类而见其志，则是《风》不必列十五国，而《雅》不必分大小也。虽工，而余不好也。

〔明〕陈子龙《六子诗序》　䌹山草堂本《陈忠裕全集》卷二十五

钱谦益

为诗必有深情蓄积于内

古之为诗者，必有深情蓄积于内，奇遇薄射于外，轮囷结轖①，朦胧萌拆，如所谓惊澜奔湍郁闭而不得流，长鲸苍虬偃蹇而不得伸，浑金璞玉泥沙掩匿而不得用，明星皓月云阴蔽蒙而不得出，于是乎不得不发之为诗，而其诗亦不得不工。其不然者，不乐而笑，不哀而哭，文饰雕缋②，词虽工而行之不远，美先尽也。

〔清〕钱谦益《虞山诗约序》　《四部丛刊》本《牧斋初学集》卷三十二

① 轮囷（qūn 群阴平）屈曲貌。结轖（sè色），比喻胸中郁塞不畅。轖，古代车旁用皮革交错而成的障蔽物。

② 缋（huì会），同"绘"。

吴雷发

有意作诗不若诗来寻我

作诗固宜搜索枯肠，然着不得勉强。故有意作诗，不若诗来寻我，方觉下笔有神。诗固以兴之所至为妙，唐人云："几处觅不得，有时还自来。"进乎技矣。

〔清〕吴雷发《说诗菅蒯》　丁福保辑《清诗话》本

袁枚

诗从天籁来，或从人巧得

萧子显①自称："凡有著作，特寡思功；须其自来，不以力构。"此即陆放翁②所谓"文章本天然，妙手偶得之"也。薛道衡③登吟榻构思，闻人声则怒；陈后山④作诗，家人为之逐去猫犬，婴儿都寄别家：此即少陵⑤所谓"语不惊人死不休"也。二者不可偏废：盖诗有从天籁来者，有从人巧得者，不可执一以求。

〔清〕袁枚《随园诗话》卷四　人民文学出版社校点本
①萧子显，南朝梁史学家。
②陆放翁，字务观，号放翁，南宋著名爱国诗人，有《剑南诗稿》。
③薛道衡，隋诗人。
④陈后山，陈师道，字无己，号后山居士，曾任秘书省正字，北宋江西诗派重要诗人。爱苦吟，有"闭门觅句陈无己"之称。
⑤少陵，杜甫，自称少陵野老。

潘德舆

诗不可为人强作

诗不可为人强作，必勃勃不可以已也而后为之。沧浪①云："和韵最害人诗。"此虽元、白、皮、陆②诸公为之，然皆为人强作之一端也。而意兴俱到，惟所乐为者，却又宜全力与俱。

〔清〕潘德舆《养一斋诗话》卷二　郭绍虞编《清诗话续编》本
①沧浪，严羽，字仪卿，号沧浪逋客，南宋文学评论家，著《沧浪诗话》。
②元、白、皮、陆，元稹、白居易、皮日休、陆龟蒙。

梁章钜
古人立言以感人为贵,欲人知其言之善

古人立言,以能感人为贵,而诗之入人尤深,故圣人言诗可以兴、观、群、怨。而今人作诗,但以应酬世故为能,则不如不作。试观《三百篇》中,如《何人斯》云:"作此好歌,以极反侧①。"《节南山》云:"家父作诵,以究王讻"②。《正月》云:"维号斯言,有伦有脊。"……盖欲人知其言之善而听之,非必若后人作诗多自谦之辞也。故《巷伯》直云:"寺人孟子,作为此诗。凡百君子,敬而听之。"

〔清〕梁章钜《退庵随笔》 丁福保辑《清诗话续编》本
①句意是穷尽反侧不正之情,一说戒人反复不正;极,借为戒。
②两句意是家父作诗,追究王朝凶恶的根由。讻,借为凶。

何绍基
有为而作非必尽要庄重正大题

昔人云:诗必有为而作,方为不苟。此语不易解。如遇忠孝节烈有关系风教者,乐得做一篇,然此等题,作者或百人,佳篇不得三四,除此三四篇外,虽有为而作,仍无关系了。有时小题乘兴,而所见者远大,则不必有为而作,而理足词文,字句之外,大有关系。故大家之集,题目大小杂出,而未有无正经性情道理寄托者。此之谓有为而作,非必尽要庄重正大题也。

〔清〕何绍基《与汪菊士论诗》 同治刻本《东洲草堂文钞》卷五

■ 刘熙载

诗不可一作不真

诗可数年不作，不可一作不真。陶渊明自庚子距丙辰十七年间，作诗九首，其诗之真，更须问耶？彼无岁无诗，无日无诗者，意欲何明？

〔清〕刘熙载《艺概·诗概》 上海古籍出版社排印本

■ 陈廷焯

诗词不可以眩奇，争夺斗巧

回文、集句、叠韵之类，皆是词中下乘，有志于古者，断不可以此眩奇，一染其习，终身不可语于大雅矣。若友朋唱和，各言性情，各出机杼可也，亦不必以叠韵为能事。就中叠韵尚可偶一为之，次则集句，最下莫如回文，断不可效尤也。古人为词，兴寄无端，行止开合，实有自然而然，一经做作，便失古意。世人好为叠韵，强己就人，必竟出工巧以求胜，争奇斗巧，乃词中下品，余所深恶也。作诗亦然。

〔清〕陈廷焯《白雨斋词话》卷五 人民文学出版社校点本

（三）立意与篇章结构

陆机

收视反听，耽思旁讯

其始也，皆收视反听，耽思傍讯①。精骛八极，心游万仞。其致也，情曈昽而弥鲜，物昭晰而互进②，倾群言之沥液，漱六艺之芳润，浮天渊以安流，濯下泉而潜浸。于是沉辞怫悦，若游鱼衔钩，而出重渊之深；浮藻联翩，若翰鸟缨缴，而坠曾云之峻③。

〔晋〕陆机《文赋》　上海古籍出版社《文选》卷十七

①二句说，作文开始阶段，专心深思，广泛搜求。

②二句说，文思来时，如日初升，由微明而光明，各种物象清晰纷呈。曈昽，日初出微明貌。

③六句说，难吐之辞如鱼从深渊钓出，涌出的文思如高空飞鸟中箭一样从云端落下。怫悦，同"怫郁"，言难出貌。缨缴（zhuó 卓），指中箭。缴，箭上的丝绳。曾，层。

刘勰

为文先定三准

凡思绪初发，辞采苦杂，心非权衡，势必轻重。是以草创鸿笔，先标三准①：履端于始，则设情以位体；举正于中，则酌事以取类；归余于终，则撮辞以举要。然后舒华布实，献替节文②。绳墨以外，美材既斫，故能首尾圆合，条贯统序。

〔梁〕刘勰《文心雕龙·熔裁》　人民文学出版社范注本

①三准，三个准则、步骤，即下文所说根据情理以确定体式，分析内容以选取事例，选择言辞以表达要旨。

②句意为节制文辞，使繁简得当。献，进。替，废。

刘勰

文章附辞会义，务总纲领，首尾周密，表里一体

何谓附会①？谓总文理，统首尾，定与夺②，合涯际，弥纶一篇，使杂而不越者也。若筑室之须基构，裁衣之待缝缉矣。……凡大体文章，类多枝派，整派者依源，理枝者循干。是以附辞会义，务总纲领，驱万涂于同归，贞百虑于一致③，使众理虽繁，而无倒置之乖，群言虽多，而无纷丝之乱；扶阳而出条，顺阴而藏迹④，首尾周密，表里一体：此附会之术也。

〔梁〕刘勰《文心雕龙·附会》 人民文学出版社范注本

①附会，附辞会义，组织安排文章的言辞和义理。

②定与夺，决定取舍。

③二句说使许多条道路趋向同一目标，端正众多思绪归向一个题旨。贞，正。

④二句意为显隐适宜，主次详略安排得当。

吕本中

作诗须先立大意

山谷谓秦少章①云：凡始学诗须要每作一篇，先立大意；长篇须曲折三致意，乃可成章。《仕学规范》三十九

〔北宋〕吕本中《童蒙诗训》 郭绍虞辑《宋诗话辑佚》本

①秦少章，名觏，秦观弟。

姜夔

作大篇尤当布置

作大篇，尤当布置：首尾匀停，腰腹肥满。多见人前面有余，后面不足；前面极工，后面草草。不可不知也。

〔南宋〕姜夔《白石道人诗说》 何文焕辑《历代诗话》本

姜夔

篇终尾句

篇终出人意表，或反终篇之意，皆妙。

一篇全在尾句，如截奔马。词意俱尽，如临水送将归是已；意尽词不尽，如抟扶摇是已；词尽意不尽，剡溪归棹是已；词意俱不尽，温伯雪子①是已。所谓词意俱尽者，急流中截后语，非谓词穷理尽者也。所谓意尽词不尽者，意尽于未当尽处，则词可以不尽矣，非以长语益之者也。至如词尽意不尽者，非遗意也，辞中已仿佛可见矣。词意俱不尽者，不尽之中，固已深尽之矣。

〔南宋〕姜夔《白石道人诗说》 何文焕辑《历代诗话》本

①温伯雪子，《庄子·田子方》中的人名，楚国之得道者，孔子见之而不言，知其大道存于身。

蔡梦弼

立意与布置

《诗眼》①曰："黄鲁直谓文章必谨布置。以此概考古人法度，如杜子美②《赠韦见素》诗云：'纨袴不饥死，儒冠多误身。'此一篇立意也，故使人静听而具陈之耳。自'甫昔少年日'至'再使风俗淳'，皆言儒冠事业也。自'此意竟萧条'至'蹭蹬③无纵鳞'，言误身事也。则意举而文备，故已有是诗矣。然必言其所以见韦者，于是以'厚愧''真知'之句。所以'真知'者，谓传诵其诗也。然宰相职在荐贤，不当徒爱人而已，士固不能无望，故曰'窃效贡公喜④，虽甘原宪⑤贫'。果不能荐贤，则去之可也，故曰'焉能心怏怏，只是走踆踆⑥'，又将入海而去秦也。然其去也，必有迟迟不忍之意，故曰'尚怜终南山，回首清渭滨'。则所知不可以不别，故曰'常拟报一饭，况怀辞大臣'。夫如此，是可以相忘于江湖之外，虽见素亦不得而见矣，故曰'白鸥波浩荡，万里谁能驯'终焉⑦。此诗布置最得正体，如官府甲第，厅堂房室，各有定处，不可乱也。"

〔南宋〕蔡梦弼《杜工部草堂诗话》卷一　丁福保辑《历代诗话续编》本

① 《诗眼》，北宋范温《潜溪诗眼》。范早年诗学黄庭坚，论诗近江西诗派。
② 杜子美，杜甫，字子美，自称少陵野老，故世称杜少陵；在成都筑草堂于浣花溪，后人因称杜浣花；严武曾表为检校工部员外郎，故又称杜工部。
③ 蹭（cèng层去）蹬（dèng邓），失势难进貌。
④ 句意是殷望韦荐贤，自己能像贡公一样被举荐。《汉书·王吉传》：世称"王阳在位，贡公弹冠。"贡公，贡禹，王吉好友。
⑤ 原宪，孔子弟子，贫士。
⑥ 踆（qūn群阴平）踆，行步迟重貌。
⑦ 丁福保注："终焉"原作"也"，据《苕溪前集》改。

魏庆之

诗意须次第开展

凡作诗，使人读第一句知有第二句，读第二句知有第三句，次第终篇，方为至妙。如老杜"莽莽天涯雨，江村独立时。不

愁巴道路，恐湿汉旌旗"是也。《室中语》

〔南宋〕魏庆之《诗人玉屑》卷五　上海古籍出版社排印本

陈善

文贵首尾相应

作文贵首尾相应。桓温①见八阵图曰："此常山蛇势也，击其首则尾应，击其尾则首应，击其中则首尾俱应。"予谓此非特兵法，亦文章法也。文章亦要宛转回复，首尾俱应，乃为尽善。山谷论诗文亦云："每作一篇，先立大意，长篇须曲折三致意乃成章耳。"此亦常山蛇势也。

〔南宋〕陈善《扪虱新话》卷五　《丛书集成初编》本
①桓温，字元子，东晋荆州刺史，曾收复洛阳，立简文帝，专擅朝政。

王若虚

以意为主，字语为役

吾舅①尝论诗云："文章以意为之主，字语为之役。主强而役弱，则无使不从。世人往往骄其所役，至跋扈难制，甚者反役其主。"可谓深中其病矣。

〔金〕王若虚《滹南诗话》卷一　丁福保辑《历代诗话续编》本
①吾舅，指周昂，字德卿，金诗人。

杨载

先立大意

诗不可凿空强作，待境而生自工。或感古怀今，或伤今思古，或因事说景，或因物寄意，一篇之中，先立大意，起承转结，三致意焉，则工致矣。

〔元〕杨载《诗法家数》 何文焕辑《历代诗话》本

杨载

诗要首尾相应

诗要首尾相应。多见人中间一联，尽有奇特，全篇凑合，如出二手，便不成家数。此一句一字，必须着意联合也，大概要沉着痛快优游不迫而已。

〔元〕杨载《诗法家数》 何文焕辑《历代诗话》本

陶宗仪

作乐府要凤头、猪肚、豹尾

乔孟[梦]符吉[1]博学多能，以乐府称，尝云：作乐府[2]亦要有法，曰凤头、猪肚、豹尾六字是也。大概起要美丽，中要浩荡，尾要响亮，尤贵在首尾贯穿，意思清新。苟能若是，斯可以言乐府矣。

〔元〕陶宗仪《南村辍耕录》卷八 中华书局校点本
[1]乔孟符吉，乔吉，字梦符，元散曲作家。
[2]此指配合音乐的散曲、剧曲。

谢榛

起如爆竹，结如撞钟

凡起句当如爆竹，骤响易彻；结句当如撞钟，清音有余。郑谷[1]《淮上别友》诗："君向潇湘我向秦。"此结如爆竹而无余音。予易为起句，足成一首，曰："君向潇湘我向秦，杨花愁杀渡江人。数声长笛离亭外,落日空江不见春。"

〔明〕谢榛《四溟诗话》卷一　丁福保辑《历代诗话续编》本

①郑谷,晚唐诗人。《淮上别友》:"扬子江头杨柳春,杨花愁杀渡江人。数声风笛离亭晚,君向潇湘我向秦。"沈德潜谓郑诗句合法度,谢榛未得其旨。

谢榛

作诗不必先命意,意随笔生,不假布置

诗有辞前意、辞后意,唐人兼之,婉而有味,浑而无迹。宋人必先命意,涉于理路,殊无思致。及读《世说》:"文生于情,情生于文。"王武子①先得之矣。

宋人谓作诗贵先立意。李白斗酒百篇,岂先立许多意思而后措词哉?盖意随笔生,不假布置。

〔明〕谢榛《四溟诗话》卷一　丁福保辑《历代诗话续编》本

①王武子,名济,晋太原晋阳人,有俊才。《世说新语·文学》记王武子有此言。

谢榛

大篇与小章之要

大篇决流,小章敛芒,李、杜得之。大篇约为短章,涵蓄有味;短章化为大篇,敷衍露骨。

〔明〕谢榛《四溟诗话》卷二　丁福保辑《历代诗话续编》本

王夫之

以意为帅

无论诗歌与长行文字,俱以意为主。意犹帅也。无帅之兵,谓之乌合。李、杜之所以称大家者,无意之诗,十不得一二也。

烟云泉石，花鸟苔林，金铺锦帐，寓意则灵。若齐、梁绮语，宋人抟合①成句之出处，宋人论诗，字字求出处。役心向彼掇索，而不恤己情之所自发，此之谓小家数，总在圈缋中求活计也。

〔清〕王夫之《姜斋诗话》卷下　丁福保辑《清诗话》本
① 抟（tuán 团）合，集聚，组合。

吴乔

一诗只立一意，起、中、结互相照应

一篇诗只立一意，起手、中间、收结互相照应，方得无懈可击。唐人必然。宋至明初，犹不大失。弘、正①以后，一句七字犹多不贯，何况通篇！

〔清〕吴乔《围炉诗话》卷一　郭绍虞辑《清诗话续编》本
① 弘、正，明孝宗弘治、武宗正德（1488—1521），"前七子"时期。

吴乔

结句二法

结句收束上文者，正法也；宕开者，别法也。上官昭容之评沈、宋①，贵有余力也。"曲终人不见，江上数峰青"，贵有远神也。义山②《马嵬》诗一代杰作，惜于结语说破。……刘长卿之"白马翩翩春草绿，邵陵西去猎平原"，宕开者也。子美《褥段》诗之"振我粗席尘，愧客茹藜羹"，收上文者也。此法人用者多。

〔清〕吴乔《围炉诗话》卷一　郭绍虞辑《清诗话续编》本
① 上官昭容，名婉儿，上官仪之孙女，善文辞。沈、宋，沈佺期、宋之问。
② 义山，李商隐，字义山，号玉溪生，晚唐重要诗人，与杜牧合称"小李杜"，与温庭筠并称"温李"。其《马嵬》诗结句："如何四纪为天子，不及卢家有莫愁。"

沈德潜

结尾收束或放开一步，宕出远神

收束或放开一步，或宕出远神，或本位收住。张燕公[1]："不作边城将，谁知恩遇深？"就夜饮收住也。王右丞[2]："君问穷通理，渔歌入浦深。"从解带弹琴宕出远神也。杜工部："何当击凡鸟，毛血洒平芜。"就画鹰说到真鹰，放开一步也。就上文体势行之。

〔清〕沈德潜《说诗晬语》卷上　丁福保辑《清诗话》本

[1] 张燕公，张说，唐玄宗时为中书令，封燕国公。诗《幽州夜饮》，前三联："凉风吹夜雨，萧瑟动寒林。正有高堂宴，能忘迟暮心。军中宜剑舞，塞上重笳音。"

[2] 王右丞，王维，字摩诘，官尚书右丞。诗《酬张少府》前三联："晚年惟好静，万事不关心。自顾无长策，空知返旧林。松风吹解带，山月照弹琴。"

沈德潜

意在笔先

写竹者必有成竹在胸，谓意在笔先，然后着墨也。惨澹经营，诗道所贵。倘意旨间架，茫然无措，临文敷衍，支支节节而成之，岂所语于得心应手之技乎？

〔清〕沈德潜《说诗晬语》卷下　丁福保辑《清诗话》本

徐增

意向题上透出一层

吾尝语作诗者，须要向题意上透出一层，见识到那里，字句亦随到那里，方有第一等诗作出来。

〔清〕徐增《而庵诗话》　丁福保辑《清诗话》本

■ 袁枚

欲作好诗,先要好题

欲作好诗,先要好题。必须山川关塞,悲欢离合,才足以发舒性情,动人观感。若不过今日赏花,明日饮酒,同寮征逐,吮墨挥毫,剔嬲①无休,多多益累,纵使李杜复生,亦不能有惊人之句。

〔清〕袁枚《答祝芷塘太史》　乾隆刊本《小仓山房尺牍》卷十
①嬲(niǎo)纠缠,戏弄。

■ 袁枚

崇意

虞舜教夔①,曰"诗言志"。何今之人,多辞寡意?意似主人,辞如奴婢。主弱奴强,呼之不至。穿贯无绳,散钱委地。开千枝花,一本所系。

〔清〕袁枚《续诗品》　丁福保辑《清诗话》本
①夔(kuí葵),尧舜乐官。

■ 赵翼

诗须妙选材,也须结构匠心裁

着色原资妙选材,也须结构匠心裁。可怜绝艳芙蓉粉,涂在无盐①脸上来。

〔清〕赵翼《论诗》　清嘉庆刻本《瓯北集》卷二十四
①无盐,传说中的丑女,齐国无盐邑人。

冒春荣

作诗先须立意

作诗先须立意，意者，一身之主也。如送人，则言离别不忍相舍之意；寄赠，则言相思不得见之意；题咏花木之类，则用《离骚》芳草之意。故诗如马，意如善驭者，折旋操纵，先后疾徐，随意所之，无所不可，此意之妙也。又如将之用兵，或攻或战，或屯或守，或出奇以取胜，或不战以收功，虽百万之众，多多益善，而敌人莫能窥其神，此意之妙也。意在于假物取意则谓之兴，罕譬而喻则谓之比，铺张实事则谓之赋。但贵圆合透彻，辞语相颉颃，务使意在言表，涵蓄有余不尽，乃为佳耳。……故意在于闲适，则全篇以雅淡之言发之；意在于哀伤，则全篇以凄婉之情发之；意在于怀古，则全篇以感慨之言发之。此诗之悟意也。意既立，必须得句。

〔清〕冒春荣《葚原说诗》卷二　郭绍虞辑《清诗话续编》本

方东树

诗文须有顿挫

诗文无顿挫，只是说白话，无复行文之妙。顿挫者，横断不即下，欲说又不直说，所谓"盘马弯弓惜不发"。若一直滚去，如骏马下坡，无控纵之妙，成何文法？如杜公闻收河南河北，第二第三第四句，皆顿挫也，至第六句始出题，如水潆洄渟蓄，忽又流下。此惟太史公文及杜诗最得此法。

〔清〕方东树《昭昧詹言》卷二十一　人民文学出版社校点本

刘熙载

《艺概》论篇章

诗之局势,非前张后歙①,则前歙后张,古体律绝无以异也。

诗以离合为跌宕,故莫善于用远合近离。近离者,以离开上句之意为接也。离后复转,而与未离之前相合,即远合也。

篇意前后摩荡,则精神自出。如《豳风·东山》②诗,种种景物,种种情思,其摩荡只在"徂""归"二字耳。

问短篇所尚,曰:"咫尺应须论万里。"问长篇所尚,曰:"万斛之舟行若风。"二句皆杜诗,而杜之长短篇即如之。

长篇宜横铺,不然则力单;短篇宜纡折,不然则味薄。

大起大落,大开大合,用之长篇,此如黄河之百里一曲,千里一曲一直也。然即短至绝句,亦未尝无尺水兴波之法。

长篇以叙事,短篇以写意,七言以浩歌,五言以穆诵。此皆题实司之,非人所能与。

伏应、提顿、转接、藏见、倒顺、绾插、浅深、离合诸法,篇中段中联中句中均有取焉。然非浑然无迹,未善也。

〔清〕刘熙载《艺概·诗概》　上海古籍出版社排印本
①歙(xī希),吸纳,紧缩。
②诗四章,每章十二句,首二句同是"我徂东山,慆慆(tāo 滔)不归"。

朱庭珍

作诗须相题之所宜

作诗先贵相题,题有大小难易,内中自有一定之分寸境界。作者务相题之所宜,以为构思命意之标准。标准既立,子细斟酌于措词、着色、使典、布局之间,以期分寸适合,境界宛肖,自然切当不移。个中消息,极密极微,差之毫厘,谬以千里。七子①之浮声空调,正坐不知相题行事,一味击鼓鸣钟,高唱"大江东去",所以分寸不合,情景不切,是为伪诗,非真诗也。若真诗,则宜刚宜柔,或大或小,清奇浓淡,因题而施,自无不合乎分际,恰到好处者。通首并无一语空谈,一字浪下,铢两丝毫,皆经秤量而出,权衡至当,安得有肤浮之患哉!

〔清〕朱庭珍《筱园诗话》卷一 郭绍虞辑《清诗话续编》本

①七子,明文学界以李梦阳为首的"前七子",以李攀龙、王世贞为首的"后七子",强调复古。

（四）法度与变化

刘勰

执术驭篇，勿弃术任心

是以执术驭篇，似善弈之穷数①；弃术任心，如博塞之邀遇②。故博塞之文，借巧傥来③，虽前驱有功，而后援难继，少既无以相接，多亦不知所删，乃多少之并惑，何妍媸之能制乎！若夫善弈之文，则术有恒数，按部整伍，以待情会，因时顺机，动不失正。数逢其极，机入其巧，则义味腾跃而生，辞气丛杂而至。视之则锦绘，听之则丝簧，味之则甘腴，佩之则芬芳。断章④之功，于斯盛矣。

赞曰：文场笔苑，有术有门。务先大体，鉴必穷源。乘一总万，举要治繁。思无定契，理有恒存。

〔梁〕刘勰《文心雕龙·总术》 人民文学出版社范注本
①穷数，深通技巧。
②句意如赌博的碰运气。
③傥来，意外得来。
④断章，裁断文章，指点写作。

吕本中

学诗当识活法

学诗当识活法。所谓活法者，规矩备具，而能出于规矩之外；变化不测，而亦不背于规矩也。是道也，盖有定法而无定法，[而]

无定法而有定法。知是者，则可以与语活法矣。

〔北宋〕吕本中《夏均父集序》 《四部丛刊》本《后村先生大全集》卷九十五

范温

以正体为本，自然法度行乎其间

山谷言……盖变体如行云流水，初无定质，出于精微，夺乎天造，不可以形器求矣。然要之以正体为本，自然法度行乎其间。譬如用兵，奇正相生，初若不知正而径出于奇，则纷然无复纲纪，终于败乱而已矣。

〔北宋〕范温《潜溪诗眼》 郭绍虞辑《宋诗话辑佚》卷上

姜夔

诗出入变化，而法度不可乱

波澜开阖，如在江湖中，一波未平，一波已作。如兵家之阵，方以为正，又复是奇；方以为奇，忽复是正。出入变化，不可纪极，而法度不可乱。

〔南宋〕姜夔《白石道人诗说》 何文焕辑《历代诗话》本

傅若金

作诗成法有起承转合

或又问作诗下手处，先生①曰：作诗成法，有起、承、转、合四字。以绝句言之，第一句是起，第二句是承，第三句是转，第四句是合。律诗则第一联是起，第二联是承，第三联是转，第四联是合。或一题而作两诗，则两诗通为起、承、转、合。

如子美诗中《八月十五夜月二首》，"满目飞明镜"以下四句，说客中对月，是起；"水路疑霜雪"以下四句，形容月明，是承；"稍下巫山峡"以下四句，言月出没晦明之地，就含结句之意，是转；"刁斗皆催晓"以下四句，言兵乱对月之感，是合。如作三首以上，及作古诗长律，亦以此法求之。《三百篇》如《周南·关雎》，则第一章为起、承，第二章为转，第三章为合。……大抵起处要平直，承处要舂容②，转处要变化，合处要渊永。起处戒陡顿，承处戒促迫，转处戒落魄，合处戒断送。起处若必突兀，则承处必不优柔，转处必至窘束，合处必至匮竭矣。

〔元〕傅若金《诗法正论》 《格致丛书》本

①先生，范梈（pēng烹），字德机，傅若金之师，元代文学家，与杨载、虞集、揭傒斯齐名。《诗法正论》即傅述范的言论。

②舂容，从容；一说形容声调宏大响亮，舂，撞击。

傅若金

诗法有正有变

先生曰：……诗法有正有变。如子美"一片花飞减却春，风飘万点正愁人"，起处似甚突兀，然通篇意是惜春，起处正合如此，乃痛快语，而非陡顿语也。"且看欲尽花经眼，莫厌伤多酒入唇"，一句承上，一句启下，甚得舂容之体。第三联"江上小堂巢翡翠，苑边高冢卧麒麟"，就景物中寓感慨意，政①是转处变化之法。结句"细推物理须行乐，何用浮名绊此身"，若非第七句沉着渊永，则第八句便有断送之句矣。

〔元〕傅若金《诗法正论》 《格致丛书》本

①政，同"正"。

傅若金

诗法度可学而神意不可学

诗源于德性,发于才性,心声不同,有如其面。故法度可学,而神意不可学。是以太白有太白之诗,子美有子美之诗,昌黎有昌黎①之诗。其他如陈子昂、李长吉②、白乐天、杜牧之、刘禹锡、王摩诘、司空曙、高、岑、贾、许、姚、郑、张、孟③之徒,亦皆各自为体,不可强而同也。

〔元〕傅若金《诗法正论》 《格致丛书》本

①昌黎,韩愈,字退之,河内河阳孟县(今孟州南)人,郡望昌黎,世称韩昌黎,官吏部侍郎,故称韩吏部,谥"文",又称韩文公,唐代著名散文家、哲学家、诗人。

②李长吉,李贺,福昌(今河南宜阳西)人,有《昌谷集》。

③高、岑、贾、许、姚、郑、张、孟,高适、岑参、贾岛、许浑、姚合、郑谷、张蠙、孟宾于。

李东阳

唐人不言诗法

唐人不言诗法,诗法多出宋,而宋人于诗无所得。所谓法者,不过一字一句,对偶雕琢之工,而天真兴致,则未可与道。其高者失之捕风捉影,而卑者坐于粘皮带骨,至于江西诗派①极矣。惟严沧浪所论②超离尘俗,真若有所自得,反复譬说,未尝有失。顾其所自为作,徒得唐人体面,而亦少超拔警策之处。

〔明〕李东阳《麓堂诗话》 丁福保辑《历代诗话续编》本

①江西诗派,宋文学流派,以黄庭坚为首领,成员有陈师道、吕本中、洪刍、韩驹等,为诗反对西昆体,师法杜、韩、孟,崇尚工力,要求"无一字无来历",追求奇崛。

②严沧浪所论,严羽《沧浪诗话·诗辨》所论。

李东阳

诗须有法,但不可泥

律诗起承转合,不为无法,但不可泥。泥于法而为之,则撑拄对待,四方八角,无圆活生动之意。然必待法度既定,从容闲习之余,或溢而为波,或变而为奇,乃有自然之妙,是不可以强致也。若并而废之,亦奚以律为哉?

〔明〕李东阳《麓堂诗话》 丁福保辑《历代诗话续编》本

谢榛

法之奇正参伍

李靖①曰:"正而无奇,则守将也;奇而无正,则斗将也;奇正皆得,国之辅也。"譬诸诗,发言平易而循乎绳墨,法之正也;发言隽伟而不拘乎绳墨,法之奇也;平易而不执泥,隽伟而不险怪,此奇正参伍②之法也。白乐天正而不奇,李长吉奇而不正,奇正参伍,李、杜是也。

〔明〕谢榛《四溟诗话》卷二 丁福保辑《历代诗话续编》本
①李靖,唐初军事家,著有《李卫公兵法》,书佚,《通典》中保留了部分内容。
②参(sān三)伍,亦作参五,交互错杂,错综比验。《易·系辞上》:"参伍以变,错综其数。"

胡应麟

杜诗字、句、篇法之化

老杜字法之化者,如"吴楚东南坼,乾坤日夜浮","碧知湖外草,红见海东云",圻、浮、知、见四字,皆盛唐所无也。然读者但见其闳大而不觉其新奇。又如"孤嶂秦碑在,荒城鲁殿余","古墙犹竹色,虚阁自松声",四字①意极精深,词极易简,前人思虑不及,后学沾溉无穷,真化不可为矣。句法之化者,"无风云出塞,不夜月临关""露从今夜白,月是故乡明""江山有巴蜀,栋宇自齐梁""近泪无干土,低空有断云"之类,错综震荡,不可端倪,而天造地设,尽谢斧凿。篇法之化者,《春望》《洞房》《江汉》《遣兴》等作,意格皆与盛唐大异,日用不知,细味自别。

〔明〕胡应麟《诗薮》内编卷五　上海古籍出版社排印本
①四字,指"在""余""犹""自"。

王夫之

有法而非死法

"海暗三山雨"接"此乡多宝玉"不得,迤逦说到"花明五岭春"①,然后彼句可来,又岂尝无法哉!非皎然、高棅②之法耳。若果足为法,乌容破之?非法之法,则破之不尽,终不得法。诗之有皎然、虞伯生③,经义之有茅鹿门、汤宾尹、袁了凡,皆画地成牢以陷人者,有死法也。死法之立,总缘识量狭小。如演杂剧,在方丈台上,故有花样步位,稍移一步则错乱。若驰骋康庄,取涂千里,而用此步法,虽至愚者不为也。

〔清〕王夫之《姜斋诗话》卷下　丁福保辑《清诗话》本
①岑参《送张子尉南海》:"不择南州尉,高堂有老亲。楼台重蜃气,邑里杂鲛人。海暗三山雨,花明五岭春。此乡多宝玉,慎莫厌清贫。"
②皎然,唐诗僧,著《诗式》五卷《诗评》三卷。高棅,字彦恢,明诗论家,

著《唐诗品汇》。

③虞伯生,虞集,字伯生,号道园,又号邵庵,元学者、诗人。

王夫之
不必株守起承转收一法

起承转收,一法也。试举初盛唐律验之,谁必株守此法者?法莫要于成章;立此四法,则不成章矣。且道"卢家少妇"①一诗作何解?是何章法?又如"火树银花合"②,浑然一气;"亦知戍不还"③,曲折无端。其他或平铺六句,以二语括之;或六七句意已无馀,末句用飞白法扬开,义趣超远:起不必起,收不必收,乃使生气灵通,成章而达。至若"故国平居有所思"④,"有所"二字虚笼喝起,以下曲江、蓬莱、昆明、紫阁,皆所思者,此自《大雅》来;谢客⑤五言长篇,用为章法;杜更藏锋不露,拶合无垠;何起何收?何承何转?陋人之法,乌足展骐骥之足哉!近世唯杨用修⑥辨之甚悉,用修工于诗法,唯其能破陋人之法也。

〔清〕王夫之《姜斋诗话》卷下　丁福保辑《清诗话》本
①沈佺期《独不见》。
②苏味道《正月十五夜》。
③杜甫《捣衣》。
④杜甫《秋兴》。
⑤谢客,南朝宋谢灵运,幼时寄养于外,族人因名为客儿,故世称谢客。
⑥杨用修,杨慎,字用修,号升庵,明文学家。

毛先舒

诗无定法，亦不可讲法

诗本无定法，亦不可以讲法。学者但取盛唐以上、《三百》①以下之作，随拈当吾意者，以题参诗，以诗按题，观其起结，审其顿折，下字琢句，调声设色，曲加寻榷，极尽吟讽，自应有得力处。然后旁推触类，一以贯之，仰观古昔，高下在心矣。讵复虚骄之气，捃摭②之华，能恫喝者耶！

〔清〕毛先舒《诗辩坻》卷四　郭绍虞辑《清诗话续编》本

①《三百》，《三百篇》，即《诗经》。
②捃（jùn 郡）摭（zhí 直），摘取，拾取。

叶燮

诗之法当乎理，确乎事，酌乎情

然则诗文一道，岂有定法哉？先揆乎其理，揆之于理而不谬，则理得。次征诸事，征之于事而不悖，则事得。终絜诸情，絜之于情而可通，则情得。三者得而不可易，则自然之法立。故法者当乎理，确乎事，酌乎情，为三者之平准，而无所自为法也。……死法则执涂之人能言之，若曰活法，法既活而不可执矣，又焉得泥于法？

〔清〕叶燮《原诗》内篇上　丁福保辑《清诗话》本

王士禛

起承转合不可离

问：律诗论起承转合之法否？

勿论古文、今文、古今体诗，皆离此四字不可。

〔清〕王士禛《带经堂诗话》卷二十九　人民文学出版社点校本

沈德潜

以意运法，勿以意从法

诗贵性情，亦须论法。乱杂而无章，非诗也。然所谓法者，行所不得不行，止所不得不止，而起伏照应，承接转换，自神明变化于其中。若泥定此处应如何，彼处应如何，如碛沙僧解《三体唐诗》①之类。不以意运法，转以意从法，则死法矣。试看天地间水流云在，月到风来，何处着得死法！

〔清〕沈德潜《说诗晬语》卷上　丁福保辑《清诗话》本

①《三体唐诗》，又名《唐诗三体》《唐三体诗》，宋周弼编选，元初吴地碛沙寺僧圆至作注。

徐增

作诗先从法入，后从法出

余三十年论诗，只识得一"法"字，近来方识得一"脱"字。诗盖有法，离他不得，却又即他不得；离则伤体，即则伤气。故作诗者先从法入，后从法出，能以无法为有法，斯之谓脱也。

〔清〕徐增《而庵诗话》　丁福保辑《清诗话》本

冒春荣

诗总不离起承转合四字

凡诗无论古今体、五七言，总不离起承转合四字，而千变万化出于其中。近体分起承转合，自不必言。若古体之或短或长，则就四字展之、缩之、顿之、挫之而已。起结例用二语或四语。而杜《送王砅评事》，则"我之曾老姑"至"盛事传不朽"凡三十八句，总只当一起。《北征诗》"至尊尚蒙尘"以下四十八句，总只当一结。至转法，或一转，或数转，惟视其诗之短长。此类不可枚举。又有即起即承、即承即转、即转即合者，亦惟意所至，随手成调。总之，法则一而出入变化乎法者，固不一也。

〔清〕冒春荣《葚原诗说》卷四　郭绍虞辑《清诗话续编》本

朱庭珍

诗无定法而有定法，不守法亦不离法

诗也者，无定法而有定法者也。诗人一缕心精，蟠天际地，上下千年，纵横万里，笔落则风雨惊，篇成则鬼神泣，此岂有定法哉！然而崇山峻岭，长江、大河之中，自有天然筋节脉络，针线波澜，若蛛丝马迹，首尾贯注，各具精神结撰，则又未始无法。故起伏承接，转折呼应，开阖顿挫，擒纵抑扬，反正烘染，伸缩断续，此诗中有定之法也。或以错综出之，或以变化运之；或不明用而暗用之，或不正用而反用之；或以起伏承接而兼开阖纵擒，或以抑扬伸缩而为转折呼应；或不承接之承接，不呼应之呼应；或忽以纵为擒，以开为阖，忽以抑为扬，以断为续；或忽以开阖为开阖，以抑扬为抑扬，忽又以不开阖为开阖，不抑扬为抑扬；时奇时正，若明若灭，随心所欲，无不入妙：此无定之法也。作诗者以我运法，而不为法用。故始则以法为法，继则以无法为法。能不守法，亦不离法，斯为得之。盖本无定

以驭有定，又化有定以归无定也。无法之法，是为活法妙法。造诣至无法之法，则法不可胜用矣。所谓行乎其所当行，止乎其所不得不止，神而明之，存乎其人也。若泥一定之法，不以人驭法，转以人从法，则死法矣。

〔清〕朱庭珍《筱园诗话》卷一　郭绍虞辑《清诗话续编》本

（五）要诀与鉴戒

释皎然

《诗式》论诗

诗有二要：要力全而不苦涩，要气足而不怒张。

诗有二废：虽欲废巧尚直，而思致不得置；虽欲废词尚意，而典丽不得遗。

诗有四不：气高而不怒，怒则失于风流；力劲而不露，露则伤于斤斧；情多而不暗，暗则伤于拙钝；才赡而不疏，疏则伤于筋脉。

诗有四离：虽期道情，而离深僻；虽用经史，而离书生；虽尚高逸，而离迂远；虽欲飞动，而离轻浮。

诗有六迷：以虚诞而为高古；以缓漫而为冲淡；以错用意而为独善；以诡怪而为新奇；以烂熟而为稳约；以气少力弱而为容易。

诗有六至：至险而不僻；至奇而不差；至丽而自然；至苦而无迹；至近而意远；至放而不迂。

诗有七德德，一作得：一识理；二高古；三典丽；四风流；五精神；六质干；七体裁。

〔唐〕释皎然《诗式》 何文焕辑《历代诗话》本

魏泰

情贵隐

诗者述事以寄情,事贵详,情贵隐,及乎感会于心,则情见于词,此所以入人深也。如将盛气直述,更无余味,则感人也浅,乌能使其不知手舞足蹈;又况厚人伦,美教化,动天地,感鬼神乎?

〔北宋〕魏泰《临汉隐居诗话》 何文焕辑《历代诗话》本

陈师道

宁拙毋巧

宁拙毋巧,宁朴毋华,宁粗毋弱,宁僻毋俗,诗文皆然。

〔北宋〕陈师道《后山诗话》 何文焕辑《历代诗话》本

陈师道

以故为新,以俗为雅

闽士有好诗者,不用陈语常谈。写投梅圣俞①,答书曰:"子诗诚工,但未能以故为新②,以俗为雅尔。"

〔北宋〕陈师道《后山诗话》 何文焕辑《历代诗话》本

①梅圣俞,梅尧臣,字圣俞,世称宛陵先生,北宋诗文革新家,反对西昆体的艳丽晦涩,提倡平淡。②以故为新,将陈语赋予新意,或变化作新鲜的语言。

王直方

作诗八句诀

方回①言学诗于前辈,得八句云:"平淡不流于浅俗;奇古不邻于怪僻;题诗—作咏不窘于物象;叙事不病于声律;比兴深者通物理；用事工者如己出；格见于成篇，浑然不可镌②；气出于言外，浩然不可屈。"尽心于诗，守此勿失。《丛话》前三十七　《玉屑》五　《竹庄》一　《诗林》四

〔北宋〕王直方《王直方诗话》　郭绍虞辑《宋诗话辑佚》本
①方回，贺铸字，北宋词人。
②两句意为全篇浑然一体，自然天成，而无雕凿痕。镌，雕刻。

吕本中

初学诗不可靡丽

初学作诗，宁失之野，不可失之靡丽；失之野不害气质，失之靡丽不可复整顿。《玉屑》五　《仕学规范》三十九　《鉴衡》一

〔北宋〕吕本中《童蒙诗训》　郭绍虞辑《宋诗话辑佚》本

严羽

《沧浪诗话》论诗法

诗之法有五：曰体制，曰格力，曰气象，曰兴趣，曰音节。《诗辨》

学诗先除五俗：一曰俗体，二曰俗意，三曰俗句，四曰俗字，五曰俗韵。《诗法》

不必太着题，不必多使事。

押韵不必有出处，用事不必拘来历。

下字贵响，造语贵圆。

意贵透彻，不可隔靴搔痒。

语贵脱洒，不可拖泥带水。

最忌骨董,最忌衬贴。

语忌直,意忌浅,脉忌露,味忌短,音韵忌散缓,亦忌迫促。

律诗难于古诗,绝句难于八句,七言律诗难于五言律诗,五言绝句难于七言绝句。

学诗有三节:其初不识好恶,连篇累牍,肆笔而成;既识羞愧,始生畏缩,成之极难;及其透彻,则七纵八横,信手拈来,头头是道矣。

须参活句,勿参死句。

〔南宋〕严羽《沧浪诗话》 何文焕辑《历代诗话》本

姜夔

白石道人说诗

大凡诗,自有气象、体面、血脉、韵度。气象欲其浑厚,其失也俗;体面欲其宏大,其失也狂;血脉欲其贯穿,其失也露;韵度欲其飘逸,其失也轻。

雕刻伤气,敷衍露骨。若鄙而不精巧,是不雕刻之过;拙而无委曲,是不敷衍之过。

人所易言,我寡言之,人所难言,我易言之,自不俗。

难说处一语而尽,易说处莫便放过;僻事实用,熟事虚用;说理要简切,说事要圆活,说景要微妙。多看自知,多作自好矣。

学有余而约以用之,善用事者也;意有余而约以尽之,善措辞者也;乍叙事而间以理言,得活法者也。

诗有四种高妙:一曰理高妙,二曰意高妙,三曰想高妙,四曰自然高妙。碍而实通,曰理高妙;出自意外,曰意高妙;

写出幽微，如清潭见底，曰想高妙；非奇非怪，剥落文采，知其妙而不知其所以妙，曰自然高妙。

〔南宋〕姜夔《白石道人诗说》 何文焕辑《历代诗话》本

魏庆之

《诗人玉屑》论作诗

十难：一曰识理难，二曰精神难，三曰高古难，四曰风流难，五曰典丽难，六曰质干难，七曰体裁难，八曰劲健难，九曰耿介难，十曰凄切难。

十易：气高而易怒，力劲而易露，情多而易暗，才赡而易疏，道情而易僻，思深而易涩，放逸而易迂，飞动而易浮，新奇而易怪，容易而易弱。

十戒：一戒乎生硬，二戒乎烂熟，三戒乎差错，四戒乎直置，五戒乎妄诞，六戒乎绮靡，七戒乎蹈袭，八戒乎浊秽，九戒乎砌合，十戒乎俳谐。以上陈永康《吟窗杂录序》

〔南宋〕魏庆之《诗人玉屑》卷五 上海古籍出版社排印本

杨载

《诗法家数》论诗

诗之为体有六：曰雄浑，曰悲壮，曰平淡，曰苍古，曰沉着痛快，曰优游不迫。

诗之忌有四：曰俗意，曰俗字，曰俗语，曰俗韵。

诗之戒有十：曰不可硬碍人口，曰陈烂不新，曰差错不贯串，曰直置不宛转，曰妄诞事不实，曰绮靡不典重，曰蹈袭不识使，曰秽浊不清新，曰砌合不纯粹，曰俳徊而劣弱。

诗之为难有十：曰造理，曰精神，曰高古，曰风流，曰典丽，曰质干，曰体裁，曰劲健，曰耿介，曰凄切。

大抵诗之作法有八：曰起句要高远，曰结句要不着迹，曰承句要稳健，曰下字要有金石声，曰上下相生，曰首尾相应，曰转折要不着力，曰占地步，盖首两句先须阔占地步，然后六句若有本之泉，源源而来矣。地步一狭，譬犹无根之潦，可立而竭也。

作诗准绳：

立意　要高古浑厚，有气概，要沉着，忌卑弱浅陋。

炼句　要雄伟清健，有金石声。

写景　景中含意，事中睹景，要细密清淡。忌庸腐雕巧。

写意　要意中带景，议论发明。

押韵　押韵稳健，则一句有精神，如柱磉欲其坚牢也。、

总论：

诗要铺叙正，波澜阔，用意深，琢句雅，使字当，下字响。观诗之法，亦当如之。

凡作诗，气象欲其浑厚，体面欲其宏阔，血脉欲其贯串，风度欲其飘逸，音韵欲其铿锵。若雕刻伤气，敷衍露骨，此涵养之未至也，当益以学。

〔元〕杨载《诗法家数》　何文焕辑《历代诗话》本

李东阳

作诗须脱三气

秀才作诗不脱俗,谓之"头巾气";和尚作诗不脱俗,谓之"酸馅气";咏闺阁过于华艳,谓之"脂粉气"。能脱此三气,则不俗矣。至于朝廷典则之诗,谓之"台阁气";隐逸恬澹之诗,谓之"山林气"。此二气者,必有其一,却不可少。

〔明〕李东阳《麓堂诗话》 丁福保辑《历代诗话续编》本

谢榛

诗文不可无体、志、气、韵

《馀师录》[①]曰:"文不可无者有四:曰体,曰志,曰气,曰韵。"作诗亦然。体贵正大,志贵高远,气贵雄浑,韵贵隽永。四者之本,非养无以发其真,非悟无以入其妙。

〔明〕谢榛《四溟诗话》卷一 丁福保辑《历代诗话续编》本

①《馀师录》,宋王正德所辑诗文评。

谢榛

佳句四关

凡作近体,诵要好,听要好,观要好,讲要好。诵之行云流水,听之金声玉振,观之明霞散绮,讲之独茧抽丝。此诗家四关。使一关未过,则非佳句矣。

〔明〕谢榛《四溟诗话》卷一 丁福保辑《历代诗话续编》本

■ 王世贞

诗勿四过

语诗，则挚虞[①]曰："假象过大，则与类相远。造辞过壮，则与事相违。辨言过理，则与义相失。靡丽过美，则与情相悖。"

〔明〕王世贞《艺苑卮言》卷一　丁福保辑《历代诗话续编》本

①挚虞，西晋文学理论家，撰有《文章流别集》等。

■ 王世贞

诗有四真

陈绎曾[①]曰："情真，景真，意真，事真。澄至清，发至情。"

〔明〕王世贞《艺苑卮言》卷一　丁福保辑《历代诗话续编》本

①陈绎曾，元诗人，国子助教，撰有《诗谱》。

■ 王世懋

宜避重韵、重字、重意

今以古人诗病，后人宜避者，略具数条，以见其余。如有重韵者，若任彦升[①]《哭范仆射》一诗，三压"情"字；……至王摩诘尤多，若"暮云空碛"、"玉靶角弓"、二"马"俱压在下[②]；"一从归白社，不复到青门"，"青菰临水映，白鸟向山翻"，"青""白"重出[③]。此皆是失检点处，必不可借以自文也。又如风云雷雨，有二联中接用者，一二三四，有八句中六见者，今可以为法邪！此等病，盛唐常有之，独老杜最少，盖其诗即景后必下意也。

〔明〕王世懋《艺圃撷馀》　何文焕辑《历代诗话》本

①任彦升，任昉，南朝宋文学家。

②《塞上作》。

③《辋川闲居》。

胡应麟

作诗大要不过体格声调、兴象风神

作诗大要不过二端，体格声调，兴象风神而已。体格声调有则可循，兴象风神无方可执。故作者但求体正格高，声雄调鬯①；积习之久，矜持尽化，形迹俱融，兴象风神，自尔超迈。譬则镜花水月，体格声调，水与镜也；兴象风神，月与花也。必水澄镜朗，然后花月宛然。讵容昏鉴浊流，求睹二者？故法所当先，而悟不容强也。

〔明〕胡应麟《诗薮》内编卷五　上海古籍出版社排印本
①鬯，同"畅"。

陆时雍

诗之韵

有韵①则生，无韵则死；有韵则雅，无韵则俗；有韵则响，无韵则沉；有韵则远，无韵则局。物色在于点染，意态在于转折，情事在于犹夷②，风致在于绰约，语气在于吞吐，体势在于游行，此则韵之所由生矣。陆龟蒙、皮日休知用实而不知运实之妙，所以短也。

〔明〕陆时雍《诗镜总论》　丁福保辑《历代诗话续编》本
①韵，韵致、韵味。
②犹夷，犹豫，引申为曲折。

田同之

为诗四不可

不微不婉，径情直露，不可为诗。一览而尽，言外无余，不可为诗。美谓之美,刺谓之刺,拘执绳墨,不可为诗。意尽于此,不通于彼,胶柱则合,触类则滞,不可为诗。知此四者,始可与言诗矣。

〔清〕田同之《西圃诗话》 郭绍虞辑《清诗话续编》本

吴乔

不以辞害志,不以韵害辞

古人作诗,不以辞害志,不以韵害辞。今人奉韵以害辞,泥辞以害志。

〔清〕吴乔《围炉诗话》卷一 郭绍虞辑《清诗话续编》本

吴乔

诗以反常合道为趣

子瞻云:"诗以奇趣为宗,反常合道为趣。"此语最善。无奇趣何以为诗?反常而不合道,是谓乱谈;不反常而合道,则文章也。山谷云:"双鬟女娣如桃李,早年归我第二雏。"乱谈也。尧夫[1]《三皇》等咏,文章也。

〔清〕吴乔《围炉诗话》卷一 郭绍虞辑《清诗话续编》本
[1]尧夫,邵雍,字尧夫,号伊川翁,谥康节,北宋理学家、诗人。

吴雷发

诗当为荔枝橄榄,不可为饧

以食物比诗,则人大率爱饧[1]而恶橄榄。夫橄榄固不及荔枝,然其回味则可以补荔枝所不逮。故不能为荔枝,亦当为橄榄,断不可以爱饧者众,而学为饧也。

〔清〕吴雷发《说诗菅蒯》　丁福保辑《清诗话》本

①饧（xíng 形），糖稀。

沈德潜

前后语不可相碍犯复

写景写情，不宜相碍，前说晴，后说雨，则相碍矣。亦不可犯复，前说沅澧，后说衡湘，则犯复矣。即字面亦须避忌字同义异者，或偶见之，若字义俱同，必从更易。如"暮云空碛时驱马"、"玉靶角弓珠勒马"，终是右丞之累。杜诗云："新诗改罢自长吟。"改则弊病去，长吟则神味出。

〔清〕沈德潜《说诗晬语》卷下　丁福保辑《清诗话》本

袁枚

味欲鲜，趣欲真

熊掌、豹胎，食之至珍贵者也；生吞活剥，不如一蔬一笋矣。牡丹、芍药，花之至富丽者也；剪彩为之，不如野蓼山葵矣。味欲其鲜，趣欲其真，人必知此，而后可与论诗。

〔清〕袁枚《随园诗话》卷一　人民文学出版社校点本

袁枚

出新意、去陈言为第一着

司空表圣①论诗，贵得味外味。余谓今之作诗者，味内味尚不能得，况味外味乎！要之，以出新意、去陈言，为第一着。《乡党》云："祭肉不出三日；出三日，则不食之矣。"能诗者，其勿为三日后之祭肉乎！

〔清〕袁枚《随园讲话》卷六　人民文学出版社校点本

①司空表圣，司空图，字表圣，晚唐诗人、诗论家，著《诗品》。

▋袁枚

诗贵曲

凡作人贵直，而作诗文贵曲。

或问："诗如何而后可谓之曲？"余曰："古诗之曲者，不胜数矣；即如近人王仔园《访友》云：'乱乌栖定夜三更，楼上银灯一点明。记得到门还不扣，花阴悄听读书声。'此曲也。若到门便扣，则直矣。……"

〔清〕袁枚《随园诗话》卷四　人民文学出版社校点本

▋袁枚

诗流三病：填塞书典，矢口而道，繁苛条规

孔子论诗，但云"兴观群怨"，又云"温柔敦厚"，足矣。孟子论诗，但云"以意逆志"，又云"言近而指远"，足矣。不料今之诗流，有三病焉：其一、填书塞典，满纸死气，自矜淹博。其一、全无蕴藉，矢口而道，自夸真率。近又有讲声调而圈平点仄以为谱者，戒蜂腰、鹤膝、叠韵、双声以为严者，栩栩然矜独得之秘。不知少陵所谓"老去渐于诗律细"，其何以谓之律？何以谓之细？……盖诗境甚宽，诗情甚活，总在乎好学深思，心知其意，以不失孔孟论诗之旨而已。必欲繁其例，狭其径，苛其条规，桎梏其性灵，使无生人之乐，不已慎[①]乎？

〔清〕袁枚《随园诗话补遗》卷三　人民文学出版社校点本

①偵（diān 颠），颠倒错乱。

潘德舆

诗有一字诀：厚

诗有一字诀，曰：厚。偶咏唐人"梦里分明见关塞，不知何路见金微"，"欲寄征鸿问消息，居延城外又移军"，便觉其深曲有味。今人只说到梦见关塞，托征鸿问消息便了。所以为公共之言，而寡薄不成文也。

〔清〕潘德舆《养一斋诗话》卷一　郭绍虞辑《清诗话续编》本

陈仅

诗在生熟、露隐、陈新之间

诗不宜太生，亦不宜太熟，生则涩，熟则滑，当在不生不熟之间，"捶钩鸣镝"①，其候也。诗不宜太露，亦不宜太隐，露则浅，隐则晦，当在不露不隐之间，"草蛇灰线"，其趣也。诗不宜陈，亦不宜新，陈则俗，新则巧，当在不陈不新之间，"初日芙蓉"，其光景也。

〔清〕陈仅《竹林答问》　郭绍虞辑《清诗话续编》本
①杜甫《夜听许十一诵诗爱而有作》："应手看捶钩，清心听鸣镝。"捶钩鸣镝，比喻功夫纯熟，声音迅捷。

王寿昌

《小清华园诗谈》总论选录

诗有六要：心要忠厚，意要缠绵，语要含蓄，义要分明，气度要和雅，规模要广大。

诗有四近：宜近情，宜近理，宜近风雅，宜近画图。

诗有三深：情欲深，意欲深，味欲深。

诗有三浅：意欲深而语欲浅，炼欲精而色欲浅，学欲博而用事欲浅。

诗有三严：纪律欲严，对仗欲严，弃取欲严。

诗有三宽：声病无碍者宜宽，如蜂腰、鹤膝之类。俗论太刻者宜宽，如论杜诗每联上句第七字上去入间用之类。瑜多瑕少者宜宽。

诗有四无伤：炼勿伤气，曲勿伤意，淡勿伤味，瘦勿伤神。

诗有五不可失：丽不可失之艳，新不可失之巧，淡不可失之枯，壮不可失之粗豪，奇不可失之穿凿。

诗有五可五不可：可颂不可谀，可刺不可讪，可怨不可疾，可乐不可淫，可哀不可伤。

〔清〕王寿昌《小清华园诗谈》卷上　郭绍虞辑《清诗话续编》本

王寿昌

结句贵有味外之味、弦外之音

结句贵有味外之味，弦外之音。言情则如沈休文①之"梦中不识路，何以慰相思"……纪事则有颜特进延之②之"屡荐不入官，一麾乃出守"，……写景则有左太冲③之"相与观所尚，逍遥撰良辰"，……寓讽则有王仲宣④之"克符周公业，奕世不可追"，……书怀则有魏文帝之"弃置勿复陈，客子常畏人"，……言乐则有苏许公⑤之"宸游对此欢无极，鸟弄歌声杂管弦"。言哀则有少陵之"夜阑更秉烛，相对如梦寐"。是皆一唱而三叹，慷慨有余音者。

〔清〕王寿昌《小清华园诗谈》卷下　郭绍虞辑《清诗话续编》本
① 沈休文,沈约,南朝梁文学家。
② 颜特进延之,颜延之,官至紫金光禄大夫,南朝宋诗人。
③ 左太冲,左思,西晋文学家,《三都赋》为时所重。
④ 王仲宣,王粲,建安七子之一。
⑤ 苏许公,苏颋,袭封许国公,唐文学家。

施补华

诗戒小巧、俳优、粗俗

小巧是诗人所戒,如"仰蜂粘落絮,行蚁上枯梨","红入桃花嫩,青归柳叶新"。俳优是诗人所戒,如"家家养乌鬼,顿顿食黄鱼"。粗俗是诗人所戒,如"仰面贪看鸟,回头错认人"之类。虽出自少陵,不可学也。

〔清〕施补华《岘佣说诗》　丁福保辑《清诗话》本

（六）诗的表现艺术

1. 情、景、理、意、境

司空图

诗有象外之象，景外之景

戴容州①云："诗家之景，如蓝田日暖，良玉生烟，可望而不可置于眉睫之前也。"象外之象，景外之景，岂容易可谭哉？然题记之作，目击可图，体势自别，不可废也。

〔唐〕司空图《与极浦书》 《四部丛刊》本《司空表圣文集》卷三
①戴容州，戴叔伦，中唐诗人，曾任容管经略使。

欧阳修

状难写之景，含不尽之意

圣俞①尝语余曰："诗家虽率意，而造语亦难。若意新语工，得前人所未道者，斯为善也。必能状难写之景，如在目前，含不尽之意，见于言外，然后为至矣。贾岛云'竹笼拾山果，瓦瓶担石泉'，姚合云'马随山鹿放，鸡逐野禽栖'等，是山邑荒僻，官况萧条，不如'县古槐根出，官清马骨高'为工也。"余曰："语之工者固如是。状难写之景，含不尽之意，何诗为然？"圣俞曰："作者得于心，览者会以意，殆难指陈以言也。虽然，亦可略道其仿佛。若严维'柳塘春水漫，花坞夕阳迟'，则天容时态，融和骀荡，岂不如在目前乎？又若温庭筠'鸡声茅店月，人迹板桥霜'，贾岛'怪禽啼旷野，落日恐行人'，则道路辛苦，羁愁旅思，岂不见于言外乎？"

〔北宋〕欧阳修《六一诗话》 何文焕辑《历代诗话》本
①圣俞，梅尧臣。

司马光

意在言外

《诗》云："牂羊坟首，三星在罶。"①言不可久。古人为诗，贵于意在言外，使人思而得之，故言之者无罪，闻之者足以戒也。近世诗人，惟杜子美最得诗人之体，如"国破山河在，城春草木深。感时花溅泪，恨别鸟惊心"。山河在，明无余物矣；草木深，明无人矣；花鸟，平时可娱之物，见之而泣，闻之而悲，则时可知矣。他皆类此，不可遍举。

〔北宋〕司马光《温公续诗话》 何文焕辑《历代诗话》本
①《诗·小雅·苕之华》句，写劳动人民的穷苦生活。牂（zāng 赃）羊，母绵羊。坟首，大头，因饥饿瘦弱而头显得大。罶（liǔ 柳），一种捕鱼的竹器。句意水中竹器无鱼。

葛立方

苏轼知陶渊明谈理之诗

东坡拈出陶渊明谈理之诗，前后有三：一曰"采菊东篱下，悠然见南山"；二曰"笑傲东轩下，聊复得此生"；三曰"客养千金躯，临化消其宝"。皆以为知道之言。盖摘章①绘句，嘲弄风月，虽工亦何补。若睹道者，出语自然超诣，非常人能蹈其轨辙也。

〔南宋〕葛立方《韵语阳秋》卷三　何文焕辑《历代诗话》本
①摛（chī 痴）章，推砌文辞。摛，铺叙。

严羽

诗有别材别趣

夫诗有别材①，非关书也；诗有别趣，非关理也。然非多读书，多穷理，则不能极其至。所谓不涉理路、不落言筌②者，上也。

〔南宋〕严羽《沧浪诗话·诗辨》　何文焕辑《历代诗话》本
①别材，另外一种材料、质地。
②言筌，言语所表达确定的意思，此指诗语雕饰的痕迹。筌，一作荃，捕鱼器。《庄子·外物》："荃者所以在鱼，得鱼而忘荃；……言者所以在意，得意而忘言。"

胡仔

景以意会

东坡云：陶潜诗"采菊东篱下，悠然见南山"，采菊之次，偶然见山，初不用意，而景以意会，故可喜也。

〔南宋〕胡仔《苕溪渔隐丛话》前集卷三　人民文学出版社校点本

姜夔

意与景

意中有景，景中有意。

〔南宋〕姜夔《白石道人诗说》　何文焕辑《历代诗话》本

范晞文

景无情不发，情无景不生

老杜诗："天高云去尽，江迥月来迟。衰谢多扶病，招邀屡有期。"上联景，下联情。"身无却少壮，迹有但羁栖。江水流城郭，春风入鼓鼙。"上联情，下联景。"水流心不竞，云在意俱迟。"景中之情也。"卷帘唯白水，隐几亦青山。"情中之景也。"感时花溅泪，恨别鸟惊心。"情景相触而莫分也。"白首多年疾，秋风昨夜凉。""高风下木叶，永夜揽貂裘。"一句情一句景也。固知景无情不发，情无景不生。或者便谓首首当如此作，则失之甚矣。如"淅淅风生砌，团团月隐墙。遥空秋雁灭，半岭暮云长。病叶多先坠，寒花只暂香。巴城添泪眼，今夕复清光"，前六句皆景也。"清秋望不尽，迢递起层阴。远水兼天净，孤城隐雾深。叶稀风更落，山迥日初沉。独鹤归何晚，昏鸦已满林"，后六句皆景也。何患乎情少？

〔南宋〕范晞文《对床夜语》卷二　丁福保辑《历代诗话续编》本

都穆

情与景会，景与情合

乡先生陈太史嗣初尝云："作诗必情与景会，景与情合，始可与言诗矣。如'芳草伴人还易老，落花随水亦东流'，此情与景合也；'雨中黄叶树，灯下白头人'，此景与情合也。"

〔明〕都穆《南濠诗话》　丁福保辑《历代诗话续编》本

朱承爵

诗妙在意境融彻

作诗之妙，全在意境融彻，出音声之外，乃得真味。如曰："孙康映雪寒窗下，车胤收萤败帙边。"事非不核，对非不工，恶，是何言哉！

〔明〕朱承爵《存余堂诗话》 何文焕辑《历代诗话》本

谢榛

诗有四格：兴、趣、意、理

诗有四格：曰兴，曰趣，曰意，曰理。太白《赠汪伦》曰："桃花潭水深千尺，不及汪伦送我情。"此兴也。陆龟蒙《咏白莲》曰："无情有恨何人见，月晓风清欲堕时。"此趣也。王建《宫词》曰："自是桃花贪结子，错教人恨五更风。"此意也。李涉《上于襄阳》曰："下马独来寻故事，逢人惟说岘山碑[1]。"此理也。悟者得之，庸心[2]以求，或失之矣。

〔明〕谢榛《四溟诗话》卷二 丁福保辑《历代诗话续编》本

[1]岘（xiàng现）山碑，又名堕泪碑。西晋襄阳百姓缅怀羊祜镇守之德，于其游憩之岘山建碑立庙，岁时酹祭，人望碑堕泪。羊祜生前曾登岘山动情地说，死后魂魄犹应登此山。

[2]庸心，用心。

谢榛

景乃诗之媒，情乃诗之胚

作诗本乎情景，孤不自成，两不相背。凡登高致思，则神交古人，穷乎遐迩，系乎忧乐，此相因偶然，著形于绝迹，振响于无声也。夫情景有异同，模写有难易，诗有二要，莫切于斯者。观则同于外，感则异于内，当自用其力，使内外如一，出入此心而无间也。景乃诗之媒，情乃诗之胚，合而为诗。以数言而统万形，元气浑成，其浩无涯矣。

〔明〕谢榛《四溟诗话》卷三　丁福保辑《历代诗话续编》本

陆时雍

善言情道景者

少陵七言律，蕴藉最深。有余地，有余情。情中有景，景中含情。一咏三讽，味之不尽。

善言情者，吞吐深浅，欲露还藏，便觉此衷无限。善道景者，绝去形容，略加点缀，即真相显然，生韵亦流动矣。此事经不得着做，做则外相胜而天真隐矣，直是不落思议法门。

〔明〕陆时雍《诗镜总论》　丁福保辑《历代诗话续编》本

王夫之

《姜斋诗话》论景情

"昔我往矣，杨柳依依；今我来思，雨雪霏霏。"[1]以乐景写哀，以哀景写乐，一倍增其哀乐。　卷上关情者景，自与情相为珀芥②也。情景虽有在心在物之分，而景生情，情生景，哀乐之触，荣悴之迎，互藏其宅。天情物理，可哀而可乐，用之无穷，流而不滞，穷且滞者不知尔。"吴楚东南坼，乾坤日夜浮。"乍读之若雄豪，然而适与"亲朋无一字，老病有孤舟"相为融浃。当知"倬彼云汉"③，颂作人者增其辉光，忧旱甚者益其炎赫，无适而无不适也。

"池塘生春草"，"胡蝶飞南园""明月照积雪"，皆心中目中与相融浃，一出语时，即得珠圆玉润；要亦各视其所怀来，而与景相迎者也。"日暮天无云，春风散微和"，想见陶令当时胸次，岂夹杂铅汞人能作此语？　卷下

情、景名为二，而实不可离。神于诗者，妙合无垠。巧者则有情中景，景中情。景中情者，如"长安一片月"，自然是孤栖忆远之情；"影静千官里"，自然是喜达行在之情。情中景尤难曲写，如"诗成珠玉在挥毫"，写出才人翰墨淋漓，自心欣赏之景。凡此类，知者遇之；不然，亦鹘突看过，作等闲语耳。

不能作景语，又何能作情语耶？古人绝唱多景语，如"高台多悲风"、"胡蝶飞南园"、"池塘生春草"、"亭皋木叶下"、"芙蓉露下落"，皆是也，而情寓其中矣。

有大景，有小景，有大景中小景。"柳叶开时任好风"、"花覆千官淑景移"及"风正一帆悬"、"青霭入看无"，皆以小景传大景之神。若"江流天地外，山色有无中"、"江山如有待，花柳更无私"，张皇使大，反令落拓不亲。

含情而能达，会景而生心，体物而得神，则自有灵通之句，参化工之妙。若但于句求巧，则性情先为外荡，生意索然矣。

〔清〕王夫之《姜斋诗话》 丁福保辑《清诗话》本

①此为《诗·小雅·采薇》末章前四句，后四句是："行道迟迟，载渴载饥。我心伤悲，莫知我哀。"

②珀芥，琥珀拾芥，喻相互感应。王充《论衡·乱龙》："顿牟拾芥，磁石引针。"顿牟，琥珀别名。

③此为《诗·大雅·云汉》首句。倬，广大，高远。云汉，银河。周宣王时，连年大旱，王作此诗求神祈雨。

吴乔

诗以情为主，景为宾

夫诗以情为主，景为宾。景物无自生，惟情所化。情哀则景哀，情乐则景乐。唐诗能融景入情，寄情于景。如子美之"近泪无干土，低空有断云"，沈下贤①之"梨花寒食夜，深闭翠微宫"，严维之"柳塘春水漫，花坞夕阳迟"，祖咏之"迟日园林好，清明烟火新"，景中哀乐之情宛然，唐人胜场也。弘、嘉人②依盛唐皮毛以造句者，本自无意，不能融景；况其叙景，惟欲阔大高远，于情全不相关，如寒夜以板为被，赤身而挂铁甲。

〔清〕吴乔《围炉诗话》卷一 郭绍虞辑《清诗话续编》本

①沈下贤，沈亚之，中唐诗人。

②弘、嘉人，明前七子、后七子等人。弘、嘉，明孝宗弘正初（1488）至明世宗嘉靖末（1566），包括武宗正德十六年（1506-1521）。

叶燮

诗之至在引人于冥漠恍惚之境

诗之至处,妙在含蓄无垠,思致微渺,其寄托在可言不可言之间,其指归在可解不可解之会;言在此而意在彼,泯端倪而离形象,绝议论而穷思维,引人于冥漠恍惚之境,所以为至也。

〔清〕叶燮《原诗》内篇下　丁福保辑《清诗话》本

叶燮

诗贵有不可言之理,不可述之事

可言之理,人人能言之,又安在诗人之言之?可征之事,人人能述之,又安在诗人之述之?必有不可言之理,不可述之事,遇之于默会意象之表,而理与事无不灿然于前者也。今试举杜甫集中一二名句,为子晰而剖之,以见其概,可乎?如《玄元皇帝庙作》"碧瓦初寒外"句[①],逐字论之。言乎外,与内为界也,初寒何物,可以内外界乎?将碧瓦之外,无初寒乎?寒者,天地之气也,是气也,尽宇宙之内,无处不充塞,而碧瓦独居其外,寒气独盘踞于碧瓦之内乎?寒而曰初,将严寒或不如是乎?初寒无象无形,碧瓦有物有质,合虚实而分内外,吾不知其写碧瓦乎?写初寒乎?写近乎?写远乎?使必以理而实诸事以解之,虽稷下[②]谈天之辨,恐至此亦穷矣。然设身而处当时之境会,觉此五字之情景,恍如天造地设,呈于象,感于目,会于心。……若以俗儒之眼观之,以言乎理,理于何通?以言乎事,事于何有?所谓言语道断,思维路绝。然其中之理,至虚而实,至渺而近,灼然心目之间,殆如鸢飞鱼跃之昭著也。

〔清〕叶燮《原诗》内篇下　丁福保辑《清诗话》本

①诗题一作《冬日洛城北谒玄元皇帝庙》。玄元皇帝，老子李聃，唐时追尊为玄元皇帝。句意是碧色琉璃瓦在初冬的寒气中显有暖意。

②稷下，战国时齐都临淄稷下学宫，会集文学游说之士数千人，有淳于髡、骑衍、慎到、荀况、鲁仲连等著名人物，任其讲学议论。

王世禛

妙在味外味

唐人五言绝句，往往入禅，有得意忘言之妙，与净名默然，达磨得髓①，同一关捩。观王、裴《辋川集》及祖咏《终南残雪》诗，虽钝根初机，亦能顿悟。程石臞有绝句云："朝过青山头，暮歇青山曲。青山不见人，猿声听相续。"予每叹绝，以为天然不可凑泊。予少时在扬州，亦有数作，如："微雨过青山，漠漠寒烟织。不见秣陵城，坐爱秋江色。"《青山》"萧条秋雨夕，苍茫楚江晦。时见一舟行，蒙蒙水云外。"《江上》"雨后明月来，照见下山路。人语隔溪烟，借问停舟处。"《惠山下邹流绮过访》"山堂振法鼓，江月挂寒树。遥送江南人，鸡鸣峭帆去。"《焦山晓起送昆仑还京口》又在京师有诗云："凌晨出西郭，招提过微雨。日出不逢人，满院风铃语。"《早至天宁寺》皆一时仵兴之言，知味外味者当自得之。　《香祖笔记》

〔清〕王世禛《带经堂诗话》卷三　人民文学出版社校点本

①二句系佛家语，意思是净名（维摩诘）默然之相，以显无言之理；达摩祖师说法髓不立文字，直指人心。

贺裳

理与辞相辅而行，有无理而妙者

"诗有别趣，非关理也"。然理原不足以碍诗之妙，如元次山①《春陵行》、孟东野②《游子吟》、韩退之《拘幽操》、李公垂③《悯农诗》，真是《六经》鼓吹。乐天与微之书曰："文章合为时而著，歌诗合为事而作。"然其生平所负，如《哭孔戡》诸诗，终不谐于众口。此又所谓"言之无文，行之不远"。故必理与辞相辅而行，乃为善耳，非理可尽废也。

诗又有以无理而妙者，如李益"早知潮有信，嫁与弄潮儿"，此可以理求乎？然自是妙语。至如义山"八骏日行三万里，穆王何事不重来"，则又无理之理，更进一尘。总之诗不可执一而论。

〔清〕贺裳《载酒园诗话》卷一　郭绍虞辑《清诗话续编》本
①元次山，元结字次山。
②孟东野，孟郊字东野。
③李公垂，李绅字公垂。

沈德潜

托物言情

事难显陈，理难言罄，每托物连类以形之。郁情欲舒，天机随触，每借物引怀以抒之。比兴互陈，反复唱叹，而中藏之欢娱惨戚，隐跃欲传，其言浅，其情深也。倘质直敷陈，绝无蕴蓄，以无情之语而欲动人之情，难矣。

〔清〕沈德潜《说诗晬语》卷上　丁福保辑《清诗话》本

沈德潜

诗入理趣

杜诗："江山如有待，花柳自无私""水深鱼极乐，林茂鸟知归""水流心不竞，云在意俱迟"，俱入理趣。邵子①则云："一阳初动处，万物未生时。"以理语成诗矣。王右丞诗不用禅语，时得禅理。

〔清〕沈德潜《说诗晬语》卷下　丁福保辑《清诗话》本
①邵子，邵雍，宋代理学家、诗人。

黄图珌

景随情至，情由景生

心静力雄，言浅意深。景随情至，情繇①景生。吐人所不能吐之情，描人所不能描之景。华而不浮，丽而不淫，诚为化工之笔也。

〔清〕黄图珌《闲笔》卷三　清刻本《看山阁全集》
①繇，同"由"。

乔亿

景中须有意

勿写无意之景，勿措无味之辞。

"意中有景，景中有意"，姜白石①语也。余谓意中有景固妙，无景亦不害为好诗。若景中断须有意，无意便是死景。

〔清〕乔亿《剑溪说诗》卷下　郭绍虞辑《清诗话续编》本
①姜白石，姜夔，字尧章，别号白石道人，南宋文学家，有《白石道人诗说》。

乔亿

景有神遇，有目接

景有神遇，有目接。神遇者，虚拟以成辞，屈、宋已下皆然，所谓五城十二楼，缥缈俱在空际也。目接则语贵征实，如靖节①田园，谢公②山水，皆可以识曲听真也。

〔清〕乔亿《剑溪说诗》卷下　郭绍虞辑《清诗话续编》本
①陶渊明，一名潜，字元亮，私谥靖节，东晋诗人。
②谢灵运，南朝宋诗人，开山水诗派。袭封康乐公，人称谢康乐。

方东树

诗妙尤在情景交融

诗人成词，不出情、景二端。二端又各有虚实远近大小死活之殊，不可混淆，不可拘板。大约宜分写见界划：或二句情，二句景；或前情后景，前景后情；或上下四字三字，互相形容；尤在情景交融，如在目前，使人津咏不置，乃妙。

〔清〕方东树《昭昧詹言》卷十四　人民文学出版社校点本

刘熙载

借景言情

"昔我往矣，杨柳依依。今我来思，雨雪霏霏"①。雅人深致，正在借景言情。若舍景不言，不过曰春往冬来耳，有何意味？然"稷黍方华，雨雪载涂"②，与此又似同而异，须索解人。

〔清〕刘熙载《艺概·诗概》　上海古籍出版社排印本
①此为《诗·小雅·采薇》末章前四句，诗写周宣王领兵出征，打退猃狁。
②《诗·小雅·出车》："昔我往矣，黍稷方华；今我来思，雨雪载涂。……"

涂，途。诗写周宣王派大将南仲领兵出征另一次战役。

刘熙载

尚理应不乏理趣

陶、谢①用理语各有胜境。钟嵘《诗品》称"孙绰、许询、桓、庾②诸公诗，皆平典似《道德论》"。此由乏理趣耳，夫岂尚理之过哉！

〔清〕刘熙载《艺概·诗概》 上海古籍出版社排印本
①陶、谢，陶渊明、谢灵运。
②桓、庾，桓温、庾亮。

刘熙载

理趣、理障之不同

以老、庄、释氏之旨入赋，固非古义，然亦有理趣、理障之不同。如孙兴公①《游天台山赋》云："骋神变之挥霍，忽出有而入无。"此理趣也。至云："悟遣有之不尽，觉涉无之有间。泯色空以合迹，忽即有而得玄。释二名之同出，消一无于三幡。"则落理障甚矣。

〔清〕刘熙载《艺概·赋概》 上海古籍出版社排印本
①孙兴公，孙绰字兴公，东晋玄言诗人。

施补华

写景须曲肖此景

写景须曲肖此景："渡头余落日，墟里上孤烟"，确是晚村光景。"两边山木合，终日子规啼"，确是深山光景。"黄云断春色，画角起边愁"，确是穷边光景。"山光悦鸟性，潭影空人心"，确是古寺光景。"野径云俱黑，江船火独明"，确是暮江光景。可以类推。

〔清〕施补华《岘佣说诗》 丁福保辑《清诗话》本

沈祥龙

情景双绘，趣味无穷

词虽浓丽而乏趣味者，以其但知作情景两分语，不知作景中有情，情中有景语耳。"雨打梨花深闭门"，"落红万点愁如海"，皆景情双绘，故称好句而趣味无穷。

〔清〕沈祥龙《论词随笔》 《词话丛编》本

林纾

立意方能造境

文章唯能立意，方能造境。境者，意中之境也。……故意境当以高洁诚谨为上着。凡学养深醇之人，思虑必屏却一切胶轕渣滓，先无俗念填委胸次，吐属安有鄙倍之语？须知不鄙倍于言，正由其不鄙倍于心。意者，心之所造，境者，又意之所造也。

〔清〕林纾《春觉斋论文·应知》 人民文学出版社校点合订本

王国维

一切景语皆情语，有情语绝妙者

昔人论词，有景语情语之别，不知一切景语皆情语也。

词家多以景寓情。其专作情语而绝妙者,如牛峤之"甘当作须作一生拚,尽君今日欢",顾敻之"换我心,为你心,始知相忆深",欧阳修之"衣带渐宽终不悔,为伊消得人憔悴",美成①之"许多烦恼,只为当时,一晌留情"。此等词,求之古今人词中,曾不多见。

〔清〕王国维《人间词话》卷下　中华书局校注本
①美成,周邦彦,字美成,号清真居士,精通音律,北宋词人。

王国维

言情写景应不隔

白石写景之作,如"二十四桥仍在,波心荡、冷月无声","数峰清苦,商略黄昏雨","高树晚蝉,说西风消息",虽格韵高绝,然如雾里看花,终隔一层。梅溪、梦窗①诸家写景之病,皆在一"隔"字。北宋风流,渡江遂绝,抑真有运会存乎其间耶?

问隔与不隔之别。曰:陶、谢之诗不隔,延年则稍隔矣。东坡之诗不隔,山谷则稍隔矣。"池塘生春草"、"空梁落燕泥"等二句,妙处唯在不隔。词亦如是。即以一人一词论,如欧阳公《少年游》咏春草上半阕云:"阑干十二独原作犹凭春,晴碧远连云。千里万里,二月三月,此两句原倒置。行色苦愁人。"语语都在目前,便是不隔。至云"谢家池上,江淹浦畔畔原作上",则隔矣。……

"生年不满百,常怀千岁忧。昼短苦夜长,何不秉烛游","服食求神仙,多为药所误。不如饮美酒,被服纨与素",写情如此,方为不隔。"采菊东篱下,悠然见南山。山气日夕佳,飞鸟相与还","天似穹庐,笼盖四野。天苍苍,野茫茫,风吹草低见牛羊",

写景如此，方为不隔。

〔清〕王国维《人间词话》卷上　中华书局校注本

①梅溪，史达祖字邦卿，号梅溪；梦窗，吴文英，字君特，号梦窗，又号觉翁。二人皆南宋词人。

王国维
《人间词话》论境界

词以境界为最上。有境界则自成高格，自有名句。五代北宋之词所以独绝者在此。

有有我之境，有无我之境①。"泪眼问花花不语，乱红飞过秋千去"，"可堪孤馆闭春寒，杜鹃声里斜阳暮"，有我之境也。"采菊东篱下，悠然见南山"，"寒波澹澹起，白鸟悠悠下"，无我之境也。有我之境，以我观物，故物皆著我之色彩。无我之境，以物观物，故不知何者为我，何者为物。古人为词，写有我之境者为多，然未始不能写无我之境，此在豪杰之士能自树立耳。

无我之境，人惟于静中得之。有我之境，于由动之静时得之。故一优美，一宏壮也。

境非独谓景物也，喜怒哀乐亦人心中之一境界。故能写真景物真感情者，谓之有境界；否则谓之无境界。

"红杏枝头春意闹"，著一"闹"字而境界全出。"云破月来花弄影"，著一"弄"字而境界全出矣。

境界有大小，不以是而分优劣。"细雨鱼儿出，微风燕子斜"，何遽不若"落日照大旗，马鸣风萧萧"；"宝帘闲挂小银钩"，何遽不若"雾失楼台,月迷津渡"也。

〔清〕王国维《人间词话》卷上　中华书局校注本

①有我之境,指所写景物涂有浓郁的自我感情色彩,带有理想成分,相当造境;无我之境,指作者思想感情溶入自然景象,忘了自身的存在,好像是客观描写现实,其实仍有我在。

2. 真实与虚幻

刘勰

酌奇玩华不失真实

酌奇而不失其真,玩华而不坠其实。

〔梁〕刘勰《文心雕龙·辨骚》　人民文学出版社范注本

刘勰

意翻空而易奇,言征实而难巧

方其搦翰①,气倍辞前;暨乎篇成,半折心始。何则?意翻空而易奇,言征实而难巧也。

〔梁〕刘勰《文心雕龙·神思》　人民文学出版社范注本

①搦(nuò 诺)翰,执笔。

刘勰

夸而有节,饰而不诬

然饰穷其要,则心声锋起①;夸过其理,则名实两乖。若能酌《诗》《书》之旷旨,翦扬、马之甚泰②,使夸而有节,饰而不诬,亦可谓之懿③也。

〔梁〕刘勰《文心雕龙·夸饰》 人民文学出版社范注本
①句意引起广泛共鸣。
②句意除去扬雄、司马相如的过度形容。
③懿,美。

杜牧

李贺诗为《离骚》之苗裔

贺,唐皇诸孙,字长吉,元和中韩吏部①亦颇道其歌诗。云烟绵联,不足为其态也;水之迢迢,不足为其情也;春之盎盎,不足为其和也;秋之明洁,不足为其格也;风樯阵马,不足为其勇也;瓦棺篆鼎,不足为其古也;时花美女,不足为其色也;荒国陊殿②,梗莽丘垄,不足为其恨怨悲愁也;鲸呿鳌掷③,牛鬼蛇神,不足为其虚荒诞幻也。盖《骚》之苗裔,理虽不及,辞或过之。《骚》有感怨刺怼,言及君臣理乱,时有以激发人意。乃贺所为,得无有是?

〔唐〕杜牧《李贺集序》 上海古籍出版社《樊川文集》卷十
①韩吏部,韩愈,字退之,曾任吏部侍郎。②陊(duò 跺)殿,破殿。③呿(qù 去),张口貌。掷,腾跃。

欧阳修

杜甫善陈时事,世号诗史

甫又善陈时事,律切精深,至千言不少衰,世号"诗史"。

〔北宋〕欧阳修等《新唐书·杜甫传赞》 中华书局排印本

葛立方

李白《古风》言欲为神仙

李太白《古风》两卷，近七十篇，身欲为神仙者，殆十三四：或欲把芙蓉而蹑太清，或欲挟两龙而凌倒景①，或欲留玉舄而上蓬山，或欲折若木而游八极，或欲结交王子晋，或欲高挹卫叔卿，或欲借白鹿于赤松子，或欲餐金光于安期生②。岂非因贺季真③有谪仙之目，而固为是以信其说邪？抑身不用，郁郁不得志，而思高举远引邪？尝观其所作《梁父吟》，首言钓叟遇文王，又言酒徒遇高祖，卒自叹己之不遇。有云："我欲攀龙见明主，雷公砰訇④震天鼓。帝旁投壶多玉女，三时大笑开电光，倏烁晦冥起风雨。阊阖九门不可通，以额扣关阍者怒。"人间门户尚不可入，则太清倒景，岂易凌蹑乎？太白忤杨妃而去国，所谓玉女起风雨者，乃怨怼妃子之词也。其后又有《飞龙引》二首，当是明皇仙去之后，又有彩女玉女之句，则怨之深矣。

〔南宋〕葛立方《韵语阳秋》卷十一　何文焕辑《历代诗话》本
①景，同"影"。
②安期生，与王子晋、卫叔卿、赤松子皆是古代神话传说中的仙人。
③贺季真，贺知章字季真，自号四明狂客，盛唐诗人，称李白为谪仙人。
④砰訇（hōng 轰），巨雷声。

魏庆之

豪句须不畔于理

吟诗喜作豪句，须不畔①于理方善。如东坡《观崔白冬景图》云："扶桑大茧如瓮盎，天女织绡云汉上。往来不遣凤衔梭，谁能鼓臂投三丈?"此语豪而甚工。石敏若《橘林》文中,《咏雪》有"燕南雪花大于掌,冰柱悬檐一千丈"之语,豪则豪矣,然安得尔高屋耶!余观李太白《北风行》云"燕山雪花大如席",《秋浦歌》云"白发三千丈",其句可谓豪矣,奈无此理何!《艺苑雌黄》

〔南宋〕魏庆之《诗人玉屑》卷三 上海古籍出版社排印本
① 畔,通"叛",违背。

刘克庄

诗不可舍真实而求虚幻

诗家以少陵为祖,其说曰:"语不惊人死不休。"禅家以达摩为祖,其说曰:"不立文字。"诗之不可为禅,犹禅之不可为诗也。何君合二为一,余所不晓。夫至言妙义,固不在于言语文字,然舍其真实而求虚幻,厌切近而慕阔远,久而忘返,愚恐君之禅进而诗退矣。

〔南宋〕刘克庄《题何秀才诗禅方丈》 《四部丛刊》本《后村先生大全集》卷九十九

谢榛

写景述事宜实而不泥乎实

写景述事,宜实而不泥乎实。有实用而害于诗者,有虚用而无害于诗者,此诗之权衡也。

〔明〕谢榛《四溟诗话》卷一 丁福保辑《历代诗话续编》本

谢榛

景实而无趣，景虚而有味

贯休①曰："庭花蒙蒙水泠泠，小儿啼索树上莺。"景实而无趣。太白曰："燕山雪花大如席，片片吹落轩辕台。"景虚而有味。

〔明〕谢榛《四溟诗话》卷一　丁福保辑《历代诗话续编》本
①贯休，晚唐诗僧。

谢榛

作诗不宜逼真，妙在含糊

凡作诗不宜逼真，如朝行远望，青山佳色，隐然可爱，其烟霞变幻，难于名状。及登临非复奇观，惟片石数树而已。远近所见不同，妙在含糊，方见作手。

〔明〕谢榛《四溟诗话》卷三　丁福保辑《历代诗话续编》本

陆时雍

诗之真趣在意似之间

诗贵真。诗之真趣，又在意似之间，认真则又死矣。柳子厚①过于真，所以多直而寡委也。《三百篇》赋物陈情，皆其然而不必然之间，所以意广象圆，机灵而感捷也。

〔明〕陆时雍《诗镜总论》　丁福保辑《历代诗话续编》本
①柳子厚，柳宗元，字子厚，河东解（今山西运城西）人，世称柳河东，唐散文家、诗人、哲学家。

归庄

情真景真，其词必工

情与景合而为诗。廊庙有廊庙之情景，江湖有江湖之情景，缁衣黄冠有缁衣黄冠①之情景。情真景真，从而形之咏歌，其词必工。如舍现在之情景，而别取目之所未尝接，意之所不相关者，以为能脱本色，是相率而为伪也。

〔明〕归庄《眉照上人诗序》 中华书局《归庄集》卷三
①缁衣黄冠，指僧尼道士。

李渔

传奇无实

人谓古事多实，近事多虚。予曰：不然。传奇无实，大半皆寓言耳。欲劝人为孝，则举一孝子出名，但有一行可纪，则不必尽有其事，凡属孝亲所应有者，悉取而加之。亦犹纣之不善，不如是之甚也，一居下流，天下之恶皆归焉。其余表忠表节，与种种劝人为善之剧，率同于此。

尹按：此所谓典型化。

〔清〕李渔《笠翁偶集·词曲部》 芥子园《笠翁一家言全集》

叶燮

幽渺以为理，想象以为事，惝恍以为情

其更有事所必无者。偶举唐人一二语，如"蜀道之难难于上青天"、"似将海水添宫漏"、"春风不度玉门关"、"天若有情天亦老"、"玉颜不及寒鸦色"等句，如此者，何止盈千累万？决不能有其事，实为情至之语。夫情必依乎理，情得

然后理真，情理交至，事尚不得耶？要之：作诗者，实写理、事、情，可以言，言可以解，解即为俗儒之作。惟不可名言之理，不可施见之事，不可径达之情，则幽渺以为理，想象以为事，惝恍①以为情，方为理至、事至、情至之语，此岂俗儒耳目心思界分中所有哉！则余之为此三语者，非腐也，非僻也，非锢也，得此意而通之，宁独学诗，无适而不可矣。

〔清〕叶燮《原诗》内篇下　丁福保辑《清诗话》本
①惝（tǎng 倘，chǎng 敞）恍，迷糊不清。

王士禛

诗取兴会超妙，不作记里鼓

香炉峰在东林寺东南，下即白乐天草堂故址；峰不甚高，而江文通①《从冠军建平王登香炉峰》诗云："日落长沙渚，层阴万里生。"长沙去庐山二千馀里，香炉何缘见之？孟浩然《下赣石》诗："暝帆何处泊？遥指落星湾。"落星在南康府，去赣亦千馀里，顺流乘风，即非一日可达。古人诗只取兴会超妙，不似后人章句，但作记里鼓也。《渔洋诗话》　《皇华纪闻》

世谓王右丞画雪中芭蕉，其诗亦然。如"九江枫树几回青，一片扬州五湖白"，下连用兰陵镇、富春郭、石头城诸地名，皆寥远不相属。大抵古人诗画，只取兴会神到，若刻舟缘木求之，失其指②矣。《池北偶谈》

〔清〕王士禛《带经堂诗话》卷三　人民文学出版社校点本
①江文通，江淹字文通，南朝梁诗赋家。
②指，通"旨"。

吴乔

文虚做则无穷

大抵文章实做则有尽，虚做则无穷。《雅》《颂》多赋，是实做；《风》《骚》多比兴，是虚做。唐诗多宗《风》《骚》，所以灵妙。

〔清〕吴乔《围炉诗话》卷一　郭绍虞辑《清诗话续编》本

沈德潜

失体之言

点染风花，何妨少为失实。若小小送别，而动欲沾巾；聊作旅人，而便云万里。登陟培塿①，比拟华、嵩；偶遇庸人，颂言良哲。以至本居泉石，更怀遁世之思；业处欢娱，忽作穷途之哭。准之立言，皆为失体。

〔清〕沈德潜《说诗晬语》卷下　丁福保辑《清诗话》本
①培塿，小土丘。

黄子云

情事景物要不离乎真实无伪

诗不外乎情事景物，情事景物要不离乎真实无伪。一日有一日之情，有一日之景，作诗者若能随境兴怀，因题著句，则固景无不真，情无不诚矣。不真不诚，下笔安能变易而不穷？

〔清〕黄子云《野鸿诗的》　丁福保辑《清诗话》本

袁枚

考据家不可与论诗

考据家不可与论诗。或訾余《马嵬》诗曰:"'石壕村里夫妻别,泪比长生殿上多。'当日、贵妃不死于长生殿。"余笑曰:"白香山《长恨歌》:'峨嵋山下少人行。'明皇幸蜀,何曾路过峨嵋耶?"其人语塞。然太不知考据者,亦不可与论诗。

〔清〕袁枚《随园诗话》卷十三　人民文学出版社校点本

刘熙载

寓真于诞,寓实于玄

《庄子》寓真于诞①,寓实于玄,于此见寓言之妙。

〔清〕刘熙载《艺概·文概》　上海古籍出版社排印本
①诞,怪诞,荒唐、不合情理的。

王寿昌

诗有三真

诗有三真:言情欲真,写境欲真,纪事欲真。

〔清〕王寿昌《小清华园诗谈》卷上　郭绍虞辑《清诗话续编》本

王国维

诗有理想与写实二派

有造境,有写境,此理想与写实二派之所由分。然二者颇难分别。因大诗人所造之境必合乎自然,所写之境亦必邻于理想故也。

〔清〕王国维《人间词话》卷上　中华书局校注本

3. 个别性与概括性

▍司马迁

称文小而旨大，举类迩而义远

若《离骚》者，……其称文小而其指极大，举类迩而见义远。

〔西汉〕司马迁《史记·屈原贾生列传》 中华书局排印本

▍陆机

笼天地于形内

笼天地于形内，挫①万物于笔端。

〔晋〕陆机《文赋》 上海古籍出版社《文选》卷十七
①挫，挫折，引申为收拾、役使之意。

▍刘勰

比兴称名小，取类大

观夫兴之托喻，婉而成章，称名也小，取类也大。

〔梁〕刘勰《文心雕龙·比兴》 人民文学出版社范注本

▍刘勰

写气图貌，以少总多

是以诗人感物，联类不穷。流连万象之际，沉吟视听之区。写气①图貌，既随物以宛转；属采附声，亦与心而徘徊。故"灼灼"状桃花之鲜，"依依"尽杨柳之貌，"杲杲"为出日之容，"瀌瀌"拟雨雪之状，"喈喈"逐黄鸟之声，"喓喓"学草虫之之韵②。"皎日""嘒星"③，一言穷理；"参差""沃若"④，两字穷形：

并以少总多,情貌无遗矣。

〔梁〕刘勰《文心雕龙·物色》 人民文学出版社范注本

①气,天气。

②"灼灼"以至"喓喓",见《诗》之《周南·桃夭》《小雅·采薇》《卫风·伯兮》《小雅·角弓》《周南·葛覃》《召南·草虫》。瀌(biāo 标)瀌,雨雪盛大貌。

③《诗·王风·大车》:"有如皎日"。皎,光明貌。《诗·召南·小星》:"嘒彼小星"。嘒(huì 会),微小貌。

④《诗·周南·关雎》:"参差荇菜"。《诗·卫风·氓》:"桑之未落,其叶沃若。"沃若,柔弱貌。

孔颖达

取众意以为己辞

《谷风》《黄鸟》,妻怨其夫,未必一国之妻皆怨其夫耳。《北门》《北山》,下怨其上,未必一朝之臣皆怨上也。但举其夫妇离绝,则知风俗败矣。言己独劳从事,则知政教偏矣。莫不取众之意,以为己辞,一人言之,一国皆悦。

〔唐〕孔颖达《毛诗序疏》 十三经注疏本《毛诗正义》

白居易

诗有普遍意义

读君《学仙》诗,可讽放佚君。读君《董公》诗,可诲贪暴臣。读君《商女》诗,可感悍妇仁。读君《勤齐》诗,可劝薄夫敦一作淳。上可俾教化,舒之济万民。下可理情性,卷之善一身。

〔唐〕白居易《读张籍古乐府》 上海古籍出版社《全唐诗》第七函第一册

刘禹锡

片言可以明百意

片言可以明百意,坐驰可以役万里[1],工于诗者能之。风雅体变而兴同,古今调殊而理异,达于诗者能之。工生于才,达生于明,二者还相为用,而后诗道备矣。

〔唐〕刘禹锡《董氏武陵集纪》 上海人民出版社《刘禹锡集》卷十九

[1]《唐文粹》补遗卷十九,"万里"作"万景","理异"作"理合","达"之前有"冥"字。

司空图

万取一收

不著一字,尽得风流。语不涉己,若不堪忧。[1]是有真宰,与之沉浮。如渌满酒,花时返秋。悠悠空尘,忽忽海沤。浅深聚散,万取一收。[2]

〔唐〕司空图《诗品·含蓄》 人民文学出版社《诗品集解》
[1]杨振纲《诗品解》作"语不涉难,已不堪忧"。
[2]孙联奎《诗品臆说》:"浅深,竖说;聚散,横说:皆题外事也。万取,收一于万,即不著一字;一收,收万于一,即尽得风流。"

苏轼

一点红解寄无边春

谁言一点红,解[1]寄无边春!

〔北宋〕苏轼《书鄢陵王主簿所画折枝二首》 商务印书馆《苏东坡集》前集卷十六
[1]解,懂得,会。

王直方

动人春色不须多

荆公作内相[时]，翰苑中有石榴一丛，枝叶茂盛，惟发一花。公诗云："秾叶①万枝红一点，动人春色不须多。" 《类说》本 《丛话》前三十四

〔北宋〕王直方《王直方诗话》 郭绍虞辑《宋诗话辑佚》本

①秾叶，郭注：《丛话》作"浓绿"。《遯斋闲览》谓此荆公书唐人诗。

陈善

画工善体诗人意

唐人诗有"嫩绿枝头红一点，动人春色不须多"之句，闻旧时尝以此试画工。众工竞于花卉上妆点春色，皆不中选。惟一人于危亭缥缈隐映处，画一美妇人凭栏而立。众工遂服。此可谓善体诗人之意矣。

〔南宋〕陈善《扪虱新话》 《丛书集成初编》本

陆时雍

事多而寡用，言多而约出

初唐七律，简贵多风，不用事，不用意，一言两言，领趣自胜。故事多而寡用之，意多而约出之，斯所贵于作者。

〔明〕陆时雍《诗镜总论》 丁福保辑《历代诗话续编》本

■ 何文焕

《江南春》善立题

"千里莺啼绿映红,水村山郭酒旗风。南朝四百八十寺,多少楼台烟雨中。"此杜牧《江南春》诗也。升庵谓:"千应作十。盖千里已听不着看不见矣,何所云'莺啼绿映红'邪?"余谓即作十里,亦未必尽听得着,看得见。题云"江南春",江南方广千里,千里之中,莺啼而绿映焉。水村山郭,无处无酒旗,四百八十寺,楼台多在烟雨中也。此诗之意既广,不得专指一处,故总而命曰"江南春"。诗家善立题者也。

〔明〕何文焕《历代诗话考索》 何文焕辑《历代诗话》本

4. 赋比兴

■ 《毛诗序》

六义

故诗有六义①焉:一曰风,二曰赋,三曰比,四曰兴,五曰雅,六曰颂。

《毛诗序》 十三经注疏本《毛诗正义》

①六义,《诗经》学术语,解说有不同。一说是六种诗体。一说风、雅、颂指诗歌类型,赋、比、兴指表现内容的方法。唐孔颖达:"赋比兴是诗之所用,风雅颂是诗之成形。用彼三事,成此三事,是故同称为义。"

王逸

《离骚》依诗取兴，引类譬喻

《离骚》之文，依诗取兴，引类譬喻。故善鸟香草，以配忠贞；恶禽臭物，以比谗佞；灵修美人，以媲于君；宓妃佚女[1]，以譬贤臣；虬龙鸾凤，以托君子；飘风云霓，以为小人。其词温而雅，其义皎而朗。凡百君子，莫不慕其清高，嘉其文采，哀其不遇，而愍[2]其志焉。

〔东汉〕王逸《离骚经序》 《四部丛刊》本《楚辞》卷一
①宓妃，传说洛水女神。佚女，美女。
②愍（mǐn 敏），同"悯"。

郑玄等

汉晋唐宋学者释赋、比、兴

赋之言铺，直铺陈今之政教善恶。比，见今之失，不敢斥言，取比类以言之。兴，见今之美，嫌于媚谀，取善事以喻劝之。

郑司农[1]云："……比者，比方于物也。兴者，托事于物。"

〔东汉〕郑玄《周礼注》 十三经注疏本《周礼注疏》卷二十三
①郑众，字仲师，东汉经学家，章帝时任大司农。

诗，之也，志之所之也。兴物而作，谓之兴；敷布其义，谓之赋；事类相似，谓之比。

〔东汉〕刘熙《释名》卷三 汉魏丛书本

赋者，敷陈之称也。比者，喻类之言也。兴者，有感之辞也。

〔晋〕挚虞《文章流别论》 中华书局《艺文类聚》卷五十六

故诗有三义焉：一曰兴，二曰比，三曰赋。文已尽而意有余，兴也；因物喻志，比也；直书其事，寓言写物，赋也。宏斯三义，酌而用之，干之以风力，润之以丹彩，使味之者无极，闻之者动心，是诗之至也。若专用比兴，患在意深，意深则词踬[1]。若但用赋体，患在意浮，意浮则文散，嬉成流移，文无止泊，有芜漫之累矣。

〔梁〕钟嵘《诗品·序》 何文焕辑《历代诗话》本
[1] 踬，颠仆，引申为不顺利。

《诗》文宏奥，包韫六义；毛公[1]述传，独标兴体，岂不以风通而赋同[2]，比显而兴隐哉！故比者，附也；兴者，起也。附理者切类以指事，起情者依微以拟议。起情故兴体以立，附理故比例以生。

夫比之为义，取类不常：或喻于声，或方于貌，或拟于心，或譬于事。……故比类虽繁，以切至为贵，若刻鹄类鹜，则无所取焉。

〔梁〕刘勰《文心雕龙·比兴》 人民文学出版社范注本
[1] 毛公，相传战国末鲁人，注《诗经》，称《毛诗故训传》（一作《诂训传》），即《毛传》。
[2] 风通而赋同，风通六情，赋同陈情志。

赋者，直陈其事，无所讳避，故得失俱言。比者，比托于物，不敢正言，似有所畏惧，故云：见今之失，取比类以言之。兴者，兴起志意，赞扬之辞，故云：见今之美，以喻劝之。

〔唐〕孔颖达《毛诗序疏》 十三经注疏本《毛诗正义》卷一

兴者，先言他物以引起所咏之词也。赋者，敷陈其事而直言之也。比者，以彼物比此物也。

〔南宋〕朱熹《诗集传》卷一　中华书局排印本

李仲蒙①曰："叙物以言情谓之赋，情物尽也。索物以托情谓之比，情附物也。触物以起情谓之兴，物动情也。"

〔明〕王世贞《艺苑卮言》卷一　丁福保辑《历代诗话续编》本
①李仲蒙，北宋诗人。

洪迈

比兴引喻，实言以证

自齐、梁以来，诗人作乐府《子夜四时歌》之类，每以前句比兴引喻，而后句实言以证之。至唐张祜、李商隐、温庭筠、陆龟蒙，亦多此体，或四句皆然。……如"东边日出西边雨，道是无情又有情①"，"玲珑骰子安红豆，入骨相思知也无"，"合欢桃核真堪恨，里许原来别有人"是也。近世鄙词，如《一落索》数阕，盖效此格，语意亦新工，恨太俗耳，然非才士不能为。世传东坡一绝句云："莲子擘开须见薏，楸枰着尽更无棋。破衫却有重缝处，一饭何曾忘却匙。"盖是文与意并见一句中，又非前比也。

〔南宋〕洪迈《容斋三笔》卷十六　上海古籍出版社《容斋随笔》下
①此句本应是无晴又有晴，"情"谐音"晴"。以下句类此。

魏庆之

苏轼诗长于譬喻

子瞻作诗，长于譬喻。如《和子由》诗云："人生到处知何似,应似飞鸿踏雪泥。泥上偶然留指爪,鸿飞那复计东西。"《守岁》诗云:"欲知垂尽岁,有似赴壑蛇。修鳞半已没,去意谁能遮。况欲系其尾,虽勤知奈何!"《画水官》诗云:"高人岂学画,用笔乃在天。譬如善游人,一一能操船。"《龙眼》诗云:"龙眼与荔枝,异出同父祖。端如柑与橘,未易相可不[①]?"皆累数句也。如一联,即"少年辛苦真食蓼,老境清闲如啖蔗",如一句,即"雪里波菱如铁甲"之类,不可胜纪。《陵阳室中语》

〔南宋〕魏庆之《诗人玉屑》卷十七　上海古籍出版社排印本
① 不(fǒu否,又读阴平声),同"否"。

罗大经

诗家喻愁

诗家有以山喻愁者。杜少陵云:"忧端如山来,澒洞[①]不可掇。"赵嘏云:"夕阳楼上山重叠,未抵春愁一倍多"是也。有以水喻愁者。李颀云:"请量东海水,看取浅深愁。"李后主云:"问君能有几多愁,恰似一江春水向东流。"秦少游云:"落红万点愁如海"是也。贺方回云:"试问闲愁知几许?一川烟草,满城风絮,梅子黄时雨。"盖以三者比之愁多也,尤为新奇,兼兴中有比,意味更长。

〔南宋〕罗大经《鹤林玉露》卷七　中华书局排印本
① 澒(hòng讧)洞,大水浩渺无边貌。

罗大经

兴多兼比赋

盖兴者,因物感触,言在于此,而意寄于彼,玩味乃可识,非若赋比之直言其事也。故兴多兼比赋，比赋不兼兴，古诗皆然。今姑以杜陵诗言之：《发潭州》云："岸花飞送客，樯燕语留人。"盖因飞花语燕伤人情之薄，言送客留人止有燕与花耳。此赋也，亦兴也。若"感时花溅泪，恨别鸟惊心"，则赋而非兴矣。《堂成》云："暂止飞乌将数子，频来语燕定新巢"，盖因乌飞燕语而喜己之携雏卜居，其乐与之相似。此比也，亦兴也。若"鸿雁影来联塞上，脊令①飞急到沙头"，则比而非兴矣。

〔南宋〕罗大经《鹤林玉露》卷十　中华书局排印本
①脊令，同"鹡鸰"。

杨载

诗之体与诗之法

诗之六义，而实则三体。风、雅、颂者，诗之体；赋、比、兴者，诗之法。故赋、比、兴者，又所以制作乎风、雅、颂者也。凡诗中有赋起，有比起，有兴起。然《风》之中有赋、比、兴，《雅》《颂》之中亦有赋、比、兴，此诗学之正源，法度之准则。凡有所作，而能备尽其意，则古人不难到矣。若直赋其事，而无优游不迫之趣，沉着痛快之功，首尾率直而已，夫何取焉？

〔元〕杨载《诗法家数》　何文焕辑《历代诗话》本

李东阳

比兴皆托物寓情，言有尽而意无穷

诗有三义，赋止居一，而比兴居其二。所谓比与兴者，皆托物寓情而为之者也。盖正言直述，则易于穷尽，而难于感发。

惟有所寓托，形容摹写，反复讽咏，以俟人之自得，言有尽而意无穷，则神爽飞动，手舞足蹈而不自觉，此诗之所以贵情思而轻事实也。

〔明〕李东阳《麓堂诗话》 丁福保辑《历代诗话续编》本

吴乔

村歌俚曲无不暗合兴、赋、比

于六义中，姑置风、雅、颂而言兴、赋、比，此三义者，今之村歌俚曲，无不暗合，矫语称诗者自失之耳。如"月子湾湾照九州"，兴也。"逢桥须下马，有路莫登舟"，赋也。"南山顶上一盆油"，比也。行之而不著者也。明人多赋，兴比则少，故论唐诗亦不中窍。

〔清〕吴乔《答万季野诗问》 丁福保辑《清诗话》本

吴乔

比兴不可失

诗之失比兴，非细故也。比兴是虚句活句，赋是实句。有比兴则实句变为活句，无比兴则实句变成死句。许浑诗有力量，而当时以为不如不作，无比兴，说死句也。

〔清〕吴乔《围炉诗话》卷一 郭绍虞辑《清诗话续编》本

庞垲

诗以赋为主

诗有兴比赋。赋者，意之所托，主也。意有所触而起曰兴，借喻而明曰比，宾也。主宾分位须明，若贪发题外而忽本意，则犯强客压主之病；若滥引题外事而略本意，则有喧客夺主之病；若正意既行，忽入古人，忽插古事，则有暴客惊主之病。故余谓诗以赋为主。兴者，兴起其所赋也。比者，比其所赋也。兴比须与赋意相关，方无驳杂凌躐之病，而成章以达也。

〔清〕庞垲《诗义固说》下　郭绍虞辑《清诗话续编》本

吴雷发

勿以兴比高于赋

尝见论人诗者，谓赋体多而兴比少。此世俗之责人无已也。诗岂以兴比为高而赋为下乎？如诗果佳，何论兴比赋；设令不佳，而谬学兴比，徒增丑态耳。况诗在触景生情，何必先横兴比赋三字于胸。今必以备体为工，无乃陋甚。

〔清〕吴雷发《说诗菅蒯》　丁福保辑《清诗话》本

沈德潜

比兴互陈，言浅情深

事难显陈，理难言罄，每托物连类以形之①；郁情欲舒，天机随触，借物引怀②以抒之；比兴互陈，反复唱叹，而中藏之欢娱惨戚，隐跃欲传，其言浅，其情深也。倘质直敷陈，绝无蕴蓄，以无情之语而欲动人之情，难矣。

〔清〕沈德潜《说诗晬语》卷上　丁福保辑《清诗话》本
①句意是将事理寄托于物象，连同类似事物加以比喻形容，表明这一事理。
②引怀，融合情怀。

▌李重华

诗得力于兴、比、赋

兴之为义，是诗家大半得力处。无端说一件鸟兽草木，不明指天时而天时恍在其中；不显言地境而地境宛在其中；且不实说人事而人事已隐约流露其中。故有兴而诗之神理全具也。

比，不但物理，凡引一古人，用一故事，俱是比，故比在律体尤得力。

赋为敷陈其事而直言之，尚是浅解。须知化工妙处，全在随物赋形。故自屈、宋以来，体物作文，名之曰赋，即随物赋形之义也。

〔清〕李重华《贞一斋诗说》 丁福保辑《清诗话》本

▌洪亮吉

唐诗人尚多比兴

唐诗人去古未远，尚多比兴。如"玉颜不及寒鸦色"、"云想衣裳花想容"、"一片冰心在玉壶"及玉溪生《锦瑟》一篇，皆此体也。……李、杜、元、白诸大家，最多兴体。降及宋、元，直陈其事者十居八九，而比兴体微矣。

〔清〕洪亮吉《北江诗话》卷一 人民文学出版社校点本

▌施补华

诗用比兴之妙

戴叔伦《三闾庙》："沅湘流不尽，屈子怨何深？日暮秋风起，萧萧枫树林。"并不用意，而言外自有一种悲凉感慨之气，五绝中此格最高。义山:"向晚意不适,驱车登古原。夕阳无限好,只是近黄昏。"叹老之意极矣,然只说夕阳,并不说自己,所以为妙。五绝七绝,均须如此,此亦比兴也。

〔清〕施补华《岘佣说诗》 丁福保辑《清诗话》本

陈廷焯

比兴低回深婉,极沉极郁

或问比与兴之别,余曰:"宋德祐大学生《百字令》《祝英台近》两篇,字字譬喻,然不得谓之比也。以词太浅露,未合风人之旨。如王碧山①《咏萤》《咏蝉》诸篇,低回深婉,托讽于有意无意之间,可谓精于比矣。婉讽之谓比,明喻则非。……若兴,则难言之矣。托喻不深,树义不厚,不足以言兴。深矣厚矣,而喻可专指,义可强附,亦不足以言兴。所谓兴者,意在笔先,神余言外,极虚极活,极沉极郁,若远若近,可喻不可喻,反复缠绵,都归忠厚。求之两宋,如东坡《水调歌头》《卜算子·雁》、白石《暗香》《疏影》、碧山《眉妩·新月》《庆清朝·榴花》《高阳台·残雪庭除一篇》等篇,亦庶乎近之矣。"

尹按:王运熙、顾易生《中国文学批评史》述陈廷焯论比兴,以为二者都是婉转托讽,而不是简单的譬喻和类比,"兴"较"比"的意义更丰富,作用更微妙,二者却不能机械地区分。王、顾认为这是"向汉儒和宋儒提出不同意见,表现出一定的解放精神"。

〔清〕陈廷焯《白雨斋词话》卷六 人民文学出版社校点本
①王碧山,王沂孙,号碧山,人称玉笥山人,宋遗民,词人。

5. 用典

钟嵘

吟咏情性不贵用事

若乃经国文符,应资博古,撰德驳奏,宜穷往烈。至乎吟咏情性,亦何贵于用事[1]?

〔梁〕钟嵘《诗品》 何文焕辑《历代诗话》本

[1]用事,使用历史故事,兼指有来历出处的词语,又称使事、用典、用典故。

吕本中

用典亦文章之妙

"雕虫蒙记忆,烹鲤问沉绵"[1],不说作赋而说雕虫,不说寄书而说烹鲤,不说疾病而云沉绵;"颂椒添讽味,禁火卜欢娱"[2],不说节岁但云颂椒,不说寒食但云禁火,亦文章之妙也。《丛话》前十二

〔北宋〕吕本中《童蒙诗训》 郭绍虞辑《宋诗话辑佚》本

[1]见杜甫《秋日夔府咏怀一百韵》。雕虫,语出汉扬雄《法言·吾子》:"或问:'吾子少而好赋?'曰:'然。童子雕虫篆刻。'俄而曰:'壮夫不为也。'"后以雕虫比喻微不足道的技能,多指文字技巧。虫,虫书,古代汉字的一种字体。烹鲤,语出汉代古诗《饮马长城窟行》:"客从远方来,遗我双鲤鱼。呼儿烹鲤鱼,中有尺素书。"世以鱼书代指书信。沉绵,谓疾病缠绵历久不愈,语出梁沈约《萧恺传》:"因遇沉疴,绵留气序。"

[2]见杜甫《续得观书迎就当阳居止》。颂椒,指正月初一。宋懔《荆楚岁时记》:"俗有岁首用椒酒。"庾信诗:"柏叶随铭至,椒花逐颂来。"禁火,旧俗清明前一日为"寒食",寒食不举火。

魏泰

作诗不可专缀古人未使之事与奇字

黄庭坚喜作诗得名,好用南朝人语,专求古人未使之事,又一二奇字,缀葺而成诗,自以为工,其实所见之僻也。故句虽新奇,而气乏浑厚。吾尝作诗题其编后,略云:"端求古人遗,琢抉手不停。方其拾玑羽,往往失鹏鲸。"盖谓是也。

〔北宋〕魏泰《临汉隐居诗话》 何文焕辑《历代诗话》本

周紫芝

事在语中而人不知

凡诗人作语,要令事在语中而人不知。余读太史公《天官书》"天一①、枪、棓②、矛、盾动摇,角大、兵起。"杜少陵诗云:"五更鼓角声悲壮,三峡星河影动摇。"盖暗用迁语,而语中乃有用兵之意。诗至于此,可以为工也。

〔南宋〕周紫芝《竹坡诗话》 何文焕辑《历代诗话》本
①天一,一作天乙,星官名,属紫微垣。
②棓(bàng 傍),通"棒"。

黄彻

用事不拘故常

韦应物《赠李侍御》云:"心同野鹤与尘远,诗似冰壶①彻底清。"又《杂言送人》云:"冰壶见底未为清,少年如玉有诗名。"此可为用事之法,盖不拘故常也。

〔南宋〕黄彻《䂬溪诗话》卷三 丁福保辑《历代诗话续编》本
①冰壶,王昌龄《芙蓉楼送辛渐》:"洛阳亲友如相问,一片冰心在玉壶。"

■ 魏庆之

文章当从三易，用事不使人觉

沈隐侯①曰：文章当从三易：易见事，一也；易识事，二也；易读诵，三也。邢子才②曰：沈侯文章，用事不使人觉，若胸臆语。

〔南宋〕魏庆之《诗人玉屑》卷七　上海古籍出版社排印本
①沈隐侯，沈约，封建昌县侯，谥曰隐。
②邢子才，名劭，北齐文学家。

■ 魏庆之

用事要如水中着盐

杜少陵云：作诗用事，要如禅家语："水中着盐，饮水乃知盐味。"此说，诗家秘密藏也。《西清诗话》

〔南宋〕魏庆之《诗人玉屑》卷七　上海古籍出版社排印本

■ 魏庆之

反其意而用之

文人用故事，有直用其事者，有反其意而用之者。李义山诗："可怜半夜虚前席，不问苍生问鬼神。"虽说贾谊，然反其意而用之矣。林和靖①诗："茂陵他日求遗稿，犹喜曾无封禅书②。"虽说相如，亦反其意而用之矣。直用其事，人皆能之，反其意而用之者，非学业高人，超越寻常拘挛之见，不规规然蹈袭前人陈迹者，何以臻此！《艺苑雌黄》

〔南宋〕魏庆之《诗人玉屑》卷七　上海古籍出版社排印本
①林和靖，林逋，字君复，后人称和靖先生（谥和靖），北宋诗人，长期隐居西溪孤山。

②此是《自作寿堂因书一绝以志之》后二句,言自己死后如皇帝派人来寻求遗稿,我高兴的是没有像司马相如颂扬帝德的《封禅文》。茂陵,汉武帝陵,借指当今皇上。

杨载

用事只使影子

用事:陈古讽今,因彼证此,不可着迹,只使影子可也。虽死事亦当活用。

〔元〕杨载《诗法家数》 何文焕辑《历代诗话》本

胡应麟

用事的意义、源流及范例

诗自模景述情以外,则有用事而已。用事非诗正体,然景物有限,格调易穷,一律千篇,只供厌饫。欲观人笔力材诣,全在阿堵中。且古体小言,姑置可也,大篇长律,非此何以成章!

用事之工,起于太冲①《咏史》。唐初王、杨、沈、宋②,渐入精严。至老杜包孕汪洋,错综变化,而美善备矣。用事之僻,始见商隐诸篇。宋初杨、李、钱、刘③,愈流绮刻。至苏、黄堆叠诙谐,粗疏诡谲,而陵夷④极矣。

"荒庭垂橘柚,古屋画龙蛇"⑤,"锡飞常近鹤,杯渡不惊鸥"⑥,杜用事入化处。然不作用事看,则古庙之荒凉,画壁之飞动,亦更无人可着语。此老杜千古绝技,未易追也。

杜用事错综,固极笔力,然体自正大,语尤坦明。晚唐、宋初,用事如作谜。苏如积薪,陈⑦如守株,黄如缘木。

用事患不得肯綮⑧,得肯綮,则一篇之中八句皆用,一句之中二字串用，亦何不可！婉转清空，了无痕迹，纵横变幻，莫测端倪，此全在神运笔融，犹斫轮甘苦，心手自知，难以言述。

〔明〕胡应麟《诗薮》内编卷四　上海古籍出版社排印本

①太冲，左思字太冲，西晋文学家。

②王、杨、沈、宋，王勃、杨炯、沈佺期、宋之问。

③杨、李、钱、刘，杨亿、李宗谔、钱惟演、刘筠，北宋初期诗人，以描写宫廷生活为主，谓之西昆体。

④陵夷，衰颓。

⑤两句是杜甫《禹庙》颔联，涉及禹事。《尚书·禹贡》："厥包橘柚锡贡，沿于江海，达于淮泗。"《孟子·滕文公下》："当尧之时，水逆行，泛滥于中国，蛇龙居之，民无所定。"《山海经》："帝乃命禹卒布土以定九州。"

⑥两句是杜甫《题玄武禅师屋壁》颈联，写壁画，用《高僧传》志公锡杖飞空、《传灯录》僧木杯渡河的故事，以赞美玄武禅师。详见《杜甫诗注》。

⑦陈，陈师道。

⑧肯綮（qìng 磬），筋骨结合处，比喻要害、最关紧要处。

王世懋

善使事者勿为事所使

善使故事者，勿为故事所使。如禅家云："转《法华》勿为《法华》转。"使事之妙，在有而若无，实而若虚，可意悟不可言传，可力学得，不可仓卒得也。

〔明〕王世懋《艺圃撷馀》　何文焕辑《历代诗话》本

王士禛

诗用事以不露痕迹为高

作诗用事以不露痕迹为高。往董御史玉虬文骥外迁陇右道，留别予辈诗云："逐臣西北去，河水东南流。"初谓常语，后读《北

史》,魏孝武帝西奔宇文泰,循河西行,流涕谓梁御曰:此水东流,而朕西上。乃悟董语本此,深叹其用古之妙。《池北偶谈》

〔清〕王士禛《带经堂诗话》卷十七　人民文学出版社校点本

王士禛

用事脱化

唐人《宫怨》诗云:"事与年俱往,恩无日再中。"案秦王执留太子丹,与誓曰:使日再中、天雨粟、乌头白、马生角,厨门木象生肉足,乃得归!如此用事,可谓脱化。《居易录》

〔清〕王士禛《带经堂诗话》卷十七　人民文学出版社校点本

沈德潜

实事贵用之使活,熟语贵用之使新

以诗入诗,最是凡境。经史诸子,一经征引,都入咏歌,方别于潢潦无源之学。曹子建善用史,谢康乐善用经,杜少陵经史并用。但实事贵用之使活,熟语贵用之使新,语如己出,无斧凿痕,斯不受古人束缚。

〔清〕沈德潜《说诗晬语》卷上　丁福保辑《清诗话》本

沈德潜

诗有无故实而自高者

援引典故,诗家所尚。然亦有羌无故实而自高,胪陈卷轴而转卑者。假如作田家诗,只宜称情而言,乞灵古人,便乖本色。

〔清〕沈德潜《说诗晬语》卷下　丁福保辑《清诗话》本

■ 刘熙载

用事贵无事障

词中用事，贵无事障。晦也，肤也，多也，板也，此类皆障也。姜白石词用事入妙，其要诀所在，可于其《诗说》见之，曰："僻事实用，熟事虚用。""学有余而约以用之，善用事者也。……"

〔清〕刘熙载《艺概·词曲概》 上海古籍出版社排印本

■ 朱庭珍

融化剪裁，运古语如己出

大抵用典之法，在融化剪裁，运古语如己出，毫无费力之痕，斯不受古人束缚矣。正用不如反用，明用不如暗用。或借宾以定主，或托虚以衬实。死事则用之使活，熟事则用之使生。渲染则波澜叠翻，熔铸则炉锤在握。驱之以笔力，驭之以才情，行之以气韵，俾自在流出，如鬼斧神工，不可思议，而一归于天然，斯大方家手笔矣。杜陵句云："美人细意熨贴平，裁缝灭尽针线迹。"放翁云："天机云锦用在我，剪裁妙处非刀尺。"皆个中精诣也，学者详之。

〔清〕朱庭珍《筱园诗话》卷一 郭绍虞辑《清诗话续编》本

6. 对仗

刘勰

言对、事对、反对、正对

故丽辞之体，凡有四对①：言对为易，事对为难，反对为优，正对为劣。言对者，双比空辞②者也；事对者，并举人验者也；反对者，理殊趣合者也；正对者，事异义同者也。长卿③《上林赋》云，"修容乎礼园，翱翔乎书圃"，此言对之类也；宋玉《神女赋》云，"毛嫱鄣袂，不足程式；西施掩面，比之无色"④，此事对之类也；仲宣《登楼》云，"钟仪幽而楚奏，庄舄显而越吟"⑤，此反对之类也；孟阳⑥《七哀》云，"汉祖想枌榆，光武思白水"，此正对之类也。

尹按：刘勰言"反对为优"，有一定道理；但言"正对为劣"似不合事实，古来诗文正对多于反对，优秀对仗句正对也多于反对。

〔梁〕刘勰《文心雕龙·丽辞》 人民文学出版社范注本

①四对，分两组：言对、事对；反对、正对。言对、事对中各有正对、反对；正对、反对中也都有言对、事对。

②双比空辞，两句并列直言而不用事例典故。

③长卿，司马相如字，西汉辞赋家。

④四句言神女之美，胜过王昭君、西施。毛嫱，毛延寿所画的王嫱（昭君）。鄣袂（mèi 妹），掩袖。鄣，同"障"。

⑤两句说：楚人钟仪被囚在晋国悲伤而奏楚乐，越人庄舄（xì 细）在楚国做大官高兴而唱越曲。

⑥孟阳，张协字，西晋诗人。《七哀》诗所云"枌（fén 坟）榆"（乡名）是汉高祖故乡，"白水"（县名，属南阳）是汉光武帝故乡。

王直方

诗不可泥于对属

荆公①云:"凡人作诗,不可泥于对属。如欧阳公作《泥滑滑》云:'画帘阴阴隔宫烛,禁漏杳杳深千门。'千字不可以对宫字,若当时作朱门,虽可以对,而句力便弱耳。"《丛话》前三十 《玉屑》七

〔北宋〕王直方《王直方诗话》 郭绍虞辑《宋诗话辑佚》本

①荆公,王安石,字介甫,号半山,封荆国公,世称王荆公。北宋政治家、思想家、文学家。

蔡启

晋宋诗人造语之病

晋宋间诗人造语虽秀拔,然大抵上下句多出一意。如'鱼戏新荷动,鸟散余花落', '蝉噪林逾静,鸟鸣山更幽'之类,非不工矣,终不免此病。其甚乃有一人名而分用之者,如刘越石'宣尼悲获麟,西狩泣孔丘'①,谢惠连'虽好相如达,不同长卿慢'②等语,若非前后相映带,殆不可读,然要非全美也。唐初余风犹未殄③,陶冶至杜子美,始净尽矣。《丛话》前一

〔北宋〕蔡启《蔡宽夫诗话》 郭绍虞《宋诗话辑佚》本

①刘越石,名琨,西晋诗人。诗两句意思相同:孔子听说打猎时捉住麒麟很悲伤。宣尼,即孔丘,汉平帝追谥孔子为褒成宣尼公。

②两句同指司马相如。

③殄(tiǎn 舔),尽,绝。

吴可

宁对不工，不可使气弱

凡诗切对求工，必气弱。宁对不工，不可使气弱。

丁福保评：气自弱耳，何关切对求工耶？

〔南宋〕吴可《藏海诗话》　丁福保辑《历代诗话续编》本

葛立方

对偶太切并不俗

近时论诗者，皆谓偶对不切，则失之粗；太切，则失之俗。如江西诗社所作，虑失之俗也，则往往不甚对，是亦一偏之见尔。老杜《江陵诗》云："地利西通蜀，天文北照秦。"《秦州诗》云："水落鱼龙夜，山空鸟鼠秋。""丛篁低地碧，高柳半天青。"《竖子至》云："楂梨且缀碧，梅杏半传黄。"如此之类，可谓对偶太切矣，又何俗乎？如"杂蕊红相对，他时锦不如"，"磨灭余篇翰，平生一钓舟"之类，虽对不求太切，而未尝失格律也。学诗者当审此。

〔南宋〕葛立方《韵语阳秋》卷一　何文焕辑《历代诗话》本

葛立方

骈句不足为法

《选》①诗骈句甚多，如："宣尼悲获麟，西狩涕孔丘。""千忧集日夜，万感盈朝昏。""万古陈往还，百代劳起伏。""多士成大业，群贤济洪绩"之类，恐不足为后人之法也。

〔南宋〕葛立方《韵语阳秋》卷一　何文焕辑《历代诗话》本

①《选》，《文选》，世称《昭明文选》，南朝梁太子萧统（谥昭明）编。

洪迈

诗文有当句对

唐人诗文，或于一句中自成对偶，谓之当句对。盖起于《楚辞》"蕙烝兰藉"①、"桂酒椒浆"、"桂棹兰枻"、"斲冰积雪"。自齐、梁以来，江文通、庾子山②诸人亦如此。如王勃《宴滕王阁序》一篇皆然。谓若襟三江带五湖，控蛮荆引瓯越，龙光牛斗，徐孺陈蕃，腾蛟起凤，紫电青霜，鹤汀凫渚，桂殿兰宫，钟鸣鼎食之家，青雀黄龙之轴，落霞孤鹜，秋水长天，天高地迥，兴尽悲来，宇宙盈虚，丘墟已矣之辞是也。

〔南宋〕洪迈《容斋续笔》卷三　上海古籍出版社《容斋随笔》上

①蕙烝兰藉，《九歌·东皇太一》："蕙肴蒸兮兰藉"。"蕙烝"对"兰藉"，双字词相对。下同。

②江文通、庾子山，江淹、庾信，南朝梁、陈诗赋家。

胡仔

对仗要合乎事理

《王直方诗话》云：东坡有言，世间事忍笑为易，惟读王祈大夫诗，不笑为难。祈尝谓东坡云："有《竹诗》两句，最为得意。"因诵曰："叶垂千口剑，干耸万条枪。"坡曰："好则极好，则是十条竹竿，一个叶儿也。"

〔南宋〕胡仔《苕溪渔隐丛话》前集卷五十五　人民文学出版社校点本

■ 魏庆之

六对、八对

唐上官仪曰：诗有六对：一曰正名对，天地、日月是也；二曰同类对，花叶、草芽是也；三曰连珠对，萧萧、赫赫是也；四曰双声对，黄槐、绿柳是也；五曰叠韵对，彷徨、放旷是也；六曰双拟对，春树、秋池是也。又曰：诗有八对：一曰的名对，送酒东南去，迎琴西北来是也；二曰异类对，风织池间树，虫穿草上文是也；三曰双声对，秋露香佳菊，春风馥丽兰是也；四曰叠韵对，放荡千般意，迁延一介心是也；五曰联绵①对，残河若带，初月如眉是也；六曰双拟对，议月眉欺月，论花颊胜花是也；七曰回文对，情新因意得，意得逐情新是也。八曰隔句对，相思复相忆，夜夜泪沾衣，空叹复空泣，朝朝君未归是也。《诗苑类格》

〔南宋〕魏庆之《诗人玉屑》卷七　上海古籍出版社排印本
①联绵，同"连绵"，接连不断。

■ 魏庆之

对仗贵自然，无斧凿痕

文之所以贵对偶者，谓出于自然，非假于牵强也。《潘子真诗话》记：禹玉①元丰间以钱二万、酒二壶饷吕梦得，梦得作启谢之。有"白水真人，青州从事"②，禹玉叹赏，为其切题。东坡得章质夫书，遗酒六瓶，书至而酒亡，因作诗寄之云："岂意青州六从事，化为乌有一先生。"二句浑然一意，无斧凿痕，更觉有功。《复斋漫录》

〔南宋〕魏庆之《诗人玉屑》卷七　上海古籍出版社排印本
①禹玉，王珪字禹玉，北宋名相。
②白水真人，古钱币的别称。王莽改称钱为货泉。青州从事，酒的别称。《世说新语·术解》：桓公有主簿善别酒，好者谓青州从事，恶者谓平原督邮。

魏庆之

借对

"根非生下土，叶不坠秋风。""五峰高不下，万木几经秋。"以"下"对"秋"，盖"夏"字声同也。"因寻樵子径，偶到葛洪家。""残春红药在，终日子规啼。"以"子"对"洪"，以"红"对"子"，皆假其色①也。"闲听一夜雨，更对柏岩僧。""住山今十载，明日又迁居。"以"一"对"柏"，以"十"对"迁"，假其数也。《禁脔》

〔南宋〕魏庆之《诗人玉屑》卷七　上海古籍出版社排印本
①借"子"音为紫色，借"洪"音为红色。

罗大经

诗互体

杜少陵诗云："风含翠筱娟娟净，雨裛红蕖冉冉香。"上句风中有雨，下句雨中有风，谓之互体。杨诚斋诗云："绿光风动麦，白碎日翻池。"亦然。上句风中有日，下句日中有风。

〔南宋〕罗大经《鹤林玉露》卷七　中华书局排印本

范晞文

老杜对句有终非法者

老杜诗："两边山木合，终日子规啼。"以"终日"对"两边"。"不知云雨散，虚费短长吟。"以"短长"对"云雨"。"桑麻深雨露，燕雀半生成。"以"生成"对"雨露"。"风物悲游子，登临忆侍郎。"以"登临"对"风物"。句意适然，不觉其为偏枯，然终非法也。

〔南宋〕范晞文《对床夜语》卷二　丁福保辑《历代诗话续编》本

胡应麟

作诗最忌合掌

作诗最忌合掌，近体尤忌。而齐、梁人往往犯之，如以朝对曙，将远属遥之类。初唐诸子，尚袭此风，推原厉阶①实由康乐②。沈、宋③二君，始加洗削，至于盛唐尽矣。

〔明〕胡应麟《诗薮》内编卷四　上海古籍出版社排印本
①厉阶，祸端。
②康乐，谢灵运。
③沈、宋，沈佺期、宋之问。

毛先舒

对仗精整，须审平侧

作诗对仗须精整，不定以青对白，以冬对夏，以北对南为也，要审死活、虚实①、平侧②。借如"登山临水"，"高山流水"，"登""临"为活，"高""流"为死，不得易位相对仗也，或有假借作变对耳。又如"高山流水"，"吴山越水"，"高"

"流"为虚,"吴""越"为实,亦不得易位为对仗也,或假借斯有之。又如"山水"二字,平可对"云霞"。若"江水",乃说江中之水,二字侧不可对"云霞",但可以"山云"对之。即以一物对二物,亦无不可,总须论字面平侧。如以"鹦鹉"对"龙蛇",或对"鹓鸾",以一对二之类;若以"鹦鹉"对"神龙"、"彩鸾",便是以平对侧,非其法也。以二对一亦然。如"枫柳"可对"梧桐","春柳"便不可与"梧桐"对耳。

〔清〕毛先舒《诗辨坻》卷四　郭绍虞辑《清诗话续编》本

①死活、虚实,古人根据字义分字为此四类。《缥缃对类》:"盖字之有形体者为实,字之无形体者为虚。似有而无者为半虚,似无而有者为半实。实者皆是死字,惟虚字则有死有活。死谓其自然而然者,如高下洪纤之类是也。活谓其使然而然者,如飞潜变化之类是也。"

②平侧,此指一词二字的组成方式,并列为平,偏正为侧,非只谓声调之平仄。

吴雷发

诗有自然成对处

诗之属对,固在工确。然间有自然成对处,虽字句稍借,正不害其为佳。今人于一二字辄多嗤点,纵非忌刻,亦是识见不广。试观老杜句,如:"晚凉看洗马,森木乱鸣蝉","紫鳞冲岸跃,苍隼护巢归","且食双鱼美,谁看异味重",……"棋局动随幽涧竹,袈裟忆上泛湖船","篱边老却陶潜菊,江上徒逢袁绍杯","正怜日破浪花出,更复春从沙际归",以今人论之,必以为欠工确矣。然于老杜则忽之,于后人则必刻求。如谓老杜则可,后人则不可,将厚责后人耶?是薄待老杜矣;抑姑置老杜耶?是薄待后人矣。第在作诗者,不可借口以自恕耳。

〔清〕吴雷发《说诗菅蒯》 丁福保辑《清诗话》本

薛雪

要通体稳称,上下句悉敌

为人要事事妥当,作字要笔笔安顿,诗文要通体稳称,乃为老到。止就诗论,宁使下句衬上句,不可使上句胜下句。然上下句悉敌,才是天然工到。如"归日楼台非甲帐,去时冠剑是丁年""风卷蓬根屯戊己,月移松影守庚申""此日六军同驻马,当时七夕笑牵牛""陈图东聚夔江石,边柝西悬雪岭松"之类,则又不可不力争者也。

〔清〕薛雪《一瓢诗话》 丁福保辑《清诗话》本

冒春荣

律诗对仗的多种形式

律诗以对仗工稳为正格。有前二联不相属对者;有起联对而次联用流水句者,谓之换柱对;有以第三句对首句、第四句对次句者,谓之开门对。为类颇多,姑略举之。有全首俱对者,老杜多此体;有全首俱不对者,太白多此体,皆属变格,或间出而用之。

有两句中字参差相对者,谓之犄角对。如"众水会涪万,瞿唐争一门"_{杜甫},"众水"与"一门"对,"涪万"与"瞿唐"对。"触舻争利涉,来往任风潮"_{孟浩然},"触舻"与"风潮"对,"利涉"与"来往"对。

有本句中自相对偶者,谓之四柱对。如"赭圻将赤岸,击汰复扬舲"王维，"四年三月半，新笋晚花时"元稹，"远山芳草外，流水落花中"司空曙是也。

有双声对者，如"留连千里宾，独待一年春"……又有叠韵对者，如"徘徊四顾望，怅怏独心愁"……

有借字音相对者，谓之假对。如"枸杞因吾有，鸡栖奈尔何"杜甫，"厨人具鸡黍，稚子摘杨梅"孟浩然，一借"枸"作"狗"，一借"杨"作"羊"。……

有次联不对至第三联方对者，谓蜂腰对，言已断而复续也。如贾岛诗"下第惟空囊，如何在帝乡？杏园啼百舌，谁醉在花旁？泪落故山远，病来春草长。知音逢岂易，孤棹负三湘"是也。

有对而不对、不对而对者，如李颀"春风灞水上，饮马杏花时"，虽不对而声势自相应。若杜甫"江汉思归客，乾坤一腐儒"，则上句"思归"是联字，下句"腐儒"是联字，合读若对，字实不对，亦不可不知其疵也。

对句宜工，亦不宜太切。如清风、明月，绿水、青山，黄莺、紫燕，桃红、柳绿，便是蒙馆对法。

对法不可合掌，如一动必一静，一高必一下，一纵必一横，一多必一少，此类可以递推。如耿湋"冒寒人语少，乘月烛来稀"，"稀""少"合掌。李宗嗣"普天皆灭焰，匝地尽藏烟"，"皆""尽"合掌。贾岛"流星透疏木，走月逆行云"，"流""走"合掌。曹松"汲水疑山动，扬帆觉岸行"，"行""动"合掌。顾在镕"犬为孤村吠，猿因冷木号"，"号""吠"并声。崔颢"川从陕路去，河绕华阴流"，"川""河"并水。此皆诗之病也。

[清]冒春荣《葚原诗说》卷一　郭绍虞辑《清诗话续编》本

钟秀

对法不可太近太远

律诗对法，不可太近，如常建之"山光悦鸟性，潭影空人心"，便似合掌；又不可太远，如谭用之①之"乡思不堪悲橘柚，旅游谁肯忆王孙"，殊为不伦。

[清]钟秀《观我生斋诗话》卷二　清光绪刻本

①谭用之，字藏用，唐末五代时诗人。

（七）诗的语言

司马迁

《离骚》文约辞微

若《离骚》者……其文约，其辞微①。

〔西汉〕司马迁《史记·屈原贾生列传》 中华书局排印本
①微，幽微，意不显露。

钟嵘

陶渊明诗省净，辞兴婉惬

宋征士陶潜：……文体省净，殆无长语。笃意真古，辞兴婉惬。每观其文，想其人德。世叹其质直。至如"欢言醉春酒"、"日暮天无云"，风华清靡，岂直为田家语邪①？

〔梁〕钟嵘《诗品》卷中 何文焕辑《历代诗话》本
①邪，同"耶"。

钟嵘

古今胜语多由直寻

"思君如流水"，既是即目；"高台多悲风"，亦惟所见；"清晨登陇首"，羌无故实；"明月照积雪"，讵出经史？观古今胜语，多非补假①，皆由直寻②。

〔梁〕钟嵘《诗品》 何文焕辑《历代诗话》本
①补假，补缀、假借，拾掇前人典故曲折地表达情意。

②直寻,直接感受,白描。

刘勰

情者文之经,为情造文要约写真

故情者,文之经,辞者,理之纬;经正而后纬成,理定而后辞畅:此立文之本源也。

昔诗人什篇,为情而造文,辞人赋颂,为文而造情。何以明其然?盖风雅之兴,志思蓄愤,而吟咏情性,以讽其上,此为情而造文也;诸子之徒,心非郁陶,苟驰夸饰,鬻声钓世①,此为文而造情也。故为情者要约而写真,为文者淫丽而烦滥。而后之作者,采滥忽真,远弃风雅,近师辞赋,故体情之制日疏,逐文之篇愈盛。故有志深轩冕,而泛咏皋壤,心缠几务,而虚述人外,真宰弗存,翩其反矣。

〔梁〕刘勰《文心雕龙·情采》 人民文学出版社范注本
①鬻(yù 愈)声钓世,卖弄文辞,沽名钓誉。鬻,卖。

释皎然

诗须修饰,要苦思

或云:诗不假修饰,任其丑朴,但风韵正,天真全,即名上等。予曰:不然。无盐阙容而有德,曷若文王太姒有容而有德乎①?又云:不要苦思,苦思则丧自然之质。此亦不然。夫不入虎穴,焉得虎子。取境之时,须至难、至险,始见奇句。成篇之后,观其气貌,有似等闲,不思而得,此高手也。有时意静神王②,佳句纵横,若不可遏,宛如神助。不然,盖由先积精思,因神王而得乎?

〔唐〕释皎然《诗式》 何文焕辑《历代诗话》本

①《列女传》:"钟离春者,齐无盐邑之女,宣王之正后也。其为人极丑无双……(宣王)拜无盐君为后,齐国大安。"又:"太姒者,武王之母,……仁而明道,文王嘉之,亲迎于渭。"

②王(wàng望),通"旺"。

欧阳修

理有不通亦语病

诗人贪求好句,而理有不通,亦语病也。如"袖中谏草朝天去,头上宫花侍宴归",诚为佳句矣,但进谏必以章疏,无直用稿草之理。唐人有云:"姑苏台下寒山寺,半夜钟声到客船。"说者亦云,句则佳矣,其如三更不是打钟时①!如贾岛《哭僧》云:"写留行道影,焚却坐禅身。"时谓烧杀和尚,此尤可笑也②。

尹按:欧公论点正确。本文后二例不为病。《石林诗话》:"盖公未尝至吴中,今吴中山寺,实以夜半打钟。"僧圆寂火化为常,应不可笑。

〔北宋〕欧阳修《六一诗话》 何文焕辑《历代诗话》本

吴坰

好诗流走如弹丸,浏亮明白

六朝人论诗,谓好诗流走如弹丸;唐人谓张九龄谈论滔滔,如下坡走丸。虽觅句置论立法不同,要之以浏亮明白为难事。

〔北宋〕吴坰《五总志》 《知不足斋丛书》本

释惠洪

夺胎换骨

山谷云：诗意无穷，而人之才有限，以有限之才，追无穷之意，虽渊明、少陵不得工也。然不易其意而造其语，谓之换骨法；窥入其意而形容之，谓之夺胎法。如郑谷《十日菊》曰："自缘今日人心别，未必秋香一夜衰。"此意甚佳，而病在气不长。西汉文章雄深雅健者，其气长故也。曾子固曰："诗当使人一览语尽而意有余，乃古人用心处。"所以荆公《菊诗》曰："千花万卉凋零后，始见闲人把一枝。"东坡则曰："万事到头终是梦，休休休，明日黄花蝶也愁。"又如李翰林诗曰："鸟飞不尽暮天碧。"又曰："青天尽处没孤鸿。"然其病如前所论。山谷作《登达观台》诗曰："瘦藤拄到风烟上，乞与游人眼界开。不知眼界阔多少，白鸟去尽青天回。"凡此之类，皆换骨法也。顾况诗曰："一别二十年，人堪几回别。"其诗简拔而立意精确。舒王作《与故人》诗曰："一日君家把酒杯，六年波浪与尘埃。不知乌石江边路，到老相逢得几回？"乐天诗曰："临风杪秋树，对酒长年身。醉貌如霜叶，虽红不是春。"东坡南中作诗云："儿童误喜朱颜在，一笑那知是酒红。"凡此之类，皆夺胎法也。学者不可不知。

尹按：夺胎换骨，或作脱胎换骨，原为道家语，指脱换凡人躯壳而成仙，黄庭坚借以表示变化古人语以出新意。不善用者难免有蹈袭之迹，善用者真如另换骨相，或点化成金。清顾嗣立《寒厅诗话》："章碣《焚书坑》诗：'竹帛烟销帝业虚，关河空锁祖龙居。坑灰未冷山东乱，刘项原来不读书。'陈刚中《博浪沙》诗：'一击车中胆气豪，祖龙社稷已惊摇。如何十二金人外，犹有民间铁未销？'同一意也，而不觉其蹈袭，可悟脱换之妙。"

〔北宋〕释惠洪《冷斋夜话》卷一　《丛书集成初编》本

黄庭坚

点铁成金

古之能文章者，真能陶冶万物，虽取古人之陈言入于翰墨，如灵丹一粒，点铁成金也。

〔北宋〕黄庭坚《答洪驹父书》　《四部丛刊》本《豫章黄先生文集》卷十九

叶梦得

意与言会，言随意遣

王荆公晚年诗律尤精严，造语用字，间不容发[1]。然意与言会，言随意遣，浑然天成，殆不见有牵率排比处。如"含风鸭绿鳞鳞起，弄日鹅黄袅袅垂"，读之初不觉有对偶。至"细数落花因坐久，缓寻芳草得归迟"，但见舒闲容与之态耳。而字字细考之，若经檃括[2]权衡者，其用意亦深刻矣。

〔北宋〕叶梦得《石林诗话》卷上　何文焕辑《历代诗话》本
[1]间不容发，指细密而毫无疏漏。
[2]檃括，一作檃栝，矫使曲木平直的器具，此处指剪裁锤炼。

叶梦得

诗语天然工妙，巧而不见刻削痕

诗语固忌用巧太过，然缘情体物，自有天然工妙，虽巧而不见刻削之痕。老杜"细雨鱼儿出，微风燕子斜"，此十字殆无一字虚设。雨细着水面为沤，鱼常上浮而淰[1]，若大雨则伏而不出矣。燕体轻弱,风猛则不能胜,唯微风乃受以为势,故又有"轻燕受风斜"之语。至"穿花蛱蝶深深见,点水蜻蜓款款飞",深深字若无穿字,款款字若无点字,皆无以见其精微如此。然读之浑然,全似未尝用力,此所以不碍其气格超胜。使晚唐诸子为之,便当如"鱼跃练波抛玉尺,莺穿丝柳织金梭"体矣。

〔北宋〕叶梦得《石林诗话》卷下 何文焕辑《历代诗话》本
①渗(shěn沈),惊散。

周紫芝

街谈市语皆可熔化入诗

东坡云:街谈市语,皆可入诗,但要人熔化耳。

〔北宋〕周紫芝《竹坡诗话》 何文焕辑《历代诗话》本

吕本中

诗中响字

潘邠老①言:"七言诗第五字要响,如'返照入江翻石壁,归云拥树失山村',翻字、失字是响字②也。五言诗第三字要响,如"圆荷浮小叶,细麦落轻花",浮字、落字是响字也。所谓响者,致力处也。"予窃以为字字当活,活则字字自响。《丛话》前十三 《仕学规范》三十九 《竹庄》一 《玉屑》六 《鉴衡》一 《总龟》后二十四

尹按:响字不一定都在五言第三、七言第五;吕本中言字字当活自响,似稍笼统宽泛。

〔北宋〕吕本中《童蒙诗训》 郭绍虞辑《宋诗话辑佚》本
①潘邠(bīn宾)老,潘大临,字邠老,北宋诗人。

②响字,即诗眼,常用动词,诗作者着力推敲,务使生动响亮,表现力强。

陈善

诗语是妙思逸兴所寓

诗人之语,要是妙思逸兴所寓,固非绳墨度数所能束缚,盖自古如此。

〔南宋〕陈善《扪虱新话》下集 《儒学警悟》本

葛立方

勿涉陈腐怪奇语

"谢朝华之已披,启夕秀于未振。"学诗者尤当领此。陈腐之语,固不必涉笔,然求去其陈腐不可得,而翻为怪怪奇奇不可致诘之语以欺人,不独欺人,而且自欺,诚学者之大病也。

〔南宋〕葛立方《韵语阳秋》卷一 何文焕《历代诗话》本

葛立方

平淡而天然则善

陶潜、谢朓诗皆平淡有思致,非后来诗人怵心刿目①雕琢者所为也。老杜云:"陶谢不枝梧,风骚共推激。紫燕自超诣,翠驳谁剪剔"是也。大抵欲造平淡,当自组丽中来,落其华芬,然后可造平淡之境,如此则陶谢不足进矣。今之人多作拙易语,而自以为平淡,识者未尝不绝倒也。梅圣俞和晏相诗云:"因今适性情,稍欲到平淡。苦词未圆熟,刺口剧菱芡。"言到平淡处甚难也。所以《赠杜挺之》诗有"作诗无古今,欲造平淡难"

之句。李白云："清水出芙蓉，天然去雕饰。"平淡而到天然处，则善矣。

〔南宋〕葛立方《韵语阳秋》卷一　何文焕《历代诗话》本
①刿（guì桂）目，刺目。

胡仔

形似语与激昂语

《诗眼》①云："形似之语，盖出于诗人之赋，'萧萧马鸣，悠悠旆旌'是也。激昂之语，盖出于诗人之兴，'周余黎民，靡有孑遗'②是也。古人形似之语，如镜取形，灯取影也。故老杜所题诗，往往亲到其处，益知其工。激昂之言，《孟子》所谓'不以文害辞，不以辞害志'，初不可以形迹考，然如此乃见一时之意。余游武侯庙，然后知《古柏》诗所谓'柯如青铜根如石'，信然，决不可改，此乃形似之语。'霜皮溜雨四十围，黛色参天二千尺，云来气接巫峡长，月出寒通雪山白。'此激昂之语，不如此则不见柏之大也。文章固多端，警策往往在此两体耳。"

〔南宋〕胡仔《苕溪渔隐丛话》前集卷八　人民文学出版社校点本
①《诗眼》，《潜溪诗眼》，北宋范温著，久佚。
②此是《诗·大雅·云汉》句。靡有孑遗，无剩余。

胡仔

诗句以一字为工

苕溪渔隐曰："诗句以一字为工，自然颖异不凡，如灵丹一粒，点石成金也。浩然云：'微云淡河汉，疏雨滴梧桐。'上句之工，在一'淡'字，下句之工，在一'滴'字。若无此二字，亦乌得而为佳句哉！……又如《钟山语录》①云：'暝色赴春愁'，下得'赴'字最好，若下'起'字，便是小儿语也。'无人觉来往'，下得'觉'字大好。足见吟诗，要一两字工夫。观此，则知余之所论，非凿空而言也。"

〔南宋〕胡仔《苕溪渔隐丛话》后集卷九　人民文学出版社校点本
①《钟山语录》，王安石著。

胡仔

诗语不可太熟

《复斋漫录》①云："韩子苍②言，作诗不可太熟，亦须令生。近人论文，一味忌语生，往往不佳。东坡作《聚远楼》诗，本合用'青山绿水'对'野草闲花'，以此太熟，故易以'云山烟水'，此深知诗病者。予然后知陈无己所谓'宁拙勿巧，宁朴勿华，宁粗勿弱，宁僻勿俗'之语为可信。"

〔南宋〕胡仔《苕溪渔隐丛话》后集卷二十七　人民文学出版社校点本
①《复斋漫录》，即《能改斋漫录》，南宋吴曾著。
②韩子苍，韩驹，字子苍，北宋诗人。

杨万里

诗有惊人句

诗有惊人句。杜《山水障》："堂上不合生枫树，怪底江山起烟雾。"又："斫却月中桂，清光应更多。"白乐天云："遥怜天上桂华孤，为问姮娥更寡无？月中幸有闲田地，何不中央种两株。"韩子苍《衡岳图》："故人来自天柱峰，手提石廪与祝融。两山陂陀几百里,安得置之行李中。"此亦是用东坡云:"我持此石归,袖中有东海。"杜牧之云:"我欲东召龙伯公,上天揭取北斗柄。""蓬莱顶上斡海水,水尽见底看海空。"李贺云:"女娲炼石补天处,石破天惊逗秋雨。"

〔南宋〕杨万里《诚斋诗话》 丁福保辑《历代诗话续编》本

杨万里

以故为新,夺胎换骨

庾信《月诗》云:"渡河光不湿。"杜云:"入河蟾不没。"唐人云:"因过竹院逢僧话,又得浮生半日闲。"坡云:"殷勤昨夜三更雨,又得浮生半日凉。"杜《梦李白》云:"落月满屋梁,犹疑见颜色。"山谷《篌诗》:"落日映江波,依稀比颜色。"退之云:"如何连晓语,只是说家乡。"吕居仁云:"如何今夜雨,只是滴芭蕉。"此皆用古人句律,而不用其句意,以故为新,夺胎换骨。

〔南宋〕杨万里《诚斋诗话》 丁福保辑《历代诗话续编》本

姜夔

语贵含蓄

语贵含蓄。东坡云:"言有尽而意无穷者,天下之至言也。"山谷尤谨于此。清庙①之瑟,一唱三叹,远矣哉!后之学诗者可不务乎?若句中无余字,篇中无长语,非善之善者也。句中有余味,篇中有余意,善之善者也。

〔南宋〕姜夔《白石道人诗说》 何文焕辑《历代诗话》本

①清庙,天子宗庙。《诗·周颂》首篇名,歌颂周文王及群臣,是周天子祭祀祖先的乐歌。

范晞文

诗在意远,词不贵乎多

诗在意远,固不以词语丰约为拘。然开元以后,五言未始不自古诗中流出,虽无穷之意,严有限之字,而视大篇长什,其实一也。如"旧里多青草,新知尽白头①",又"两行灯下泪,一纸岭南书②",则久别乍归之感,思远怀旧之悲,隐然无穷。他如咏闲适,则曰"坐歇青松晚,行吟白日长"。状景物,则曰"云霞出海曙,梅柳渡江春"。似此之类,词贵多乎哉? 刘后村③有云:"言意深浅,存人胸怀,不系体格。若气象广大,虽唐律不害为黄钟大吕。否则手操云和④,而惊飙骇电,犹隐隐弦拨间也。"

〔南宋〕范晞文《对床夜语》卷二 丁福保辑《历代诗话续编》本
①刘希夷《故园置酒》句。
②卢纶《夜中得循州赵司马侍郎书因寄回使》句。
③刘后村,刘克庄,字潜夫,号后村居士,南宋诗人词人。
④云和,山名,以产琴瑟著称,因代称乐器。

元好问

一语天然万古新

一语天然①万古新,豪华落尽见真淳。南窗白日羲皇上②,未害渊明是晋人。

〔金〕元好问《论诗诗》 《四部丛刊》本《遗山先生文集》卷十一
①一语天然,陶诗语言特点。《朱子语类》:"渊明诗平淡出于自然。"严羽《沧浪诗话·诗评》:"渊明之诗质而自然。"

②陶渊明《与子俨等疏》："常言五六月中，北窗下卧，遇凉风暂至，自谓是羲皇上人。"

杨载

诗要炼字

诗要炼字，字者眼也。如老杜诗："飞星过水白，落月动檐虚。"炼中间一字。"地坼江帆隐，天清木叶闻。"炼末后一字。"红入桃花嫩，青归柳叶新。"炼第二字。非炼归入字，则是儿童诗。又曰："暝色赴春愁"，又曰"无因觉往来"，非炼赴觉字便是俗诗。如刘沧①诗云："香消南国美人尽，怨入东风芳草多。"是炼消入字。"残柳宫前空露叶，夕阳川上浩烟波。"是炼空浩二字，最是妙处。

〔元〕杨载《诗法家数》 何文焕《历代诗话》本
①刘沧，字蕴灵，晚唐诗人。

李东阳

诗当可解

作诗必使老妪听解，固不可。然必使士大夫读而不能解，亦何故耶？

〔明〕李东阳《麓堂诗话》 丁福保辑《历代诗话续编》本

李东阳

诗贵不经人道语

诗贵不经人道语。自有诗以来，经几千百人，出几千万语，而不能穷，是物之理无穷，而诗之为道亦无穷也。今令画工画十人，则必有相似，而不能别出者，盖其道小而易穷。而世之言诗者，每与画并论，则自小其道也。

〔明〕李东阳《麓堂诗话》 丁福保辑《历代诗话续编》本

李东阳

"一"改"半"字

《唐音遗响》所载任翻①《题台州寺壁》诗曰："前峰月照一江水，僧在翠微开竹房。"既去，有观者取笔改"一"字为"半"字。翻行数十里，乃得"半"字，亟回欲易之，则见所改字，因叹曰："台州有人。"

〔明〕李东阳《麓堂诗话》 丁福保辑《历代诗话续编》本
①任翻，又作任蕃、任藩，唐末诗人。

都穆

妙语出天然

学诗浑似学参神，不悟真乘枉百年。切莫呕心并剔肺，须知妙语出天然。

学诗浑似学参禅，语要惊人不在联。但写真情并实境，任他埋没与流传。

〔明〕都穆《南濠诗话》 丁福保辑《历代诗话续编》本

杨慎

大家作诗取其流畅

（李白）《陪族叔侍郎晔及贾舍人至游洞庭》："洞庭西望楚江分，水尽南天不见云。日落长沙秋色远，不知何处吊湘君。"

此诗之妙不待赞,前句云"不见",后句"不知",读之不觉其复。此二"不"字,决不可易。大抵盛唐大家正宗作诗,取其流畅,不似后人之拘拘耳。

〔明〕杨慎《升庵讲话》卷九　丁福保辑《历代诗话续编》本

俞弁

吐语操词不用奇

《竹坡诗话》云:"作诗止欲写所见为妙,不必过求奇险。"叶文庄公与中云:"近之作者,嫫母蹙西施之额,童稚攘冯妇之臂,句雕字镂,叫嚣聱牙,神头鬼面,以为新奇,良可叹也。"予尝见元人房白云颢诗云:"后学为诗务斗奇,诗家奇病最难医。欲知子美高人处,只把寻常话做诗。"邱文庄浚《答友人论诗》云:"吐语操辞不用奇,风行水上茧抽丝。眼前景物口头语,便是诗家绝妙辞。"

〔明〕俞弁《逸老堂诗话》卷下　丁福保辑《历代诗话续编》本

俞弁

白居易诗善用俚语

白乐天诗,善用俚语,近乎人情物理。元微之虽同称,差不及也。李西涯[①]诗话云:"乐天赋诗,用老妪解,故失之粗俗。"此语盖出于宋僧洪觉范之妄谈,殆无是理也。近世学者往往因此而蔑裂弗视。吴文定公[②]读《白氏长庆集》,有云:"苏州刺史十编成,句近人情得俗名。垂老读来尤有味,文人从此莫相轻。"

〔明〕俞弁《逸老堂诗话》卷下　丁福保辑《历代诗话续编》本
①李西涯，李东阳，字宾之，号西涯，明诗坛领袖人物，有《怀麓堂集》。
②吴文定公，吴宽，字原博，谥文定，明诗人。

王世贞

研精殚思，字必推敲

皇甫汸①曰："或谓诗不应苦思，苦思则丧失天真，殆不然。方其收视反听，研精殚思，寸心几呕，修髯尽枯，深湛守默，鬼神将通之。"又曰："语欲妥贴，故字必推敲。一字之瑕，足以为玷；片语之颣②，尽弃其余。"

〔明〕王世贞《艺苑卮言》卷一　丁福保辑《历代诗话续编》本
①皇甫汸，字子循，号百泉，明诗人。
②颣（lèi 类），丝上的疙瘩，疵病。

胡应麟

语浅意深、语近意远为最上乘

乐天诗世谓浅近，以意与语合也。若语浅意深，语近意远，则最上一乘，何得以此为嫌！《明妃曲》云："汉使却回频寄语，黄金何日赎娥眉？君王若问妾颜色，莫道不如宫里时！"《三百篇》《十九首》不远过也。

〔明〕胡应麟《诗薮》内编卷六　上海古籍出版社排印本

胡应麟

巧而不尖，奇而不诡

老杜用字入化者，古今独步。中有太奇巧处，然巧而不尖，奇而不诡,犹不失上乘。如"孤灯然客梦,寒杵捣乡愁"[1],则尖矣;"流星透疏木,走月逆行云"[2],则诡矣。

尹按:此条所举尖诡二例,今人或大赏。

〔明〕胡应麟《诗薮》内编卷五　上海古籍出版社排印本
[1]岑参《宿关西客舍寄严许二山人》句。然,同"燃"。
[2]贾岛《宿山寺》句。

陆时雍

绝去形容,独标真素

绝去形容[1],独标真素,此诗家最上一乘。本欲素而巧出之,此中唐人之所以病也。李端"园林带雪潜生草,桃李虽春未有花",此语清标绝胜。李嘉祐"野棠自发空流水,江燕初归不见人",风味最佳。"野棠"句带琢,"江燕"句则真相自然矣。罗隐"秋深雾露侵灯下,夜静鱼龙逼岸行",此言当与沈佺期、王摩诘折证[2]。

〔明〕陆时雍《诗镜总论》　丁福保辑《历代诗话续编》本
[1]形容,刻意雕琢描绘。
[2]折证,对质,对证。句意为罗句可及沈、王二人的清真朴素。

李渔

琢句炼字须新而妥,奇而确

琢句炼字,虽贵新奇,亦须新而妥,奇而确。妥与确总不越一"理"字。欲望句之惊人,先求理之服众。时贤勿论,吾论古人:古人多工于此技,有最服予心者,"云破月来花弄影郎中"[1]是也。有哗声千载上下而不能服强项之笠翁者,"红杏枝头春意闹尚书"②是也。"云破月来"句,词极尖新,而实为理之所有。若红杏之在枝头,忽然加一"闹"字,此语殊难着解。争斗有声之谓"闹",桃李争春则有之,红杏闹春,予实未之见也。"闹"字可用,则"炒"字、"斗"字、"打"字皆可用矣。宋子京当日以此噪名,人不呼其姓氏,竟以此作尚书美号,岂由"尚书"二字起见邪!予谓"闹"字极粗极俗,且听不入耳,非但不可加于此句,并不当见之诗词,近日词中争尚此字,皆子京一人之流毒也。

〔清〕李渔《窥词管见》 芥子园《笠翁一家言全集·笠翁余集》

①指张先,字子野,任都官郎中,北宋词人,因《天仙子》有"云破月来花弄影"而有此外号。

②指宋祁,字子京,北宋词人,任工部尚书,因《玉楼春》有"红杏枝头春意闹"而有此外号。

王夫之

诗有灵通之句,勿但求巧

含情而能达,会景而生心,体物而得神,则自有灵通之句,参化工之妙。若但于句求巧,则性情先为外荡,生意索然矣。"松陵体"①永堕小乘者,以无句不巧也。然皮、陆二子,差有兴会,犹堪讽咏。若韩退之以险韵、奇字、古句、方言矜其饾饤②之巧,巧则巧矣,而于心情兴会,一无所涉,适可为酒令而已。黄鲁直、米元章益堕此障中。近则王谑庵③承其下游,不恤才情,别寻蹊径,良可惜也。

〔清〕王夫之《姜斋诗话》卷下 丁福保辑《清诗话》本

①唐皮日休、陆龟蒙唱和集名《松陵集》,收入不少游戏性质的杂体诗,

世谓之松陵体。

②饾辏（còu凑），堆集。饾，饾饤，堆叠食品。辏，车轮的辐聚集到中心。

③王谑庵，名思任，字季重，明万历进士，善诗文，喜谐谑，三为县令三次罢黜。

毛先舒

古来流传俊句举例

古来流传俊句获赏知音者，如"大江流日夜"，如"澄江净如练"，如"池塘生春草"，如"空梁落燕泥"，如"鸟鸣山更幽"，如"风定花犹落"，如"庭草无人随意绿"，如"红药当阶翻"，如"日霁沙屿明"，如"明月照积雪"，如"思君如流水"，如"南登灞陵岸"，如"采菊东篱下"，如"陇首秋云飞"，如"夜雨滴空阶"，如"露湿寒塘草"，如"高台多悲风"，如"清晨登陇首"，如"清晖能娱人"，如"春草秋更绿"，如"霜深高殿寒"，如"海日生残夜"，如"芙蓉露下落"，如"气蒸云梦泽"，如"唯有年年秋雁飞"，如"昔日太宗拳毛䯄"，如"泪下如绠縻"，如"枫落吴江冷"，如"夜阑更秉烛"，皆复惊挺清新，金玉其响，味其片言，可以入悟。

〔清〕毛先舒《诗辩坻》卷二 郭绍虞辑《清诗话续编》本

顾嗣立

古人论诗，一字不苟

古人有一字之师，昔人谓如光弼①临军，旗帜不易，一号令之，而百倍精采。张橘轩诗："半篙流水夜来雨，一树早梅何处春？"元遗山②曰："佳则佳矣，而有未安。既曰'一树'，乌得为'何处'？不如改'一树'为'几点'，便觉飞动。"

又虞道园③尝以诗诣赵松雪④,有"山连阁道晨留辇,野散周庐夜属橐⑤"之句。赵曰:"美则美矣,若改'山'为'天','野'为'星',则尤美。"又萨天锡⑥诗:"地湿厌闻天竺雨,月明来听景阳钟。"道园见之曰:"诗信佳矣,但有一字不稳。'闻'与'听'字义同,盍改'闻'作'看'?唐人'林下老僧来看雨',又有所出矣。"古人论诗,一字不苟如此。

〔清〕顾嗣立《寒厅诗话》 丁福保辑《清诗话》本

①光弼,李光弼,唐大将。
②元遗山,元好问,字裕之,自号遗山山人,诗文在金元之际颇负重望,有《遗山先生全集》。
③虞道园,虞集,又号邵庵,元学者、诗人。
④赵松雪,赵孟頫(fǔ 府),字子昂,号松雪道人,宋末以父荫补官,入元仕为翰林学士,书画为一代大家,有《松雪词》。
⑤橐(tuó 驼),橐驼,骆驼。
⑥萨天锡,萨都刺,字天锡,号直斋,蒙古族人,元泰定进士,喜山水,善诗词曲。

叶燮

陈熟与生新相济

夫厌陈熟者,必趋生新;而厌生新者,则又返趋陈熟。以愚论之:陈熟、生新,不可一偏,必二者相济,于陈中见新,生中得熟,方全其美。若主于一而彼此交讥,则二俱有过。然则诗家工拙美恶之定评,不在乎此,亦在其人神而明之而已。

〔清〕叶燮《原诗》外篇上 丁福保辑《清诗话》本

吴雷发

精炼兼排宕流利

一首贵一气贯注,凡诗之精炼者,或少排宕①流利,若能兼之,斯为上乘。落想时必与众人有云泥之隔,及写出却仍是眼前道理。文辞能千古常新者,恃有此耳。

〔清〕吴雷发《说诗菅蒯》 丁福保辑《清诗话》本
①排宕(dàng荡),奔放,放荡,不受拘束。

贺贻孙

名手炼句炼字皆臻化境

炼句炼字,诗家小乘,然出自名手,皆臻化境。盖名手炼句如掷杖化龙,蜿蜒腾跃,一句之灵,能使全篇俱活。炼字如壁龙点睛,鳞甲飞动,一字之警,能使全句皆奇。若炼一句只是一句,炼一字只是一字,非诗人也。

〔清〕贺贻孙《诗筏》 郭绍虞辑《清诗话续编》本

沈德潜

古人不废炼字法

古人不废炼字法,然以意胜而不以字胜,故能平字见奇,常字见险,陈字见新,朴字见色。近人挟以斗胜者,难字而已。

〔清〕沈德潜《说诗晬语》卷下 丁福保辑《清诗话》本

沈德潜

议论须带情韵以行

人谓诗主性情,不主议论,似也,而亦不尽然。试思《二雅》

中何处无议论？杜老古诗中，《奉先》《咏怀》①《北征》《八哀》诸作，近体中，《蜀相》《咏怀》《诸葛》诸作，纯乎议论。但议论须带情韵以行，勿近伧父面目耳。戎昱②《和蕃》云："社稷依明主，安危托妇人。"亦议论之佳者。

〔清〕沈德潜《说诗晬语》卷下　丁福保辑《清诗话》本

①《奉先》《咏怀》，应是一诗，即杜之《自京赴奉先咏怀五百字》；如是二诗，《咏怀》当是《述怀》之误。

②戎昱，中唐诗人。

李重华

诗不可一味模糊不可解

有以可解不可解为诗中妙境者，此皆影响惑人之谈。夫诗言情不言理者，情惬则理在其中，乃正藏体于用耳。故诗至入妙，有言下未尝毕露，其情则已跃然者。使善说者代为指点，无不亹亹①动人，即匡鼎解颐②是已。如果一味模糊，有何妙境？抑亦何取于诗？

〔清〕李重华《贞一斋诗说》　丁福保辑《清诗话》本

①亹（wěi）亹，勤勉不倦貌，引申为有吸引力。

②匡鼎解颐，匡衡解说诗使人会心欢笑。《汉书·匡衡传》："无说《诗》，匡鼎来；匡说《诗》，解人颐。"鼎，正当，正要。颐，面颊。

薛雪

古歌辞语短意长

古歌辞语短意长，有一句两句者，含意何止十韵百韵。后世作者，愈长愈浅。麓堂①《题竹》曰："莫将画竹论难易，刚道繁难简更难。君看萧萧只数叶，满堂风雨不胜寒。"以画法通诗法，论古之作者也。

〔清〕薛雪《一瓢诗话》 丁福保辑《清诗话》本

①麓堂，李东阳，《麓堂诗话》撰人。

袁枚

用意要精深，下语要平淡

《漫斋语录》曰："诗用意要精深，下语要平淡。"①余爱其言，每作一诗，往往改至三五日，或过时而又改。何也？求其精深，是一半功夫；求其平淡，又是一半功夫。非精深不能超超独先，非平淡不能人人领解。朱子曰："梅圣俞诗，不是平淡，乃是枯槁。"何也？欠精深故也。郭功甫②曰："黄山谷诗，费许多气力，为是甚底？"何也？欠平淡故也。有汪孝廉以诗投余。余不解其佳。汪曰："某诗须传五百年后，方有人知。"余笑曰："人人不解，五日难传，何由传到五百年耶？"

〔清〕袁枚《随园诗话》卷八　人民文学出版社校点本

①此语出自《诗人玉屑》卷十《含蓄·尚意》。平淡，《玉屑》作"平易"。《漫斋语录》，撰人不详。

②郭功甫，北宋诗人。

袁枚

一字师

诗改一字，界判人天，非个中人不解。齐己《早梅》云："前村深雪里，昨夜几枝开。"郑谷曰："改'几'字为'一'字，方是早梅。"齐乃下拜。某作《御沟》诗曰："此波涵帝泽，无处濯尘缨。"以示皎然。皎然曰："'波'字不佳。"某怒而去。皎然暗书一"中"字在手心待之。须臾,其人狂奔而来,曰:"已改'波'字为'中'字矣。"皎然出手心示之,相与大笑。

〔清〕袁枚《随园诗话》卷十二　人民文学出版社校点本

袁枚

双字勿单用一字

凡古人用双字者,如依依、潺潺、悠悠、匆匆之类,指不胜屈。唐宋名家,从无单用一字者。近今诗人贪押韵,又贪叠韵,遂不得已而往往单用之,此大谬也。作者当以为戒。

〔清〕袁枚《随园诗话补遗》卷六　人民文学出版社校点本

赵翼

奇警与坦易

中唐诗以韩、孟[①]、元、白为最。韩、孟尚奇警,务言人所不敢言;元、白尚坦易,务言人所共欲言。试平心论之,诗本性情,当以性情为主。奇警者,犹第在词句间争难斗险,使人荡心骇目,不敢逼视,而意味或少焉。坦易者,多触景生情,因事起意,眼前景、口头语,自能沁人心脾,耐人咀嚼。此元、白较胜于韩、孟。世徒以轻俗訾之,此不知诗者也。

〔清〕赵翼《瓯北诗话》卷四　人民文学出版社校点本
①韩、孟,韩愈、孟郊。

何绍基

诗要说自家的话

诗是自家做的，便是要说自家的话，凡可以彼此公共通融的话头，都与自己无涉。如说山水，便有高深底①闲话，说古迹，便有感慨陈迹底闲话，说朋友，便有投分相思惜别底闲话，尔也用得，我也用得，其实大家用不着。

〔清〕何绍基《与汪菊士论诗》　清同治刻本《东洲草堂文钞》卷五
①底，的。

何绍基

佳句乃自然流出

诗无佳句，则馨逸之致不出；然务求佳句，尚非诗之正路。诗以意为主，韵为辅。句之佳者，乃时至气化，自然流出；若勉强求之，则往往有椎凿痕迹。如草木气茂，开出好花，诚为可观；亦有枝干节叶勃勃有气而不开花者，其劲气秀色，自不可掩也。

〔清〕何绍基《与汪菊士论诗》　清同治刻本《东洲草堂文钞》卷五

何绍基

诗贵有奇趣

诗贵有奇趣；却不是说怪话，正须得至理，理到至处，发以仄径，乃成奇趣。

〔清〕何绍基《与汪菊士论诗》　清同治刻本《东洲草堂文钞》卷五

刘熙载

至语本常语，出色而本色

古乐府中至语，本只是常语，一经道出，便成独得。词得此意，则极炼如不炼，出色而本色，人籁悉归天籁矣。

〔清〕刘熙载《艺概·词曲概》 上海古籍出版社排印本

樊增祥

专取清新，扫空陈言

余论诗专取清新，以为古作虽多，于诗道固未尽也。赋此示戟传、午诒[①]："句律原参造化工，两间光景信无穷。若无盐豉纯何味，为有梅花月不同。略取蜀姜生辣意，定须越纸熟槌功。今当万事求新日，故纸陈言要扫空。"

〔清〕樊增祥《沆瀣集》 人民文学出版社《近代文论选》录自《樊山诗集》

[①] 戟传、午诒，樊增祥儿辈。

黄遵宪

我手写吾口，古岂能拘牵

羲、轩造书契，今始岁五千。以我视后人，若居三代先。俗儒好尊古，日日故纸研。六经字所无，不敢入诗篇。古人弃糟粕，见之口流涎。沿习甘剽盗，妄造丛罪愆。黄土同抟人，今古何愚贤？即今忽已古，断自何代前？明窗敞流离，高炉爇香烟；左陈端溪砚，右列薛涛笺。我手写吾口，古岂能拘牵？即今流俗语，我若登简编，五千年后人，惊为古斓斑。

〔清〕黄遵宪《人境庐诗草笺注》卷一《杂感》 古典文学出版社排印本

（八）继承与创新

陆机

谢朝华于已披，启夕秀于未振

收百世之阙文，采千载之遗韵；谢朝华于已披，启夕秀于未振①。

〔晋〕陆机《文赋》　上海古籍出版社《文选》卷十七

①二句说，离开早晨已开过的花朵，促使晚上未开的花开放。秀，开花。

刘勰

体必资于故实，数必酌于新声

夫设文之体有常，变文之数①无方，何以明其然耶？凡诗赋书记，名理相因，此有常之体也；文辞气力，通变则久，此无方之数也。名理有常，体必资于故实；通变无方，数必酌于新声；故能骋无穷之路，饮不竭之源。……

赞曰：文律运周，日新其业。变则其疑作可久，通则不乏。趋时必果，乘机勿怯。望今制奇，参古定法。

〔梁〕刘勰《文心雕龙·通变》　人民文学出版社范注本

①数，术数，方法。

刘勰

古来辞人因革以为功

古来辞人,异代接武①,莫不参伍以相变,因革以为功②,物色尽而情有余者,晓会通也。

〔梁〕刘勰《文心雕龙·物色》 人民文学出版社范注本

①接武,足迹相接。

②二句说,无不是错综地求变化,又因袭又革新而取得成功。《周易·系辞上》:"参伍以变,错综其数。"参五,三五,交互错杂。

萧子显

文无新变,不能代雄

习玩为理,事久则渎。在乎文章,弥患凡旧,若无新变,不能代雄。

〔梁〕萧子显《南齐书·文学传论》 中华书局排印本

吕本中

作诗不应只规摹古人

老杜诗云:"诗清立意新",最是作诗用力处,盖不可循习陈言,只规摹旧作也。鲁直云:"随人作诗终后人";又云:"文章切忌随人后",此自鲁直见处也。近世人学老杜多矣,左规右矩,不能稍出新意,终成屋下架屋,无所取长。独鲁直下语,未尝似前人而卒与之合,此为善学。如陈无己力尽规摹,已少变化。《仕学规范》三十九

〔北宋〕吕本中《童蒙诗训》 郭绍虞辑《宋诗话辑佚》本

蔡梦弼

虽有所袭，而语益工

山谷黄鲁直《诗话》曰："'船如天上坐，人似镜中行。''船如天上坐，鱼似镜中悬。'沈云卿[1]之诗也。云卿得意于此，故屡用之。老杜'春水船如天上坐'，祖述佺期之语也，继之以'老年花似雾中看'，盖触类而长之也。"苕溪胡元任[2]曰："沈云卿之诗，源于王逸少[3]《镜湖》诗所谓'山阴路上行，如在镜中游'之句。然李太白《入青溪山》诗云：'人行明镜中，鸟度屏风里。'虽有所袭，语益工也。"

尹按：此条又见于吴幵（qiān 千）《优古堂诗话》，首作"《潘子真诗话》云；中"苕溪胡元任曰"易为"予以"。

〔南宋〕蔡梦弼《杜工部草堂诗话》卷一　丁福保辑《历代诗话续编》本

①沈云卿，沈佺期字云卿，唐高宗上元进士，以写应制诗著名，律诗的开创者。
②胡元任，胡仔字元任，号苕溪渔隐，徽州绩溪人，生卒年不详，撰《苕溪渔隐丛话》，初刻本或在南宋光宗时。
③王逸少，王羲之字逸少。

魏庆之

自名一家，忌随人后

文章必自名一家，然后可以传不朽。若体规画圆，准方作矩，终为人之臣仆，古人讥屋下架屋，信然。陆机曰："谢朝华于已披，启夕秀于未振。"韩愈曰："惟陈言之务去。"此乃为文之要。苕溪渔隐曰：学诗亦然，若循习陈言，规摹旧作，不能变化，自出新意，亦何以名家。鲁直诗云："随人作计终后人。"又云："文章最忌随人后。"诚至论也。《宋子京笔记》

〔南宋〕魏庆之《诗人玉屑》卷五　上海古籍出版社排印本

赵秉文

为诗当尽得古人所长，自成一家

足下之言，措意不蹈袭前人一语，此最诗人妙处。然亦从古人中入，譬如弹琴不师谱，称物不师衡，上匠不师绳墨，独自师心，虽终身无成可也。故为文当师《六经》、左丘明、庄周、太史公、贾谊、刘向、扬雄、韩愈；为诗当师《三百篇》《离骚》《文选》《古诗十九首》，下及李、杜；学书当师三代金石、钟、王、欧、虞、颜、柳。尽得诸人所长，然后卓然自成一家，非有意于专师古人也，亦非有意于专摈古人也。自书契以来，未有专撰〔摈〕古人而独立者。

〔金〕赵秉文《答李天英书》　《四部丛刊》本《闲闲老人滏水文集》卷十九

谢榛

赋诗要有英雄气象

赋诗要有英雄气象，人不敢道，我则道之；人不肯为，我则为之。厉鬼不能夺其正，利剑不能折其刚。古人制作，各有奇处，观者自当甄别。

〔明〕谢榛《四溟诗话》卷四　丁福保辑《历代诗话续编》本

谢榛

诗法前贤，青愈于蓝

严沧浪曰："学其上，仅得其中；学其中，斯为下矣。"岂有不法前贤，而法同时者？

苏子卿①曰："明月照高楼，想见余光辉。"子美曰："落月满屋梁，犹疑照颜色。"庾信曰："落花与芝盖齐飞，杨柳共青旗一色。"王勃曰："落霞与孤鹜齐飞，秋水共长天一色。"梁简文②曰："湿花枝觉重，宿鸟羽飞迟。"韦苏州③曰："漠漠帆来重，冥冥鸟去迟。"三者虽有所祖，然青愈于蓝矣。

〔明〕谢榛《四溟诗话》卷一　丁福保辑《历代诗话续编》本
① 苏子卿，苏武字子卿。
② 梁简文，南朝梁简文帝萧纲，武帝萧衍第三子。
③ 韦苏州，韦应物，历任江州刺史、左司郎中、苏州刺史，有《韦苏州集》。

袁宏道

孤行不可无，雷同不可有

且夫天下之物，孤行则必不可无，必不可无，虽欲废焉而不能；雷同则可以不有，可以不有，则欲存焉而不能。……不效颦于汉魏，不学步于盛唐，任性而发，尚能通于人之喜怒哀乐嗜好情欲，是可喜也。

〔明〕袁宏道《序小修诗》　钟伯敬增订本《袁中郎全集》卷一

顾炎武

诗文不得不变，李杜似而未尝似前人

诗文之所以代变，有不得不变者。一代之文，沿袭已久，

不容人人皆道此语，今且千数百年矣，而犹取古人之陈言，一一摹仿之，以是为诗，可乎？故不似则失其所以为诗，似则失其所以为我，李、杜之诗所以独高于唐人者，以其未尝不似而未尝似也。知此言，可与言诗也矣。

〔清〕顾炎武《日知录》卷二十一　清康熙刻本

叶燮

不寄人篱下，宁甘作偏裨

大抵古今作者，卓然自命，必以其才智与古人相衡，不肯稍为依傍，寄人篱下，以窃其余唾。窃之而似，则优孟衣冠；窃之而不似，则画虎不成矣。故宁甘作偏裨，自领一队，如皮、陆[①]诸人是也。

〔清〕叶燮《原诗》内篇上　丁福保辑《清诗话》本
①皮，陆，皮日休、陆龟蒙。

叶燮

自我作诗，必言前人所未言

若夫诗，古人作之，我亦作之；自我作诗，而非述诗也。故凡有诗，谓之新诗。若有法，如教条政令而遵之，必如李攀龙之拟古乐府然后可，诗末技耳。必言前人所未言，发前人所未发，而后为我之诗。若徒以效颦效步为能事，曰此法也，不但诗亡，而法亦且亡矣。

〔清〕叶燮《原诗》内篇上　丁福保辑《清诗话》本

袁枚

诗有工拙，而无今古

尝谓诗有工拙，而无今古。自葛天氏①之歌至今日，皆有工有拙，未必古人皆工，今人皆拙。即《三百篇》中，颇有未工不必学者，不徒汉、晋、唐、宋也；今人诗有极工极宜学者，亦不徒汉、晋、唐、宋也。然格律莫备于古，学者宗师，自有渊源。至于性情遭遇，人人有我在焉，不可貌古人而袭之，畏古人而拘之也。今之莺花，岂古之莺花乎？然而不得谓今无莺花也。今之丝竹，岂古之丝竹乎？然而不得谓今无丝竹也。天籁一日不断，则人籁一日不绝。……唐人学汉魏变汉魏，宋学唐变唐，其变也，非有心于变也，乃不得不变也。使不变，则不足以为唐，不足以为宋也。子孙之貌，莫不本于祖父，然变而美者有之，变而丑者有之，若必禁其不变，则虽造物有所不能。先生许唐人之变汉魏，而独不许宋人之变唐，惑也。

〔清〕袁枚《答沈大宗伯论诗书》 清乾隆刻本《小仓山房文集》卷十七
①葛天氏，传说中远古部落名。

袁枚

著我

不学古人，法无一可。竟似古人，何处著我？字字古有，言言古无。吐故吸新，其庶几乎？

〔清〕袁枚《续诗品》 丁福保辑《清诗话》本

赵翼

天工人巧日争新

满眼生机转化钧,天工人巧日争新。预支五百年新意,到了千年又觉陈。

李杜诗篇万口传,至今已觉不新鲜。江山代有才人出,各领风骚数百年。

〔清〕赵翼《瓯北诗集·论诗》 清宣统刻本《赵瓯北全集》卷二十八

朱庭珍

诗中有我

夫所谓诗中有我者,不依傍前人门户,不摹仿前人形似,抒写性情,绝无成见,称心而言,自鸣其天。勿论大篇短章,皆乘兴而作,意尽则止。我有我之精神结构,我有我之意境寄托,我有我之气体面目,我有我之材力准绳,决不拾人牙慧,落寻常窠臼蹊径之中。任举一篇一联,皆我之诗,非前人所已言之诗,亦非时人意中所有之诗也。是为诗中有我,即退之[①]所谓词必己出,陈言务去也。并非自占身分,不论是何题目,其诗中必写自家本身,或发牢骚,或鸣得意,或寓志愿,或矜生平,即为有我在也。

〔清〕朱庭珍《筱园诗话》卷一 郭绍虞辑《清诗话续编》本
①退之,韩愈字。

朱庭珍

融贯众妙，别铸真我

善为诗者，上下古今，取长弃短，吸神髓而遗皮毛，融贯众妙，出以变化，别铸真我，以求集诗之大成，无执成见为爱憎，岂不伟哉！何必步明人后尘，是丹非素，祧宋尊唐，徒聚讼耶？

〔清〕朱庭珍《筱园诗话》卷一　郭绍虞辑《清诗话续编》本

延君寿

不可刻意求新，非谓不当新

谈诗者每言不可刻意求新，此防其入于纤巧，流于僻涩耳，非谓不当新也。若太仓之粟，陈陈相因，作者无意绪，阅者生厌恶矣。

〔清〕延君寿《老生常谈》　郭绍虞辑《清诗话续编》本

梁启超

诗界革命须革其精神，非革其形式

过渡时代，必有革命。然革命者，当革其精神，非革其形式。吾党近好言诗界革命。虽然，若以堆积满纸新名词为革命，是又满洲政府变法维新之类也。能以旧风格①含新意境，斯可以举革命之实矣。苟能尔尔，则虽间杂一二新名词，亦不为病。不尔，则徒示人以俭②而已。

〔清〕梁启超《饮冰室诗话》　人民文学出版社校点本
① 旧风格，指传统诗词曲的特有风格韵味。
② 俭，俭朴，寒素。

分论

（一）诗体

1. 古诗

▎杨载

古诗要法

凡作古诗，体格、句法俱要苍古，且先立大意，铺叙既定，然后下笔，则文脉贯通，意无断续，整然可观。

五言古诗　五言古诗，或兴起，或比起，或赋起，须要寓意深远，托词温厚，反复优游，雍容不迫。或感古怀今，或怀人伤己，或潇洒闲适。写景要雅淡，推人心之至情，写感慨之微意，悲欢含蓄而不伤，美刺婉曲而不露，要有《三百篇》之遗意方是。观汉魏古诗，蔼然有感动人处，如《古诗十九首》，皆当熟读玩味，自见其趣。

七言古诗　七言古诗，要铺叙，要有开合，有风度，要迢递险怪，雄俊铿锵，忌庸俗软腐。须是波澜开合，如江海之波，一波未平，一波复起。又如兵家之阵，方以为正，又复为奇，方以为奇，忽复为正。出入变化，不可纪极。备此法者，惟李、杜也。

〔元〕杨载《诗法家数》　何文焕辑《历代诗话》本

范德机

《木天禁语》论古诗篇法

五言长古篇法

分段　过脉　回照　赞叹

先分为几段几节,每节句数多少,要略均齐。首段是序子,序了一篇之意,皆含在中。结段要照起段。选诗分段,节数甚均,或二句、或三句、四句、六句、八句,皆不参差。杜却不甚如此太拘,然亦不太长不太短也。次要过句,过句名为血脉,引过次段。过处用两句,一结上,一生下,为最难,非老手未易了也。回照谓十步一回头,要照题目;五步一消息,要闲语赞叹,方不甚迫促。长篇怕乱杂,一意为一段。以上四法,备《北征诗》,举一隅之道也。

七言长古篇法

分段　过段　突兀　字贯　赞叹　再起　归题　送尾

分段如五言,过段亦如之。稍有异者,突兀万仞,则不用过句,陡顿便说他事。杜如此,岑参专尚此法,为一家数。字贯,前后重三叠四,用两三字贯串,极精神好诵,岑参所长。赞叹,如五言。再起,且如一篇三段,说了前事,再提起从头说去,谓反复有情,如《魏将军歌》《松子障歌》是也。归题,乃篇末一二句缴上起句,又谓之顾首,如《蜀道难》《古别离》《洗兵马行》是也。送尾,则生一段余意结末,或反用,或比喻用,如《坠马歌》曰:"君不见嵇康养生被杀戮。"又曰:"如何不饮令人哀。"长篇有此便不迫促，甚有从容意思。

五言短古篇法

辞简意味长，言语不可明白说尽，含糊则有余味。如"步出城东门，怅望江南路。前日风雪中，故人从此去。""床前明月光，疑是地上霜。举头望明月，低头思故乡。""开帘见新月，便即下阶拜。细语人不闻，北风吹裙带。"

七言短古篇法

辞明意尽，与五言相反，如："休洗红，洗红红色变。不惜故缝衣，记得初揉茜。人命百年能几何？后来新妇今为婆。""石人前，石桥边，六角黄牛二顷田，带经躬耕三十年。"

乐府篇法

张籍为第一，王建近体次之，长吉[①]虚妄不必效，岑参有气，惜语硬，又次之。张、王最古，上格如《焦仲卿》《木兰词》《羽林郎》《霍家奴》《三妇词》《大垂手》《小垂手》等篇，皆为绝唱。李太白乐府，气语皆自此中来，不可不知也。

要诀在于反本题结。如《山农词》，结却用"西江贾客珠百斛，船中养犬多食肉"是也。又有含蓄不发结者。又有截断顿然结者，如"君不见蜀葵花"是也。

〔元〕范德机《木天禁语》 何文焕辑《历代诗话》本
①长吉、李贺字。

李东阳

长篇诗须有节奏，有委曲

长篇中须有节奏，有操有纵，有正有变。若平铺稳布，虽多无益。唐诗类有委曲可喜之处，惟杜子美顿挫起伏，变化不测，可骇可愕，盖其音响与格律正相称。回视诸作，皆在下风。

〔明〕李东阳《麓堂诗话》 丁福保辑《历代诗话续编》本

李东阳

古歌辞贵简远

古歌辞贵简远，《大风歌》止三句，《易水歌》止二句，其感激悲壮，语短而意益长。《弹铗歌》止一句，亦自有含悲饮恨之意。后世穷技极力，愈多而愈不及。予尝题柯敬仲墨竹曰："莫将画竹论难易，刚道繁难简更难。君看萧萧只数叶，满堂风雨不胜寒。"画法与诗法相通者，盖此类也。

〔明〕李东阳《麓堂诗话》 丁福保辑《历代诗话续编》本

王世贞

歌行三难

七言歌行[①]，靡非乐府，然至唐始畅。其发也，如千钧之弩，一举透革。纵之则文漪落霞，舒卷绚烂。一入促节，则凄风急雨，窈冥变幻。转折顿挫，如天骥下坂，明珠走盘。收之则如爨[②]声一击，万骑忽敛，寂然无声。

歌行有三难：起调一也，转节二也，收结三也。惟收为尤难。如作平调，舒徐绵丽者，结须为雅词，勿使不足，令有一唱三叹意。

奔腾汹涌，驱突而来者，须一截便住，勿留有余。中作奇语，峻夺人魄者，须令上下脉相顾，一起一伏，一顿一挫，有力无迹，方成篇法。此是秘密大藏印可之妙。

〔明〕王世贞《艺苑卮言》卷一　丁福保辑《历代诗话续编》本

①歌行，七言古诗。"歌行本出于乐府，然指事咏物，凡七言及长短句不用古题者，通谓之歌行。"（钱良择《唐音审体》）

②櫜（gāo 高），古代收藏衣甲弓箭之器，收藏。

贺贻孙

尽与不尽

五言古以不尽为妙，七言古则不嫌于尽。若夫尽而不尽，非天下之至神，孰能与于斯？

〔清〕贺贻孙《诗筏》　郭绍虞《清诗话续编》本

毛先舒

古风长篇构局法

古风长篇，先须构局，起伏开合，线索勿紊。借如正意在前，掉尾处须击应；若正意在后，起手处先须伏脉。未有初不伏脉而后突出一意者，亦未有始拈此意而后来索然不相呼应者。若正意在中间，亦要首尾击应。实叙本意处，不必言其余，拓开作波澜处，却要时时点着本意，离即之间方佳。此如画龙，见龙头处即是正面本意，余地染作云雾。云雾是客，龙是主，却要云雾隙处都要隐现爪甲，方见此中都有龙在，方见客主。否是，一半画龙头，一半画云雾耳，主客既无别，亦非可为画完龙也。

〔清〕毛先舒《诗辩坻》卷四　郭绍虞《清诗话续编》本

王士禛

七言古诗平仄韵法度之异同

问：七言古用仄韵、用平韵，其法度不同何如？

七言古凡一韵到底者，其法度悉同。唯仄韵诗，单句末一字可平仄间用；平韵诗单句末一字忌用平声。若换韵者，则当别论。

〔清〕王士禛《带经堂诗话》卷二十九　人民文学出版社校点本

徐增

作古诗之忌

作古诗最忌拖曳，复忌痛快。拖曳则冗长，痛快则罄尽。

〔清〕徐增《而庵诗话》　丁福保辑《清诗话》本

徐增

古诗贵质朴、紧严

古诗贵质朴，质朴则情真；又贵紧严，紧严则格老。

〔清〕徐增《而庵诗话》　丁福保辑《清诗话》本

沈德潜

古诗篇法

五言古，长篇难于铺叙，铺叙中有峰峦起伏，则长而不漫；短篇难于收敛，收敛中能含蕴无穷，则短而不促。又长篇必伦次整齐，起结完备，方为合格；短篇超然而起，悠然而止，不必另缀起结。苟反其位，两者俱偾。

七言古或杂以两言、三言、四言、五六言，皆七言之短句也。或杂以八九言、十余言，皆伸以长句，而故欲振荡其势，回旋其姿也。其间忽疾忽徐，忽翕忽张，忽渟滃①，忽转掣，乍阴乍阳，屡迁光景，莫不有浩气鼓荡其机，如吹万之不穷，如江河之滔漭而奔放，斯长篇之能事极矣。

歌行起步，宜高唱而入，有"黄河落天走东海"之势。以下随手波折，随步换形，苍苍莽莽中，自有灰线蛇踪，蛛丝马迹，使人眩其奇变，仍服其警严。至收结处，纡徐而来者，防其平衍，须作斗健语以止之；一往峭折者，防其气促，不妨作悠扬摇曳语以送之，不可以一格论。

诗篇结局为难，七言古尤难。前路层波叠浪而来，略无收应，成何章法？支离其词，亦嫌烦碎。作手于两言或四言中，层层照管，而又能作神龙掉尾之势，神乎技矣。

〔清〕沈德潜《说诗晬语》卷上　丁福保辑《清诗话》本
①渟滃，水回旋。

沈德潜

古诗转韵

转韵初无定式，或二语一转，或四语一转，或连转几韵，或一韵叠下几语。大约前则舒徐，后则一滚而出，欲急其节拍以为乱也。此亦天机自到，人工不能勉强。

三句一转，秦皇《峄山碑》文法也，元次山《中兴颂》用之，岑嘉州①《走马川行》亦用之，而三句一转中，又句句用韵，与《峄山碑》又别。

歌行转韵者，可以杂入律句，借转韵以运动之，纯绵裹针，软中自有力也。一韵到底者，必须铿金锵石，一片宫商，稍混律句，便成弱调也。不转韵者，李、杜十之一二，李如《粉图山水歌》，杜如《哀王孙》《瘦马行》类。韩昌黎十之八九。后欧、苏诸公，皆以韩为宗。

〔清〕沈德潜《说诗晬语》卷上　丁福保辑《清诗话》本
①岑嘉州，岑参，曾任嘉州（今四川省乐山市）刺史。

赵翼

吴伟业古诗擅长转韵

吴梅村①古诗胜于律诗。而古诗擅长处，尤妙在转韵。一转韵，则通首筋脉，倍觉灵活。如《永和宫词》，方叙田妃薨逝，忽云："头白宫娥暗颦蹙，庸知朝露非为福。宫草明年战血腥，当时莫向西陵哭。"又如《王郎曲》，方叙其少时在徐氏园中作歌伶，忽云："十年芳草长洲绿，主人池馆空乔木。王郎三十长安城，老大伤心故园曲。"《雁门尚书行》，已叙其全家殉难，有幼子漏刃，其兄来秦携归，忽云："回首潼关废垒高，知公于此葬蓬蒿。"益觉回顾苍茫。此等处，关捩一转，别有往复回环之妙。其秘诀实从《长庆集》②得来；而笔情深至，自能俯仰生姿，又天分也。

〔清〕赵翼《瓯北诗话》卷九　郭绍虞辑《清诗话续编》本
①吴梅村，吴伟业，字骏公，号梅村，江苏太仓人，明崇祯进士。经历变乱。清顺治时，官国子监祭酒，母死辞职归。有《梅村集》。
②《长庆集》，白居易《白氏长庆集》。

▍冒春荣

五言古诗是诗之根本

五言古,诗之根本也。其余诸体,诗之枝叶也。……予尝语从游辈,凡学诗须从五言古入手,尽探古今作者之源流,得其风概,充之以学力,渐次出入变化,自成大家。如从五言律诗入者,亦可成名家,但局度恐不能阔大,便逊五古入手者一筹。不知诗者,或漫然从七绝七律作起,躐等①而进,误入旁门,终成外道。

〔清〕冒春荣《葚原诗说》卷四　郭绍虞辑《清诗话续编》本
①躐(liè 猎)等,越级。

▍刘熙载

五七言之别

五言质,七言文;五言亲,七言尊。几见田家诗而多作七言者乎?几见骨肉间而多作七言者乎?

五言与七言因乎情境,如《孺子歌》"沧浪之水清兮",平淡天真,于五言宜;宁戚歌"沧浪之水白石粲",豪荡感激,于七言宜。

五言尚安恬,七言尚挥霍。安恬者,前莫如陶靖节,后莫如韦左司①;挥霍者,前莫如鲍明远②,后莫如李太白。

五言无闲字易,有余味难;七言有余味易,无闲字难。

〔清〕刘熙载《艺概·诗概》　上海古籍出版社排印本
①韦左司,韦应物,曾任左司郎中。
②鲍明远,鲍照字明远,南朝宋诗赋家。

施补华

五古宁拙毋巧

作五言古，宁拙毋巧，宁朴毋华，宁生毋熟。次山①《箧中集》实得此意。

〔清〕施补华《岘佣说诗》　丁福保辑《清诗话》本
①次山，元结，字次山，中唐诗人。

朱庭珍

转韵七古不戒律句

凡转韵七古，不戒律句，高、岑、王、李、元、白之七古协律者，转韵诗也。押仄韵七古，亦不忌律句。工部七古协律者，押仄韵及转韵诗也。惟押平韵一韵到底七古，始不可掺入律句，下句以四仄三平为式，如"五岳祭秩皆三公，四方环镇嵩当中"之类是也。上句落尾仄字，须参用上去入三音，亦指平韵七古言之。至七平七仄句法，原非所忌，时可参用，以见变化。

〔清〕朱庭珍《筱园诗话》卷二　郭绍虞辑《清诗话续编》本

钟秀

歌行忌平衍滞碍

七言古，唐人歌行最多，然亦有不名歌行者。此体忌平衍，忌滞碍，须有风驰电掣、水立山行之观。起处黄河天上，莫测其来；中间收纵排宕，奇态万千；转关转韵之处，兔起鹘落，如一波未平，一波复起；结处或如神龙掉尾，斗健凌空，或如水后余波，微纹荡漾，亦有竟结一七言绝句者。要必因其自然，不可勉强。

〔清〕钟秀《观我生斋诗话》卷二　清光绪刻本

2. 律诗

▎范温

律诗法同文章，意若贯珠

古人律诗，亦是一片文章，语或似无伦次，而意若贯珠。《十二月一日》①诗云："今朝腊月春意动，云安县前江可怜。"此诗立意，念岁月之迁易，感异乡之飘泊。其曰："一声何处送书雁，百丈谁家上水船？"则羁愁旅思，皆在目前。"未将梅蕊惊愁眼，要取楸花媚远天。"梅望春而花，楸将夏而[乃]繁，言滞留之势，当自冬过春，始终见梅楸，则百花之开落皆在其中矣。以此益念故国，思朝廷，故曰："明光起草人所羡，肺病几时朝日边。"《丛话》前七　《竹庄》六　《诗林》一　《历代》四十一

〔北宋〕范温《潜溪诗眼》　郭绍虞辑《宋诗话辑佚》卷上
①杜甫诗。

▎葛立方

五言律诗有十字格

梅圣俞五字律诗，于对联中十字作一意处甚多。如《碧澜亭诗》云："危楼喧晚鼓，惊鹭起寒汀。"《初见淮山》云："朝来汴口望，喜见淮上山。"《送俞驾部》云："何时鹢舟上，

远见炉峰迎。"……如此者不可胜举。诗家谓之"十字格",今人用此格者殊少也。老杜亦时有此格,《放船诗》云:"直愁骑马滑,故作泛舟回。"《对雨》云:"不愁巴道路,恐湿汉旌旗。"《江月》云:"天边长作客,老去一沾巾。"

〔南宋〕葛立方《韵语阳秋》卷一　何文焕辑《历代诗话》本

严羽

五言律诗有多体

有律诗至百五十韵者,少陵有百韵律诗,白乐天亦有之,而本朝王黄州有百五十韵五言律。有律诗止三韵者。唐人有六句五言律,如李益诗"汉家今上郡,秦塞古长城。有日云常惨,无风沙自惊。当今天子圣,不战四方平"是也。有律诗彻首尾对者,少陵多此体,不可概举。有律诗彻首尾不对者。盛唐诸公有此体,如孟浩然诗:"挂席东南望,青山水国遥。舳舻争利涉,来往接风潮。问我今何适,天台访石桥。坐看霞色晚,疑是赤城标。"又"水国无边际"之篇,又太白"牛渚西江夜"之篇,皆文从字顺,音韵铿锵,八句皆无对偶者。

〔南宋〕严羽《沧浪诗话·诗体》　何文焕辑《历代诗话》本

胡仔

七言律诗之变体

律诗之作,用字平侧,世固有定体,众共守之。然不若时用变体,如兵之出奇,变化无穷,以惊世骇目。如老杜诗云:"竹里行厨洗玉盘,花边立马簇金鞍。非关使者征求急,自识将军礼数宽。百年地僻柴门迥,五月江深草阁寒。看弄渔舟移白日,老农何有罄交欢。"此七言律诗之变体[①]也。

〔南宋〕胡仔《苕溪渔隐丛话》前集卷七　人民文学出版社校点本

①此诗第二联"非关使者"与第三联"百年地僻"同平仄,失粘,胡仔认为是七言律诗的变体,不以为非。清冒春荣也认为是"七律之变也"。除第三联与第二联不粘以外,还有第二联与第一联不粘,如杜甫《咏怀古迹》"摇落深知";第二联、第四联与前一联两处不粘,如杜审言《春日京中有怀》、苏瑰《兴庆池应制》;第二联、第三联与前一联两处不粘,如李白《凤凰台》。(见《葚原诗说》卷二)。

胡仔

律诗有扇对格

律诗有扇对格。第一与第三句对,第二与第四句对。如少陵《哭台州郑司户苏少监》诗云:"得罪台州去,时危弃硕儒。移官蓬阁后,谷贵殁潜夫。"东坡《和郁孤台诗》云:"解后①陪车马,寻芳谢朓州。凄凉望乡国,得句仲宣楼。"又唐人绝句亦用此格,如"去年花下留连饮,暖日夭桃莺乱啼。今日江边容易别,淡烟衰草马频嘶"之类是也。

〔南宋〕胡仔《苕溪渔隐丛话》前集卷九　人民文学出版社校点本
①解后,《杜工部草堂诗话》卷一作"邂逅",见《历代诗话续编》。

范晞文

五律第三字拗能出奇

五言律诗,固要贴妥,然贴妥太过,必流于衰。苟时能出奇,于第三字中下一拗字,则贴妥中隐然有峻直之风。老杜有全篇如此者,试举其一云:"带甲满天地,胡为君远行?亲朋尽一哭,鞍马去孤城。草木岁月晚,关河霜雪清。别离已昨日,因见古人情。"①散句如"乾坤万里眼,时序百年心","梅花万里外,雪片一冬深","一径野花落，孤舟春水生","虫书玉佩藓，燕舞翠帷尘","村春雨外急，邻火夜深明","山县早休市，江桥春聚船"……

尹按：此一诗全篇用了四种拗句式，即"平平仄仄仄"，"仄仄仄平仄"，"平平平仄平"，"仄仄仄仄仄"，不忌三仄脚，拗而有救。它们较常见于杜甫、王维、孟浩然、李商隐等人诗中。

〔南宋〕范晞文《对床夜语》卷二　丁福保辑《历代诗话续编》本

①此诗题名《寄远》。

杨载

律诗要法

律诗要法　　起　承　转　合

破题　或对景兴起，或比起，或引事起，或就题起。要突兀高远，如狂风卷浪，势欲滔天。

颔联　或写意，或写景，或书事、用事引证。此联要接破题，要如骊龙之珠①，抱而不脱。

颈联　或写意、写景、书事、用事引证，与前联之意相应相避。要变化，如疾雷破山，观者惊愕。

结句　或就题结，或开一步，或缴前联之意，或用事，必放一句作散场，如剡溪②之棹，自去自回，言有尽而意无穷。

五言七言，句语虽殊，法律则一。起句尤难，起句先须阔占地步，要高远，不可苟且。中间两联，句法或四字截，或两字截，须要血脉贯通，音韵相应，对偶相停，上下匀称。有两句共一意者，有各意者。若上联已共意，则下联须各意，前联既咏状，后联须说人事。两联最忌同律。颈联转意要变化，须多下实字。字实则自然响亮，而句法健。其尾联要能开一步，别运生意结之，然亦有合起意者，亦妙。

杜诗法多在首联两句，上句为颔联之主，下句为颈联之主。

七言律难于五言律，七言下字较粗实，五言下字较细嫩。七言若可截作五言，便不成诗，须字字去不得方是。所以句要藏字，字要藏意，如联珠不断，方妙。

〔元〕杨载《诗法家数》 何文焕辑《历代诗话》本

①骊（lí离）龙之珠，比喻珍贵的人才或物品。探骊得珠，比喻行文能切中要害。《庄子·列御寇》"千金之珠，必在九重之渊而骊龙颔下。"骊，黑色。
②剡（shàn善）溪，在今浙江嵊州市。

谢榛

律诗重在对偶，妙在虚实

律诗重在对偶，妙在虚实。子美多用实字，高适多用虚字。惟虚字极难，不善学者失之。实字多则意简而句健，虚字多则意繁而句弱。赵子昂所谓两联宜实是也。

〔明〕谢榛《四溟诗话》卷一 丁福保辑《历代诗话续编》本

王世贞

七言律篇法、句法、字法

七言律不难中二联，难在发端及结句耳。发端，盛唐人无不佳者。结颇有之，然亦无转入他调及收顿不住之病。篇法有起有束，有放有敛，有唤有应，大抵一开则一阖，一扬则一抑，一象则一意，无偏用者。句法有直下者，有倒插者，倒插最难，非老杜不能也。字法有虚有实，有沉有响，虚响易工，沉实难至。五十六字，如魏明帝凌云台①材木，铢两悉配，乃可耳。

〔明〕王世贞《艺苑卮言》卷一　丁福保辑《历代诗话续编》本

①凌云台，魏文帝黄初二年建，极精巧。丁注：魏明帝，当作"文帝"，见《三国志·文帝纪》。

胡应麟

近体莫难于七言律

古诗之难，莫难于五言古。近体之难，莫难于七言律。五十六字之中，意若贯珠，言如合璧。其贯珠也，如夜光走盘，而不失回旋曲折之妙；其合璧也，如玉匣有盖，而绝无参差扭捏之痕。綦组①锦绣，相鲜以为色；宫商角徵，互合以成声。思欲深厚有余，而不可失之晦；情欲缠绵不迫，而不可失之流。肉不可使胜骨，而骨又不可太露；词不可使胜气，而气又不可使太扬。庄严，则清庙明堂；沉着，则万钧九鼎；高华，则朗月繁星；雄大，则泰山乔岳；圆畅，则流水行云；变幻，则凄风急雨。一篇之中，必数者兼备，乃称全美。故名流哲匠，自古难之。

〔明〕胡应麟《诗薮》内编卷五　上海古籍出版社排印本

①綦（qí其）组，素丝织品。

胡应麟

五律七律绝譬

刘昭禹①云："五言律如四十贤人，着一屠沽不得。"王长公②云："七言律如凌云台材木，必铢两悉配乃可。"二譬绝类，"铢两"语尤精密，习近体者当细参。

〔明〕胡应麟《诗薮》内编卷五　上海古籍出版社排印本

①刘昭禹，五代时诗人。《诗话总龟》卷十引《郡阁雅谈》：刘昭禹，字休明，婺州人。尝与人论诗曰："五言如四十个贤人，乱着一字，屠沽辈也。"屠沽，屠夫和卖酒人。②王长公，王维桢，明七子派诗人。

胡震亨

七言拗律有所不足，非唐风之正

凡七言律作拗峭语者，皆有所不足也。杜牧之非拗峭不足振其骨，刘蕴灵①非拗峭不足宕其致。材愈降，愈借以盖其短。岂惟二子，即少陵之拗体，亦盛唐之变风，大家之降格，而非其正也。

〔明〕胡震亨《唐音癸签》卷八　人民文学出版社校点本

①刘蕴灵，刘仓，北宋诗人。

徐师曾

排律以布置有序、首尾通贯为尚

按排律原于颜、谢①诸人，梁、陈以还，俪句尤切。唐兴，始专此体，而有排律之名。……不以锻炼为工，而以布置有序、首尾通贯为尚，学者详之。

〔明〕徐师曾《文体明辨序说》　人民文学出版社校点本

①颜、谢，颜延之、谢灵运、谢朓。

吴乔

唐人七律有定法，但勿固定

唐人七律，宾主、起结、虚实、转折、浓淡、避就、照应，皆有定法。意为主将,法为号令,字句为部曲兵卒。由有主将,故号令得行,而部曲兵卒,莫不如臂指之用,旌旗金鼓,秩序井然。弘、嘉诗①惟有旌旗炫目,金鼓聒耳而已。

正意出过即须转,正意在次联者居多,故唐诗多在第五句转。金圣叹以为定法,则固矣。昌黎《蓝关》诗,第三联方出正意,第七句方转。

〔清〕吴乔《围炉诗话》卷二 郭绍虞辑《清诗话续编》本
①弘、嘉诗,即前后七子诸人诗。

吴乔

律诗有用和不用起承转合之二体

律诗有二体。如沈佺期《古意》云"卢家少妇郁金堂,海燕双栖玳瑁梁",以双栖起兴也。"九月寒砧催木叶",言当寄衣之时也。"十年征戍忆辽阳",出题意也。"白狼河北音书断",足上文征戍之意。"丹凤城南秋夜长",足上文"忆辽阳"之意。"谁为含情独不见,更教明月照流黄",足上文寄衣之意。题虽曰《乐府古意》,而实《捣衣曲》之类。八句如钩锁连环,不用起承转合一定之法者也。子美《曲江》诗亦然。其云"一片花飞减却春",言花初落也。"风飘万点正愁人",言花大落也。"且看欲尽花经眼",言花落尽也。"一片","万点","减却春","正愁人","欲尽经眼",情景渐次而深,兴起第四句以酒遣怀之意。"小堂巢翡翠",言失位犹有可意事。"高冢卧麒麟",言富贵终有尽头时。落花起兴至此意已完。"细推物理须行乐",因落花而知万物有必尽之理。"细推"者,自一片、万点、落尽、饮酒、冢墓，皆在其中，以引末句失官不足介怀之意。此体子美最多。

遵起承转合之法者，亦有二体：一者合于举业之式①，前联为起，如起比虚做，以引起下文；次联为承，如中比实做；第三联为转，如后比又虚做；末联为合，如束题，杜诗之《曲江对酒》是也。一者首联为起，中二联为承，第七句为转，第八句为合，如杜诗之《江村》是也。八比前后虚实一定，七律不然。

〔清〕吴乔《围炉诗话》卷二　郭绍虞辑《清诗话续编》本

①举业之式，科举考试规定的文体样式，即八股文，也称八比，每篇由破题、承题、起讲、入手、起股、中股、后股、束股八部分组成。

沈德潜

律诗收束法

收束或放开一步，或宕出远神，或本位收住。张燕公"不作边城将，谁知恩遇深"，就夜饮收住也。王右丞"君问穷通理，渔歌入浦深"，从解带弹琴宕出远神也。杜工部"何当击凡鸟，毛血洒平芜"，从画鹰说到真鹰，放开一步也。就上文体势行之。

〔清〕沈德潜《说诗晬语》卷上　丁福保辑《清诗话》本

沈德潜

长律所尚在气局严整，开阖相生

长律所尚，在气局严整，属对工切，段落分明，而其要在开阖相生，不露铺叙转折过接之迹，使语排而忘其为排，斯能事矣。唐初应制，赠送诸篇，王、杨、卢、骆、陈、杜、沈、宋、燕、许、曲江①,并皆佳妙。少陵出而瑰奇鸿丽,一变故方,后此无能为役。元、白滔滔百韵,俱能工稳;但流易有余,熔裁未足,每为浅率家效颦。温、李②以下,又无论已。七言长律,少陵开出,然《清明》等篇已不能佳,何况学步余子?

〔清〕沈德潜《说诗晬语》卷上　丁福保辑《清诗话》本

①王、杨、卢、骆,王勃、杨炯、卢照邻、骆宾王;陈、杜、沈、宋,陈子昂、杜审言、沈佺期、宋之间;燕、许、曲江,燕国公张说、许国公苏颋、曲江人张九龄。

②温、李,温庭筠、李商隐。

金人瑞等

明清人论律诗中二联

中二联非如两行榆柳

三四决非五六也,五六是一诗已到回身转向之时,若三四则固方当一诗正面也。今之词家,乃欲令三四五六便如两行榆柳成对森列,斯实过矣。

〔明〕金人瑞《圣叹尺牍·答史蘷友尔祉》　清刊《贯华堂选批唐才子诗》

中二联情景不相离,唯意所适

近体中二联,一情一景,一法也。"云霞出海曙,梅柳渡江春。淑气催黄鸟,晴光转绿蘋。""云飞北阙轻阴散,雨歇南山积翠来。御柳已争梅信发,林花不待晓风开。"皆景也,何者为情? 若四句俱情而无景语者,尤不可胜数,其得谓之非法乎? 夫景以情合,情以景生,初不相离,唯意所适。截分两橛,则情不足兴,而景非其景。且如"九月寒砧催木叶",二句之中,情景作对;"片石孤云窥色相"四句①，情景双收，更从何处分析？陋人标陋格，乃谓"吴楚东南坼"四句，上景下情，为律诗宪典，不顾杜陵九原大笑。愚不可瘳②，亦孰与疗之？

〔清〕王夫之《姜斋诗话》卷下　丁福保辑《清诗话》本

①李颀《题璇公山池》中二联："片石孤峰窥色相，清池皓月照禅心。指挥如意天花落，坐卧闲房春草深。"

②瘳（chōu 抽），病愈。

中二联情景不论或拘泥均非

问：律诗中二联必应分情与景耶？抑可不拘耶？

不论者非，拘泥者亦非，大概二联中须有次第，有开阖。

〔清〕王士禛《带经堂诗话》卷二十九　人民文学出版社校点本

《说诗晬语》论中二联

中联以虚实对、流水对为上。即征实一联，亦宜各换意境。略无变换，古人所轻。即如"蝉噪林逾静，鸟鸣山更幽"，何尝不是佳句，然王元美①以其写景一例少之。至"圆荷浮小叶，细麦落轻花"，宋人已议之矣。

三四贵匀称，承上斗峭而来，宜缓脉赴之；五六必耸然挺拔，别开一境。上既和平，至此必须振起也。崔司勋②《赠张都督》诗："出塞清沙漠，还家拜羽林"，和平矣，下接云："风霜臣节苦，岁月主恩深。"杜工部《送人从军》诗："今君度沙碛，累月断人烟"，和平矣，下接云："好武宁论命？封侯不计年。"《泊岳阳城下》诗："岸风翻夕浪，舟雪洒寒灯"，和平矣，下接云："留滞才难尽，艰危气益增。"如此拓开，方振得起。温飞卿

《商山早行》，于"鸡声茅店月，人迹板桥霜"下，接'槲叶落山路，枳花明驿墙"；周处士朴③赋董岭水，于"禹力不到处，河声流向西"下，接"过衙山色远，近水月光低"，便觉直塌下去。

中二联不宜纯乎写景。如"明月松间照，清泉石上流。竹喧归浣女，莲动下渔舟。"景象虽工，讵为模楷？至宋陆放翁，八句皆写景矣。

〔清〕沈德潜《说诗晬语》卷上　丁福保辑《清诗话》本
①王元美，王世贞，字元美，号凤洲，自称弇州山人，明文学家。
②崔司勋，崔颢，司勋员外郎。
③周处士朴，周朴，字见素，晚唐诗人。

中二联分虚实

中二联或写景，或叙事，或述意，三者以虚实分之。景为实，事意为虚，有前实后虚、前虚后实法。凡作诗不写景而专叙事与述意，是有赋而无比兴，即乏生动之致，意味亦不渊永，结构虽工，未足贵也。善诗者常欲得生动之致，渊永之味，则中二联多寓事意于景。然景有大小、远近、全略之分，若无分别，亦难称作手。如："云霞出海曙，梅柳渡江春。淑气催黄鸟，晴光转绿蘋。"杜审言一大景，一小景也。"浮云连海岱，平野入青徐。孤嶂秦碑在，荒城鲁殿余。"杜甫一远景，一近景也。"退朝花底散，归院柳边迷。楼雪融城湿，宫云去殿低。"杜甫一半景，一全景也。

〔清〕冒春荣《葚原诗说》卷一　郭绍虞辑《清诗话续编》本

中二联不宜一味写景

律诗中二联,不宜一味写景。有景无情,固非好手所为;景多于情,亦非佳处。盖诗要文质协中,情景交化,始可深造入微。若南宋、晚唐之诗,竟有八句皆景者,是最下乘禅,当以为戒。剑南、石湖①平调诗,尤多误犯此病。

〔清〕朱庭珍《筱园诗话》卷四　郭绍虞辑《清诗话续编》本
①剑南、石湖,陆游、范成大。

袁枚

起结句之妙者

近人起句之妙者:新安张节《夜坐》云:"雨霁月忽满,墙阴树影摇。"陈月泉《舟中》云:"独起对江月,满船闻睡声。"某《春早》云:"不待清明近,莺花已自忙。"三起、俱超。结句之妙者:"月中无事立,草上一萤飞。""殷勤语江岭,归梦莫相妨。""远山深树里,钟断有余声。"三结、俱超。惜忘题目及作者姓名。

〔清〕袁枚《随园诗话》卷十二　人民文学出版社校点本

李重华

七律章法不出杜诗范围

七律章法,大历诸公最纯熟,然无能出杜老范围。相其用笔,大概三四须跟一二,五六须起七八;更有上半引入下半,顿然翻转;有中四句次第相承,而首尾紧相照应;有上六句写本题,而末后扬开作结。其法变化不拘,若止觅得中四好对联,另行装却头脚,断无其事。

〔清〕李重华《贞一斋诗说》 丁福保辑《清诗话》本

冒春荣

《葚原诗说》论律诗章法

诗之五言八句,如制艺之起承转合为篇法也。起联道破题意,次联承其意,第三联用开笔,结句收转,与起联相应,以成章法。须着精神,切弗草率。苟一结衰惫,前路虽佳,亦非全璧。

起联有对起,有散起。唐人散者居多,惟杜甫好用对起。其对起法,有一意相承者,又有两意分对者,大抵熟于诗律,故拈着便对。若起联是两意,则次联必分应之,或中二联各应一句,或中二联止应一句,至末联再应一句,或前三联各开说,用末联总收。近体诗莫多于老杜,故法莫备于老杜。

起联须突兀,须峭拔,方得题势,入手平衍,则通身无气力矣。有开门见山道破题意者,有从题前落想入者,亦有倒提逆入者,俱以得势为佳。

诗有就题便为起句者,如李白"牛渚西江夜",周朴"湖州安吉县,门与白云齐",张祜"一到东林寺,春深景致芳"是也。又有离题为起句者,如齐己《渔父》诗"湘潭春水满,湘岸草青青",曹松《闻猿》诗"曾宿三巴路,今来不愿听",于鹄《牡丹》诗"万计教人买,华轩保惜深",崔道融《春闺》诗"寒食月明雨,落花香满泥"是也。

一首有一首章法,一题数首又合数首为章法,有起结,有次序,有照应,阙一不得,增一不得,乃见体裁。

〔清〕冒春荣《葚原诗说》卷一　郭绍虞辑《清诗话续编》本

洪亮吉

七律正宗

开、宝诸贤，七律以王右丞、李东川①为正宗。右丞之精深华妙，东川之清丽典则，皆非他人所及。然门径始开，尚未极其变也。至大历十才子②，对偶始参以活句，尽变化错综之妙。如卢纶"家在梦中何日到？春来江上几人还！"刘长卿"汉文有道恩犹薄，湘水无情吊岂知！"刘禹锡"怀旧空吟闻笛赋，到乡翻似烂柯人。"白居易"曾犯龙鳞容不死，欲骑鹤背觅长生"：开后人多少法门。即以七律论，究当以此种为法，不必高谈崔颢之《黄鹤楼》、李白之《凤皇台》及杜甫之《秋兴》、《咏怀古迹》诸什也。若许浑、赵嘏而后，则又惟讲琢句，不复有此风格矣。

〔清〕洪亮吉《北江诗话》卷六　人民文学出版社校点本
①李东川，李颀，家寓河南颍阳东川。
②大历十才子，唐代宗大历年间（766—779）十位诗人，说法不一，据《新唐书·卢纶传》，指卢纶、吉中孚、韩翃、钱起、司空曙、苗发、崔峒、耿湋、夏侯审、李端。

厉志

五律是众诗之基

凡人学诗，往往先作七律，到工夫进时，一首都不得佳。七律大难，不如从五律入手，其错处还容易周防；且五律，众诗之基也。

〔清〕厉志《白华山人诗说》卷二　郭绍虞辑《清诗话续编》本

刘熙载

《艺概》论律诗

律诗取律吕之义，为其和也；取律令之义，为其严也。

律诗主句或在起，或在结，或在中，而以在中为较难，盖限于对偶，非高手为之，必至物而不化矣。

律诗声谐语俪，故往往易工而难化。能求之章法，不惟于字句争长，则体虽近而气脉入古矣。

律诗既患旁生枝节，又患如琴瑟之专一。融贯变化，兼之斯善。

律诗篇法，有上半篇开下半篇合，有上半篇合下半篇开。所谓半篇者，非但上四句与下四句之谓，即二句与六句，六句与二句，亦各为半篇也。

律体中对句用开合、流水、倒挽三法，不如用遮表法为最多。或前遮后表，或前表后遮。表谓如此，遮谓不如彼，二字本出禅家。昔人诗中有用"是""非"、"有""无"等字作对者，"是""有"即表，"非""无"即遮。惟有其法而无其名，故为拈出。

律诗不难于凝重，亦不难于流动，难在又凝重又流动耳。

〔清〕刘熙载《艺概·诗概》　上海古籍出版社排印本

施补华

《岘佣说诗》论五言律诗

学诗须从五律起，进之可为五古，充之可为七律，截之可为五绝，充而截之可为七绝。

今人作律诗，往往先作中二联，然后装成首尾。故即有名句可摘，而首尾平弱草率，劣不成章。必须一气浑成，神完力足，方为合作。五律尤要，所谓"四十贤人"也。

起处须有崚嶒之势，收处须有完固之力，则中二联愈形警策。如摩诘"风劲角弓鸣，将军猎渭城"，倒戟而入，笔势轩昂。"草枯"一联，正写猎字，愈有精神。"忽过"二句，写猎后光景，题分已足。收处作回顾之笔，兜裹全篇，恰与起笔倒入者相照应，最为整密可法。又如"万壑树参天，千山响杜鹃"①、"天官动将星，汉地柳条青"②，皆起势之崚嶒者，举此可以类推。

五律须讲炼字法，荆公所谓诗眼也。"泉声咽危石，日色冷青松"、"远水兼天净，孤城隐雾深"，此炼实字。"古墙犹竹色，虚阁自松声"、"蚁浮仍蜡味，鸥泛已春声"、"江山有巴蜀，栋宇自齐梁"、"入天犹石色，穿水忽云根"，此炼虚字。炼实字有力易，炼虚字有力难。

五律有清空一气不可以炼句炼字求者，最为高格。如太白"牛渚西江夜"、"蜀僧抱绿绮"，襄阳③"挂席几千里"，摩诘"中岁颇好道"，刘慎虚"道由白云尽"诸首，所谓"羚羊挂角，无迹可求"。

〔清〕施补华《岘佣说诗》　丁福保辑《清诗话》本
①王维《送梓州李使君》。
②王维《送赵都督赴代州得青字》。
③孟浩然，襄阳人。

钟秀

律诗忌平头截腰

平头截腰,律诗所忌。四句皆用一类字起,谓之四平头。如高适之"巫峡啼猿""衡阳归雁""青枫江上""白帝城边",用四地名也。又四句皆用一字起,四句皆用二字起,亦谓之四平头。如唐彦谦之"泪随红蜡""肠比朱丝""柳问风好""梅因微雨",窦叔向之"远书珍重""旧事凄凉""去日儿童""昔年亲友"是也。五言第三字、七言第五字皆用一单字,谓之截腰。如王勃之"乘石磴""俯春泉""薰山酌""韵野弦",沈佺期之"分黄道""入紫微""多气色""有光辉",均不可为法。必如少陵之"诗无敌""思不群",诗字、思字,各一字单用也;"庾开府""鲍参军",各三字相连也;"春天树""日暮云",春天、日暮,又各二字相连,斯名善于变化。即不然,或如杜审言之"花徒发""叶漫新""应尽兴""几留宾",虚实字相间,犹可。此法推之排律,似难禁其相犯,然亦必错综间用,乃为合法之作。

〔清〕钟秀《观我生斋诗话》卷二　清光绪刻本

3. 绝句

杨万里

五七言绝句最难工

五七字绝句最少,而最难工,虽作者亦难得四句全好者。

〔宋〕杨万里《诚斋讲话》　丁福保辑《历代诗话续编》本

杨载

绝句之法

绝句之法，要婉曲回环，删芜就简，句绝而意不绝，多以第三句为主，而第四句发之。有实接，有虚接，承接之间，开与合相关，反与正相依，顺与逆相应，一呼一吸，宫商自谐。大抵起承二句固难，然不过平直叙起为佳，从容承之为是。至如宛转变化工夫，全在第三句，若于此转变得好，则第四句如顺流之舟矣。

〔元〕杨载《诗法家数》　何文焕辑《历代诗话》本

王世贞

五言绝句之难

绝句固自难，五言尤甚。离首即尾，离尾即首，而腰腹亦自不可少，妙在愈小而大，愈促而缓。吾尝读《维摩经》得此法：一丈室中，置恒河沙诸天宝座，丈室不增，诸天不减，又一刹那定作六十小劫。须如是乃得。

〔明〕王世贞《艺苑卮言》卷一　丁福保辑《历代诗话续编》本

胡应麟

五七言绝句之异同

谓七言律难于五言律，是也；谓五言绝难于七言绝，则亦未然。五言绝，调易古；七言绝，调易卑。五言绝，即拙匠易于掩瑕；七言绝，虽高手难于中的。

五言绝，尚真切，质多于文；七言绝，尚高华，文多胜质。五言绝，昉①于两汉；七言绝，起自六朝。源流迥别，体制自殊。至意当含蓄，语务春容，则二者一律也。

〔明〕胡应麟《诗薮》内编卷六　上海古籍出版社排印本
①昉(fǎng访)，起始。

胡应麟

绝句最贵含蓄

绝句最贵含蓄。青莲"相看两不厌，惟有敬亭山"，亦太分晓。钱起"始怜幽竹山窗下，不改青阴送我归"，面目尤觉可憎。宋人以为高作，何也？

〔明〕胡应麟《诗薮》内编卷六　上海古籍出版社排印本

王夫之

绝句之由来

五言绝句自五言古诗来，七言绝句自歌行来，此二体本在律诗之前；律诗从此出，演令充畅耳。有云：绝句者，截取律诗一半，或绝前四句，或绝后四句，或绝首尾各二句，或绝中两联。审尔，断头刖足，为刑人而已。不知谁作此说，戕人生理？自五言古诗来者，就一意中圆净成章，字外含远神，以使人思；自歌行来者，就一气中骀宕①灵通，句中有余韵，以感人情。修短虽殊，而不可杂冗滞累则一也。

〔清〕王夫之《姜斋诗话》卷下　丁福保辑《清诗话》本
①骀(dài带)宕，舒缓流荡。

王夫之

五言绝句宜有势

论画者曰："咫尺有万里之势。"一"势"字宜着眼。若不论势，则缩万里于咫尺，直是《广舆记》前一天下图耳。五言绝句以此为落想时第一义，唯盛唐人能得其妙。如"君家何处住？妾住在横塘。停船暂借问，或恐是同乡。"墨气所射，四表无穷，无字处皆其意也。李献吉[①]诗："浩浩长江水，黄州若个边？岸回山一转，船到堞楼前。"固自不失此风味。

〔清〕王夫之《姜斋诗话》卷下　丁福保辑《清诗话》本

①李献吉，李梦阳字献吉，号空同，谥景文，庆阳人，明弘治进士，文学家，前七子首领。

张谦宜

绝句与律法无异

绝句不要三句说尽，亦不许四句说不尽。

七言四句，总要一意一气，则起承转合之界，各自井然。

绝句一句一转，却是四句只成一事，着重尤在第三句一转，方好收合。虽只四句，与律法无异，意不透不妙，意已竭亦不妙。上二句太平，振不起下二句。下二句势高，恐接不入上二句。用力要匀，如善射者之撒放，左右手齐分，始平耳。法莫备于唐人，中晚尤妙。但不当学少陵绝句，彼是变格，太白则圣手矣。

〔清〕张谦宜《絸斋诗谈》卷二　郭绍虞辑《清诗话续编》本

沈德潜

《说诗晬语》论绝句

绝句,唐乐府也。篇止四语,而倚声为歌,能使听者低回不倦,旗亭伎女,犹能赏之,非以扬音抗节有出于天籁者乎?着意求之,殊非宗旨。

五言绝句,右丞之自然,太白之高妙,苏州之古澹,并入化机;而三家中,太白近乐府,右丞、苏州近古诗,又各擅胜场也。他如崔颢《长干曲》、金昌绪《春怨》、王建《新嫁娘》、张祜《宫词》等篇,虽非专家,亦称绝调。

七言绝句,以语近情遥,含吐不露为主。只眼前景、口头语,而有弦外音、味外味,使人神远,太白有焉。

王龙标[1]绝句,深情幽怨,意旨微茫。"昨夜风开露井桃"一章,只说他人之承宠,而己之失宠,悠然可思,此求响于弦指外也。"玉颜不及寒鸦色"两言,亦复优柔婉约。

"秦时明月"一章,前人推奖之而未言其妙。盖言师劳力竭,而功不成,繄将非其人之故,得飞将军备边,边烽自熄,即高常侍[2]归重《燕歌行》"至今人说李将军"也。防边筑城,起于秦、汉,明月属秦,关属汉,诗中互文。

(七言绝句)李沧溟[3]推王昌龄"秦时明月"为压卷,王凤洲[4]推王翰"蒲桃美酒"为压卷,本朝王阮亭[5]则云:"必求压卷,王维之'渭城',李白之'白帝',王昌龄之'奉帚平明',王之涣之'黄河远上'其庶几乎?而终唐之世,亦无出四章之右者矣。"沧溟、凤洲主气,阮亭主神,各自有见。愚谓:李益之"回乐峰前",柳宗元之"破额山前",刘禹锡之"山围故国", 杜牧之"烟笼寒水", 郑谷之"扬子江头", 气象稍殊, 亦堪接武。

〔清〕沈德潜《说诗晬语》卷上　丁福保辑《清诗话》本
①王龙标, 王昌龄, 晚年被贬为龙标(今湖南黔阳)尉。
②高常侍, 高适, 字达夫, 晚任左散骑常侍, 盛唐著名边塞诗人, 与岑参并称"高、岑"。
③李沧溟, 李攀龙字于麟, 号沧溟, 与王世贞同为明后七子首领。
④王凤洲, 王世贞。
⑤王阮亭, 王世禛, 号阮亭、渔洋山人, 谥文简。清初继钱谦益、吴伟业之后的文坛领袖。

沈德潜

七言绝句贵言微旨远, 语浅情深

七言绝句, 贵言微旨远, 语浅情深。如清庙之瑟, 一唱而三叹, 有余音者矣。开元之时, 龙标、供奉①, 允称神品。外此, 高、岑起激壮之音, 右丞作凄惋之调, 以至"蒲桃美酒"之词, "黄河远上"之曲, 皆擅场也。后李庶子、刘宾客、杜司勋、李樊南、郑都官②诸家, 托兴幽微, 克称嗣响。

〔清〕沈德潜《唐诗别裁·凡例》　商务印书馆《国学基本丛书》本
①龙标、供奉, 王昌龄、李白。
②以上五人即李益、刘禹锡、杜牧、李商隐、郑谷。

冒春荣

五言绝句正格为言止而意不尽

五言绝有两种: 有意尽而言止者, 有言止而意不尽者。言止意不尽, 深得味外之味, 此从五言律而来, 故为正格。意尽言止, 则突然而起, 斩然而住, 中间更无委曲, 此实乐府之遗音,故为变调。意尽言止,如"打起黄莺儿,莫教枝上啼。啼时惊妾梦,不得到辽西"金昌绪。"那年离别日,只道往桐庐。桐庐人不见,今得广州书"刘采春。"嫁得瞿唐贾,朝朝误妾期。早知潮有信,嫁与弄潮儿"李益。此乐府之遗音也。言止意不尽,如"玉笼薰绣裳,着罢眠洞房。不能春风里,吹却兰麝香"。崔国辅"十年劳远别,一笑喜相逢。又上青山去,青山千万重"。陈羽"流水何太急,深宫尽日闲。殷勤谢红叶,好去到人间"。韩氏此五绝之正格也。正格最难,唐人亦不多得。

〔清〕冒春荣《葚原诗说》卷三 郭绍虞辑《清诗话续编》本

冒春荣

五绝务从小中见大

至如五绝,人多以小诗目之,故不求至工。然作者于此,务从小中见大,纳须弥①于芥子,现国土于毫端,以少许胜人多许。谓"五绝难于七绝",夫岂欺我哉!

〔清〕冒春荣《葚原诗说》卷三 郭绍虞辑《清诗话续编》本

①须弥,梵语意为"妙高",古印度传说中的山名,以它为人们所住世界的中心,日月环绕此山回旋出没,三界诸天依之层层建立,四方有四个洲。

冒春荣

绝句体最多变局

绝句字句虽少,含蕴倍深。其体或对起,或对收,或两对,或两不对,格句既殊,法度亦变。对起者,其意必尽后二句。对收者,其意必作流水呼应,不然则是不完之律。亦有不作流水者,必前二句已尽题意,此特涵泳以足之。两对者,后二句亦有流水，或前暗对而押韵，使人不觉。亦有板对四句者，此多是漫兴写景而已。两不对者，大抵以一句为主，余三句尽顾此句，或在第一，或在第二，或在第三四。亦有以两句为主者，又有两呼两应者，或分应，或合应，或错综应。又有前后两截者，有一意直叙者，有前二句开说、后二句绾合者，有以倒叙为章法者，有以错叙为章法者。惟此体最多变局，在人善用之。

〔清〕冒春荣《葚原诗说》卷三　郭绍虞辑《清诗话续编》本

▎潘德舆

五七言绝句之难

七言绝句，易作难精，盛唐之兴象，中唐之情致，晚唐之议论，涂①有远近，皆可循行。然必有弦外之音，乃得环中之妙。利其短篇，轻遽命笔，名手亦将颠蹶，初学愈腾笑声。五言绝句，古隽尤难，搦管半生，望之生畏。

〔清〕潘德舆《养一斋诗话》卷二　郭绍虞辑《清诗话续编》本
①涂，同"途"。

▎潘德舆

七言绝句以第三句为主是臆说

杨仲弘①论七言绝句，以第三句为主，而第四句发之。沈确士②谓"盛唐人多与此合"。此皆臆说也。绝句四语耳，自当一气直下，兜裹完密。三句为主，四句发之，岂首二句便成无用邪？此徒爱晚唐小巧议论，止在末二句动人，而于盛唐大家元气浑沦之作，未曾究心，始有此等曲说。

〔清〕潘德舆《养一斋诗话》卷三　郭绍虞辑《清诗话续编》本

①杨仲弘，杨载字仲弘，与虞集、范梈、揭傒斯并称元诗四大家，著有《诗法家数》。

②沈确士，沈德潜字确士，号归愚，乾隆四年进士，倡格调说，诗论家，选编《古诗源》《唐诗别裁》系列诗集，影响大。

施补华

《岘佣说诗》论绝句

谢朓①以来即有五言四句一体，然是小乐府，不是绝句。绝句断自唐始。五绝只二十字，最为难工，必语短意长而声不促，方为佳唱。若意尽言中，景尽句中，皆不善也。

少陵、退之、东坡三大家皆不能作五绝，盖才太大，笔太刚，施之二十字，反吃力不讨好。言岂一端而已，夫各有所当也。五绝究以含蓄清淡为佳。

辋川诸五绝清幽绝俗，其间"空山不见人"、"独坐幽篁里"、"木末芙蓉花"、"人闲桂花落"四首尤妙，学者可以细参。

戴叔伦《三闾庙》："沅湘流不尽，屈子怨何深？日暮秋风起，萧萧枫树林。"并不用意，而言外自有一种悲凉感慨之气，五绝中此格最高。义山："向晚意不适，驱车登古原。夕阳无限好，只是近黄昏。"叹老之意极矣，然只说夕阳，并不说自己，所以为妙。五绝七绝，均须知此，此亦比兴也。

刘方平《长信宫》："梦里君王近，宫中河汉高。秋风能再热，团扇不辞劳。"怨而不怒，意近风人，亦五绝所贵也。

七绝固可将七律随意截，然截后半首一二对、三四散易出风韵；截前半首一二散、三四对易致板滞；截中二联更板；截前后通首不对易虚。此在作者会心耳。

七绝用意宜在第三句，第四句只作推宕，或作指点，则神韵自出。若用意在第四句，便易尽矣。若一二句用意，三四句全作推宕作指点，又易空滑。故第三句是转舵处；求之古人，虽不尽合，然法度莫善于此也。

太白七绝，天才超逸，而神韵随之。如"朝辞白帝彩云间，千里江陵一日还"，如此迅捷，则轻舟之过万山不待言矣。中间却用"两岸猿声啼不住"一句垫之；无此句，则直而无味，有此句，走处仍留，急语仍缓。可悟用笔之妙。

少陵七绝，槎牙粗硬，独《赠花卿》一首，最为婉而多讽。花卿僭用天子之乐，诗云："此曲只应天上有，人间能得几回闻！"何言之蕴藉也？《江南赠李龟年》诗，亦有韵。

小杜"看取汉家何事业？五陵无树起秋风"，是加一倍写法。陵树秋风，已觉凄惨，况无树耶？用意用笔甚曲。

东坡七绝亦可爱，然趣多致多，而神韵却少。"水枕能令山俯仰，风船解与月徘徊"，致也。"小儿误喜朱颜在，一笑那知是酒红"，趣也。独"馀生欲老海南村，帝遣巫咸招我魂。杳杳天低鹘没处，青山一发是中原"，则气韵两到，语带沉雄，不可及也。

〔清〕施补华《岘佣说诗》 丁福保辑《清诗话》本
①谢朓（tiǎo 窕），字玄晖，曾任宣城太守，南朝齐诗人，山水诗风格秀逸。

刘熙载

绝句取径贵深曲

绝句取径贵深曲，盖意不可尽，以不尽尽之。正面不写写反面，本面不写写对面、旁面，须如睹影知竿乃妙。

〔清〕刘熙载《艺概·诗概》 上海古籍出版社排印本

刘熙载

绝句小中见大

以鸟鸣春，以虫鸣秋，此造物之借端托寓也。绝句之小中见大似之。

〔清〕刘熙载《艺概·诗概》 上海古籍出版社排印本

钟秀

五七绝贵以神行

屠绍龙云：诗以神行。若远若近，若有若无，若云之于天，月之于水，诗之神者也。五七绝尤贵以此道行之。昔之擅其妙者，在唐有太白一人，非摩诘、龙标之所及，所谓鼓之舞之以尽神，由神入化者也。然龙标之与供奉①，相距只争几希耳。

〔清〕钟秀《观我生斋诗话》卷三 清光绪刻本
①供奉，李白，曾供奉翰林。

胡震亨等

明清人论《竹枝词》

《竹枝》本出巴渝，其音协黄钟羽，末如吴声。有和声，七字为句。

〔明〕胡震亨《唐音癸签》卷十三　人民文学出版社校点本

梦得①七言绝句有《竹枝词》，其源出六朝《子夜》等歌，而格与调则子美也。黄山谷云："刘梦得《竹枝》九章，词意高妙，元和间诚可独步。道风俗而不俚，追古昔而不愧，比之子美《夔州歌》，所谓同工而异曲也。"

〔明〕许学夷《诗源辨体》卷二十九　人民文学出版社扫描版
①梦得，刘禹锡字梦得，曾任太子宾客，中唐杰出诗人。

问：《竹枝词》何以别于绝句？

（王士禛）答：《竹枝》咏风土，琐细诙谐皆可入。大抵以风趣为主，与绝句迥别。

〔清〕刘大勤《诗友诗传续录》　丁福保辑《清诗话》本

《竹枝词》泛咏风土人情，词不嫌俚，语须留朴，类古歌谣，乃为正式。《柳枝》咏柳，《橘枝》咏橘，便非其比。

〔清〕钟秀《观我生斋诗话》卷三　清光绪刻本

4. 词

李清照

词别是一家

至晏元献、欧阳永叔①、苏子瞻，学际天人，作为小歌词，直如酌蠡水②于大海，然皆句读不葺之诗尔，又往往不协音律者。

何耶？盖诗文分平侧，而歌词分五音，又分五声，又分六律，又分清浊轻重③。且如近世所谓《声声慢》《雨中花》《喜迁莺》，既押平声韵，又押入声韵。《玉楼春》本押平声韵，又押上去声，又押入声。本押仄声韵，如押上声则协，如押入声则不可歌矣。王介甫、曾子固④，文章似西汉，若作一小歌词，则人必绝倒，不可读也。乃知别是一家，知之者少。后晏叔原、贺方回、秦少游⑤、黄鲁直出，始能知之。

〔北宋〕李清照《论词》 人民文学出版社《苕溪渔隐丛话》后集卷三十三

①晏元献，晏殊，字同叔，临川（今江西抚州市），谥元献，北宋词人。欧阳永叔，欧阳修，字永叔，号醉翁、六一居士，吉州吉水（今属江西）人，北宋文学家、史学家。

②蠡（lí梨）水，小杯水。蠡，以贝壳做的瓢。

③四句说，作词须协合音律。五音，似指发声部位唇齿喉舌鼻。五声，古代音乐的宫、商、角、徵（zhǐ旨）、羽五个音级。六律，十二律中的黄钟、大蔟、姑洗、蕤宾、夷则、无射（yì易）。清浊，以声之清浊定字之阴阳。宋人以轻清为阳，重浊为阴，元周德清以高声为阳，低声为阴。

④曾子固，曾巩字子固，北宋散文家。

⑤晏叔原，晏几道，字叔原，号小山，晏殊幼子。贺方回，贺铸，字方回。秦少游，秦观，字少游，号淮海居士。三人皆北宋词人。

张炎

词用虚字呼唤

词与诗不同：词之句语有二字、三字、四字，至六字、七八字者，若堆叠实字，读且不通，况付之雪儿①乎？合用虚字呼唤，单字如"正""但""甚""任"之类，两字如"莫是""还又""那堪"之类，三字如"更能消""最无端""又却是"

之类。此等虚字,却要用之得其所,若使尽用虚字,句语自活,必不质实,观者无掩卷之消。郑奠、谭全基按:许氏娱园刊本末作"若使尽用虚字,句语入俗,虽不质实,恐不无掩卷之消"。

〔南宋〕张炎《词源》卷下 《守山阁丛书》本
①雪儿,歌女。

张炎

词要清空

词要清空,不要质实。清空则古雅峭拔,质实则凝涩晦昧。姜白石词如野云孤飞,去留无迹;吴梦窗①词如七宝楼台,眩人眼目,碎拆下来,不成片段。此清空质实之说。梦窗《声声慢》云:"檀栾金碧,婀娜蓬莱,游云不蘸芳洲。"前八字恐亦太涩。如《唐多令》云:"何处合成愁,离人心上秋;纵芭蕉不雨也飕飕。都道晚凉天气好,有明月,怕登楼。 前事梦中休,花空烟水流。燕辞归、客尚淹留。垂柳不萦裙带住,谩长是,系行舟。"此词疏快,却不质实。如是者集中尚有,惜不多耳。白石词如《疏影》《暗香》《扬州慢》《一萼红》《琵琶仙》《探春》《八归》《淡黄柳》等曲,不惟清空,又且骚雅,读之使人神观飞越。

〔南宋〕张炎《词源》卷下 《守山阁丛书》本
①吴梦窗,吴文英,字君特,号梦窗,南宋词人。

沈义父

《乐府指迷》论词

词之作难于诗。盖音律欲其协,不协则成长短之诗;下字欲其雅,不雅则近乎缠令①之体;用字不可太露,露则直突而无深长之味;发意不可太高,高则狂怪而失柔婉之意。思此,则知所以为难。

炼句下语最是紧要:如说桃,不可直说破桃,须用"红雨""刘郎"等字;如咏柳,不可直说破柳,须用"章台""灞岸"等事。……往往浅学俗流,多不晓此妙用,指为不分晓,乃欲直接说破,却是赚人与耍曲矣。

遇两句可作对,便须对。短句须剪截齐整,遇长句须放婉曲,不可生硬。

结句须要放开,含有余不尽之意,以景结情最好。如清真②之"断肠院落,一帘风絮",又"掩重关,遍城钟鼓"之类是也。或以情结尾,亦好。往往轻而露,如清真之"天便教人,霎时厮见何妨",又云"梦魂凝想鸳侣"之类,便无意思,亦词家病,却不可学也。

作大词先须立间架,将事与意分定了。第一要起得好,中间只铺叙,过处要清新,最紧是末句,须是有一好出场方妙。作小词只要些新意,不可太高远,却易得与古人句同,亦要炼句。

〔南宋〕沈义父《乐府指迷》 唐圭璋辑《词话丛编》本
①缠令,民间说唱艺术形式之一。
②清真,周邦彦。

陆辅之

词须血脉贯穿,过片不可断意

制词须布置停匀,血脉贯穿,过片不可断意,如常山之蛇,救首救尾。

〔元〕陆辅之《词旨》　唐圭璋辑《词话丛编》本

俞彦

好词一字未易改

古人好词，即一字未易弹，亦未易改。子瞻"绿水人家绕"，别本"绕"作"晓"，为《古今词话》所赏。愚谓"绕"字虽平，然是实境，"晓"字无皈着，试通咏全章便见。少游"斜阳暮"，后人妄肆讥评，托名山谷，《淮海集》①辨之详矣。又有人亲在郴州见石刻是"斜阳树"，"树"字甚佳，犹未若"暮"字。至苕溪渔隐记耆卿②"鳌山彩结"，"结"改作"缔"益佳，不知何以佳也。若子瞻"低绣户"，"低"改"窥"则善矣。温飞卿"衰桃一树近前池，似惜容颜镜中老"，予欲改"近"为"俯"或"映"似更觉透露。请质之知言者。

〔明〕俞彦《爰园词话》　唐圭璋辑《词话丛编》本

①《淮海集》，秦观词集。秦观字少游，号淮海居士，北宋词人。

②耆卿，柳永字耆卿，初名三变，后更名永，官至屯田员外郎，世称柳屯田，北宋词人。

杨慎

"斜阳暮"非复

秦少游《踏莎行》"杜鹃声里斜阳暮"，极为东坡所赏，而后人病其"斜阳暮"似重复，非也。见斜阳而知日暮，非复也。犹韦应物诗："须臾风暖朝日暾。"既曰"朝日"，又曰"暾"，当亦为宋人所讥矣。此非知诗者。古诗"明月皎夜光"，"明"、"皎"、"光"非复乎？李商隐诗："日向花间留返照"，皆然。

又唐诗"青山万里一孤舟",又"沧溟千万里,日夜一孤舟"。宋人亦言"一孤舟"为复,而唐人累用之,不以为复也。

〔明〕杨慎《词品》卷三 唐圭璋辑《词话丛编》本

李渔

词上不似诗,下不类曲

作词之难,难于上不似诗,下不类曲,不淄不磷[①],立于二者之中。大约空疏者作词,无意肖曲而不觉仿佛乎曲;有学问人作词,尽力避诗,而究竟不离于诗。一则苦于习久难变,一则迫于舍此实无也。欲为天下词人去此二弊,当令浅者深之,高者下之,一俯一仰,而处于才不才之间,词之三昧得矣。

诗有诗之腔调,曲有曲之腔调。诗之腔调宜古雅,曲之腔调宜近俗,词之腔调则在雅俗相和之间。如畏摹腔炼吻之法难,请从字句入手。取曲中常用之字、习见之句,去其甚俗,而存其稍雅,又不数见于诗者,入于诸调之中,则是俨然一词,而非诗矣。

〔清〕李渔《窥词管见》 芥子园《笠翁一家言全集·馀集》卷首

① 不淄不磷,不被染黑和磨损,比喻独立不受影响。《论语·阳货》:"不曰坚乎,磨而不磷;不曰白乎,涅而不缁。"淄,通"缁",黑色。磷(lìn吝),薄。

李渔

一气如话

"一气如话"四字,前辈以之赞诗,予谓各种文词,无一不当如是。如是即为好文词,不则好到绝顶处,亦是散金碎玉。此为"一气"而言也。"如话"之说,即谓使人易解。是以白香山之妙论，约为二字而出之者，千古好文章，总是说话，只多"者""也""之""乎"数字耳。作词之家，当以"一气如话"一语认为四字金丹。"一气"则少隔绝之痕；"如话"则无隐晦之弊。

〔清〕李渔《窥词管见》 芥子园《笠翁一家言全集·馀集》卷首

沈谦

填词杂说

小令要言短意长，忌尖弱。中调要骨肉停匀，忌平板。长调要操纵自如，忌粗率。能于豪爽中着一二精致语，绵婉中着一二激厉语，尤见错综。

词不在大小浅深，贵于移情。"晓风残月"，"大江东去"，体制虽殊，读之皆若身历其境，惝恍迷离，不能自主，文之至也。

白描不可近俗，修饰不得太文。生香真色，在离即之间，不特难知，亦难言。

贺方回《青玉案》："试问闲愁知几许？一川烟草，满城风絮，梅子黄时雨。"不特善于喻愁，正以琐碎为妙。

词要不亢、不卑，不触、不悖。蓦然而来，悠然而逝。立意贵新，设色贵雅，构局贵变，言情贵含蓄。如骄马弄衔而欲行，粲女窥帘而未出，得之矣。

〔清〕沈谦《东江集钞》卷九 清刻本

贺裳

词险丽不及本色语妙

词虽以险丽为工,实不及本色语之妙。如张泌[①]"红腮隐出枕函花";李易安[②]"眼波才动被人猜";萧淑兰"去也不教人知,怕人留恋伊";无名氏《元夕词》"众里寻他千万[百]度,蓦然回首,那人却在灯火阑珊处";魏夫人[③]"为报归期须及早,休误妾,一春闲";孙光宪[④]"留不得,留得也应无益";无名氏"整日相看未足时,便忍使,鸳鸯只";严次山"一春不忍上高楼,为怕见,分携处";谢无逸"昨夜浓欢,今宵别酒,明朝行客";吴淑姬"不如归去,下帘钩,心儿小,能着许多愁"。观此种句,觉"红杏枝头春意闹"尚书安排一个字,费许多大气力。

〔清〕贺裳《皱水轩词筌》 唐圭璋编《词话丛编》本
①张泌,字子澄,唐末五代词人。
②李易安,李清照,号易安居士,宋词名家,以婉约为主。
③魏夫人,魏玩,字玉汝,魏泰姊,北宋词人。
④孙光宪,五代后唐词人。

贺裳

小词三不可

小词须风流蕴藉,作者当知三忌:一不可入渔鼓中语言;二不可涉演义家腔调;三不可像优伶开场时叙述。偶类一端,即成俗劣,顾时贤犯此极多。其作俑者,白石山樵[①]也。

〔清〕贺裳《皱水轩词筌》 唐圭璋辑《词话丛编》本
①白石山樵,陈继儒,字仲醇,号眉公,一号白石山樵,晚明文学家、书画家。

沈雄

五七字句须辨句法

《柳塘词话》曰：五字句起结，自有定法，如《木兰花慢》，首句"拆桐花烂熳"，《三奠子》首句"怅韶华流转"，第一字必用虚字①，一如衬字，谓之空头句，不是一句五言诗可填也。如《醉太平》结句"写春风数声"，《好事近》结句"悟身非凡客"，可类推矣。如七字句，在中句亦有定法，如《风中柳》中句"怕伤郎又还休道"，《春从天上来》中句"人憔悴不似丹青"，句中上三字须用读断，谓之折腰句，不是一句七言诗可填也。若据《图谱》，仅以黑白分之，《啸余谱》以平仄协之，而不辨句法，愈见舛错矣。

〔清〕沈雄《词品》卷上　唐圭璋辑《词话丛编》本

① 古谓"字之有形体者谓实，字之无形体者谓虚"。上二例之"拆""怅"为虚字，与今之虚词不全同。

沈雄

经书语入词非第一义

后村①《清平乐》云："除非无身方了，有身定有闲愁。"特用《楞严》"因我有身，所以有患"句也。疑是妙悟一流人语。稼轩②《踏莎行》云："长沮桀溺耦而耕，某何为是栖栖者。"龙洲③《西江月》云："天时地利与人和，燕可伐与？曰可。"用经书语入词，毕竟非第一义。

〔清〕沈雄《词品》卷下　唐圭璋辑《词话丛编》本

① 后村，刘克庄，字潜夫，号后村居士，南宋词人。
② 稼轩，辛弃疾，字幼安，号稼轩，宋词大家，才兼众体，以豪放为主，

能刚能柔。

③龙洲，刘过，字改之，号龙洲道人，南宋词人。

郭麟

词之体派

词之为体，大略有四：风流华美，浑然天成，如美人临妆，却扇一顾，花间诸人是也，晏元献、欧阳永叔诸人继之。施朱傅粉，学步习容，如宫女题红，含情幽艳，秦、周、贺、晁①诸人是也，柳七②则靡曼近俗矣。姜、张③诸子，一洗华靡，独标清绮，如瘦石孤花，清笙幽磬，入其境者，疑有仙灵，闻其声者，人人自远；梦窗、竹窗④，或扬或沿，皆有新隽，词之能事备矣。至东坡以横绝一代之才，凌厉一世之气，间作倚声，意若不屑，雄词高唱，别为一宗，辛、刘⑤则粗豪太甚矣。其馀幺弦孤韵，时亦可喜，溯其派别，不出四者。

〔清〕郭麟《灵芬馆词话》卷一　唐圭璋辑《词话丛编》本
①秦、周、贺、晁，秦观、周邦彦、贺铸、晁补之，北宋词人。
②柳七，柳永，排行第七。
③姜、张，姜夔、张炎，南宋词人。
④梦窗、竹窗，吴文英、蒋捷，南宋词人。
⑤辛、刘，辛弃疾、刘过。

周济

非寄托不入，专寄托不出

夫词，非寄托不入，专寄托不出①。一物一事，引而伸之，触类多通。

〔清〕周济《宋四家词选叙论》　清光绪刻本《宋四家词选》

①二句意是有寄托，感情才会深入，但看去又像没有寄托；若是专指某事某物，读者就不能联想，触类旁通。

周济

词妙在换头煞尾

吞吐之妙，全在换头煞尾。古人名换头为过变，或藕断丝连，或异军突起，皆须令读者耳目振动，方成佳制。换头多偷声，须和婉，和婉则句长节短，可容攒簇。煞尾多减字，须峭劲，峭劲则字过音留，可供摇曳。

〔清〕周济《宋四家词选目录叙论》 清光绪刻本《宋四家词选》

孙麟趾

作词十六要诀

清 轻 新 雅 灵 脆 婉 转 留 托 澹 空 皱 韵 超 浑

恐其平直，以曲折出之，谓之婉。如清真"低声问"数句，深得婉字之妙。

何谓留？意欲畅达，词不能住，有一泻无余之病，贵能留住，如悬崖勒马，用于收处最宜。

何谓托？泥煞本题，词家最忌。托开说去，便不窘迫，即纵送之法也。

深而晦，不如浅而明也。惟有浅处，乃见深处之妙。譬如画家，有密处必有疏处。能深入，不能显出，则晦。能流利，不能蕴藉，则滑。能尖新，不能浑成，则纤。能刻画，不能超脱，则滞。

一句一转，忽离忽合，使阅者眼光摇晃不定，技乃神矣。

〔清〕孙麟趾《词径》 唐圭璋辑《词话丛编》本

刘熙载

《艺概》论词

词之章法，不外相摩相荡，如奇正、空实、抑扬、开合、工易、宽紧之类是已。

词或前景后情，或前情后景，或情景齐到，相间相融，各有其妙。

空中荡漾，最是词家妙诀。上意本可接入下意，却偏不入，而于其间传神写照，乃愈使下意栩栩欲动。《楚辞》所谓"君不行兮夷犹①，蹇②谁留兮中洲"也。

词以炼章法为隐，炼字句为秀。秀而不隐，是犹百琲③明珠而无一线穿也。

词之妙，全在衬跌。如文文山④《满江红·和王夫人》云："世态便如翻覆雨，妾身元是分明月。"《酹江月·和友人驿中言别》云："镜里朱颜都变尽，只有丹心难灭。"每二句若非上句，则下句之声情不出矣。

词有点，有染。柳耆卿《雨淋铃》云："多情自古伤离别，更那堪冷落清秋节。今宵酒醒何处？杨柳岸晓风残月。"上二句点出离别冷落，"今宵"二句乃就上二句意染之。点染之间，不得有他语相隔，隔则警句亦成死灰矣。

词要恰好，粗不得，纤不得，硬不得，软不得。不然，非伧父⑤即儿女矣。

词澹语要有味,壮语要有韵,秀语要有骨。

词之妙,莫妙于以不言言之。非不言也,寄言也。如寄深于浅,寄厚如轻,寄劲于婉,寄直于曲,寄实于虚,寄正于馀,皆是。

〔清〕刘熙载《艺概·词曲概》 上海古籍出版社排印本

①夷犹,犹豫不前。
②寁,发语词。
③琲(bèi 倍),成串的珠。
④文文山,文天祥,号文山,封信国公,晚年诗文反映生死不渝的民族气节和顽强斗志,被俘不屈而死。
⑤伧父,一作伧夫,鄙夫,粗野的人。

俞樾

词大率婉媚深窈

词之体,大率婉媚深窈,虽或言及出处大节,以至君臣朋友遇合之间,亦必以微言托意,借美人香草,寄其缠绵悱恻之思,非如诗家之有时放笔为直干也。

〔清〕俞樾《顾子山眉绿楼词序》 人民文学出版社《近代文论选》录自《春在堂杂文》

陈廷焯

词贵沉郁

作词之法,首贵沉郁,沉则不浮,郁则不薄。顾沉郁未易强求,不根柢于《风》《骚》,乌能沉郁?十三国变风,二十五篇《楚词》,忠厚之至,亦沉郁之至,词之源也。不究心于此,率尔操觚①,乌有是处? 卷一

所谓沉郁者,意在笔先,神余言外。写怨夫思妇之怀,寓

孽子孤臣之感。凡交情之冷淡，身世之飘零，皆可于一草一木发之。而发之又必若隐若见，欲露不露，反复缠绵，终不许一语道破。匪独体格之高，亦见性情之厚。飞卿②词，如"懒起画娥眉，弄妆梳洗迟"，无限伤心，溢于言表。又"春梦正关情，镜中蝉鬓轻"，凄凉哀怨，真有欲言难言之苦。又"花落子规啼，绿窗残梦迷"，又"鸾镜与花枝，此情谁得知"，皆含深意。此种词，弟[第]自写性情，不必求胜人，已成绝响。后人刻意争奇，愈趋愈下。

唐五代词，不可及处正在沉郁。宋词不尽沉郁，然如子野、少游、美成、白石、碧山、梅溪③诸家，未有不沉郁者。如东坡、方回、稼轩、梦窗、玉田④等，似不必尽以沉郁胜，然其佳处，亦未有不沉郁者。

〔清〕陈廷焯《白雨斋词话》卷一　人民文学出版社校点本
① 操觚（gū孤），执笔写作。觚，木简。
② 飞卿，温庭筠字，晚唐诗人词人。
③ 梅溪，史达祖，字邦卿，号梅溪，善咏物。
④ 玉田，张炎，字叔夏，号玉田，宋末词人、词论家。

沈祥龙

《论词随笔》论词

词得屈子之缠绵悱恻，又须得庄子之之超旷空灵。盖庄子之文，纯是寄言，词能寄言，则如镜中花，水中月，有神无迹，色相俱空，此惟在妙悟而已。严沧浪云："惟悟乃为当行，乃为本色。"

词有婉约，有豪放，二者不可偏废，在施之各当耳。房中之奏出以豪放，则情致绝少缠绵；塞下之曲行以婉约，则气象何能恢拓？苏、辛与秦、柳，贵集其长也。

词有三法，章法、句法、字法也。章法贵浑成，又贵变化；句法贵精炼，又贵洒脱；字法贵新隽，又贵自然。

小令须突然而来，悠然而去，数语曲折含蓄，有言外不尽之致。着一直语、粗语、铺排语、说尽语，便索然矣。此当求诸五代、宋初诸家。

长调须前后贯串，神来气来，而中有山重水复柳暗花明之致。句不可过于雕琢，雕琢则失自然；采不可过于涂泽，涂泽则无本色。浓句中间以淡语，疏句后接以密语。不冗不碎，神韵天然，斯尽长调之能事。

词中对句贵整炼工巧，流动脱化而不类于诗赋。史梅溪之"做冷欺花，将烟困柳"，非赋句也。晏叔原之"落花人独立，微雨燕双飞"，晏元献之"无可奈何花落去，似曾相识燕归来"，非诗句也。然不工诗赋，亦不能为绝妙好词。

词换头处谓之过变，须辞意断而仍续，合而仍分，前虚则后实，前实则后虚，过变乃虚实转捩。

词起结最难，而结尤难于起。结有数法：或拍合，或宕开，或醒明本旨，或转出别意，或就眼前指点，或于题外借形。不外白石所云："辞意俱尽，辞尽意不尽，意尽辞不尽"三者而已。

诗重发端，惟词亦然，长调尤重。有单起之调，贵突兀笼罩，如东坡"大江东去"是；有对起之调，贵从容整炼，如少游"山抹微云，天粘衰草"是。

词之用字，务在精择，腐者、哑者、笨者、弱者、粗俗者、生硬者、词中所未经见者，皆不可用，而叶韵字犹宜留意。古人名句，末字必新隽响亮，如"人比黄花瘦"之"瘦"字，"红杏枝头春意闹"之"闹"字皆是。然有同此字而用之善不善，则存乎其人之意与笔。

词以自然为尚。自然者，不雕琢，不假借，不着色相，不落言诠也。古人名句，如"梅子黄时雨"，"云破月来花弄影"，不外自然而已。

词不宜过于设色，亦不宜过于白描。设色则无骨，白描则无采。如粲女试妆，不假珠翠而自然浓丽，不洗铅华而自然淡雅，得之矣。

词不尚铺叙而理自明，不尚议论而情理自见。其间全赖一"清"字。骨理清，体格清，辞意清，更出以风流蕴藉之笔，则善矣。

词于清丽圆转中，间以壮阔之句，力量始大。玉田词往往如此，四言如"浪挟天浮，山邀云去"，五言如"月在万松顶"，七言如"衰草凄迷秋更绿"等句，皆气象壮阔，不作纤纤之态，但可付女郎低唱也。

词之蕴藉，宜学少游、美成，然不可流于淫靡。绵婉宜学耆卿、易安，然不可失于纤巧；雄爽宜学东坡、稼轩，然不可近于粗厉；流畅宜学白石、玉田，然不可流于浅易。此当于气韵趣味上辨之。

用成语贵浑成脱化，如出诸己。贺方回《旧游》"梦挂碧云边，人归落雁后，思发在花前"，用薛道衡句。欧阳永叔"平山栏槛倚晴空，山色有无中"，用王摩诘句，均妙。李易安"清露晨流，新桐初引"，用《世说新语》，更觉自然。稼轩能合经史子而用之，自其才力绝人处，他人不宜轻效。

〔清〕沈祥龙《论词随笔》 唐圭璋辑《词话丛编》本

王国维

《人间词话》论词

词之雅郑[1]，在神不在貌。永叔、少游虽作艳语，终有品格。方之美成，便有淑女与倡伎之别。卷上

词忌用替代字。美成《解语花》之"桂华流瓦"，境界极妙，惜以"桂华"二字代"月"耳。梦窗以下，则用代字更多。其所以然者，非意不足，则语不妙也。盖意足则不暇代，语妙则不必代。此少游之"小楼连苑"、"绣毂雕鞍"所以为东坡所讥也。

太白纯以气象胜。"西风残照，汉家陵阙"，寥寥八字，遂关千古登临之口。后世唯范文正[2]之《渔家傲》，夏英公[3]之《喜迁莺》，差足继武，然气象已不逮矣。

词至李后主[4]而眼界始大，感慨遂深，遂变伶工之词为士大夫之词。周介存[5]置诸温、韦之下，可谓颠倒黑白矣。"自是人生长恨水长东"，"流水落花春去也，天上人间"，《金荃》、《浣花》[6]，能有此气象耶？

稼轩中秋饮酒达旦，用《天问》体作《木兰花慢》以送月，曰："可怜今夜当作夕月，向何处，去悠悠？是别有人间，那边才见，光景东头。"词人想象，直悟月轮绕地之理，与科学家密合，可谓神悟。

"明月照积雪"⑦,"大江流日夜"⑧,"中天悬明月"⑨,"黄当作长河落日圆",此种境界,可谓千古壮观。求之于词,唯纳兰容若⑩塞上之作,如《长相思》之"夜深千帐灯",《如梦令》之"万帐穹庐人醉,星影摇摇欲坠"差近之。

词之为体,要眇宜修⑪,能言诗之所不能言,而不能尽言诗之所能言。诗之境阔,词之言长。　卷下

文文山词,风骨甚高,亦有境界,远在圣与、叔夏、公谨⑫诸公之上,亦如明初诚意伯⑬词,非季迪、孟载⑭诸人所敢望也。

先生⑮于诗文无所不工,然尚未尽脱古人蹊径。平生著述,自以乐府为第一。词人甲乙,宋人早有定论⑯,惟张叔夏病其意趣不高远。补遗

〔清〕王国维《人间词话》卷下　中华书局校注本

① 雅郑,雅俗。郑声(郑卫之音)即民间音乐,与雅乐相背,受儒家排斥。
② 范文正,范仲淹,字希文,谥文正,北宋文学家。
③ 夏英公,夏竦,字子乔,曾为相,封英国公。
④ 李后主,李煜,南唐后主。
⑤ 周介存,周济《介存斋论词杂著》。
⑥ 《金荃》,温庭筠《金荃集》;《浣花》,韦庄《浣花词》。
⑦ 谢灵运句。
⑧ 谢朓句。
⑨ 杜甫句。
⑩ 纳兰容若,纳兰性德,原名成德,字容若,号楞伽山人,清词人。
⑪ 要(yāo腰)眇,异常美丽的样子。宜修,修饰得恰到好处。《楚辞·九歌·湘君》:"君不行兮夷犹,蹇谁留兮中洲?美要眇兮宜修,沛吾乘兮桂舟。"
⑫ 圣与、叔夏、公谨,蒋捷、张炎、周密。
⑬ 诚意伯,刘基,字伯温,封诚意伯,明开国功臣,文学家。
⑭ 季迪、孟载,高启、杨基,明诗词家。
⑮ 先生,周邦彦。

⑯陈振孙《直斋书录解题》:"清真词多用唐人语,隐栝入律,浑然天成,长调尤善铺叙,富艳精工,词人之甲乙也。"

5. 曲

王世贞

《作词十法》要点

作词十法,亦出德清①。稍删其不切者。一、造语。谓可作者:乐府语、经史语、天下通语。予谓经史语亦有可用不可用。不可作者:俗语、蛮语、谑语、嗑语、市语、方语、书生语、讥诮语。愚谓谑、市、讥诮,亦不尽然,顾用之何如耳。又语病、语涩、语粗、语嫩,皆所当避。二、用事。明事隐使,隐事明使。三、用字。生硬字、太文字、太俗字、衬垫②字太长者,皆所当避。四、阴阳。如同一东韵也,轻如东、钟、松、冲之类为阴,重如同、戎、龙、穷之类为阳。唤押转点,各有宜用。五、务头③。要知某调某句某字是务头,可施俊语于上。杨用修乃谓务头是部头,可发一笑。六、对偶。有扇面对、重叠对、救尾对。七、末句。八、去上。九、定格。如南吕、中吕、正……有子母,谓字少[多]声多[少]者,声多字少者。

〔明〕王世贞《曲藻》 中国戏剧出版社《中国古典戏曲论著集成》
①《中原音韵·作词十法》,元周德清著。作词,作曲调的词,即作曲。
②垫(diàn 垫),支。
③务头,解释不一,一般认为是作品精采警辟或动听之处。王骥德:调中最紧要的句字。李渔:曲中有务头,犹棋中有眼,有此则活,无此则死。

王骥德

《曲律》论戏曲
论家数第十四

曲之始,止本色一家,观元剧及《琵琶》《拜月》①二记可见。……故作曲者须先认其路头,然后可徐议工拙。至本色之弊,易流俚腐;文词之病,每苦太文。雅俗浅深之辨,介在微茫,又在善用才者酌之而已。卷二

> 尹按:作曲须论家数、看路头。家数大致相当于体制。王骥德认为元北曲可分两体(派),一是本色体,一是文词体,兼二者之长是正体。由此可知,作曲论曲,不宜只注意一个"俗"字。

论句法第十七

句法,宜婉曲,不宜直致;宜藻艳,不宜枯瘁;宜溜亮,不宜艰涩;宜轻俊,不宜重滞;宜新采,不宜陈腐;宜摆脱,不宜堆垛;宜温雅,不宜激烈;宜细腻,不宜粗率;宜芳润,不宜噍杀②;又总之,宜自然,不宜生造。

意常则造语贵新,语常则倒换须奇。他人所道,我则引避;他人用拙,我独用巧。平仄调停,阴阳谐叶,上下引带,减一句不得,增一句不得。我本新语,而使人闻之,若是旧句,言机熟也;我本生曲,而使人歌之,容易上口,言音调也。一调之中,句句琢炼,毋令有败笔语,毋令有欺嗓音。积以成章,无遗恨矣。

论字法第十八

下字为句中之眼。古谓百炼成字，千炼成句；又谓前有浮声，后须切响③。要极新，又要极熟；要极奇，又要极稳。虚句用实字铺衬，实句用虚字点缀。务头须下响字，勿令提挈不起。押韵处要妥贴天成，换不得他韵。照管上下文，恐有重字，须逐一点勘换去。又闭口字少用，恐唱时费力。

今人好奇，……却用隐晦字样，彼庸众人何以易解？此等奇字，何不用作古文，而施之剧戏，可付一笑也！

论衬字第十九

古诗余无衬字，衬字自南北二曲始。北曲配弦索，虽繁声稍多，不妨引带。南曲取按拍板，板眼紧慢有数；衬字太多，抢带不及，则调中正字反不分明。大凡对口曲不能不用衬字，各大曲及散套只是不用为佳。细调板缓，多用二三字，尚不妨；紧调板急，若用多字，便躲闪不迭。

论曲禁第二十三

曲律以律曲也，律则有禁，具列以当约法：

重韵　一字二三押；长套以及戏曲不拘。

借韵　杂押旁韵，如"支思"又押"齐微"类。

犯韵　有正犯，句中字不得与押韵同音，如"冬"犯"东"类。有旁犯，句中即上去声不得与平声相犯，如"董"、"冻"犯"东"类。

犯声　即非韵脚。凡句中字同声，俱不得犯，如上例。

平头　第二句第一字不得与第一句第一字同音。

合脚　第二句末一字不得与第一句末一字同音。

上、去叠用　上、去字须间用，不得用两上两去。

上去、去上倒用　宜上去，不得用去上；宜去上，不得用上去。

入声④三用　叠用三入声。

一声四用　不论平上去入，不得叠用四字。

阴阳⑤错用　宜阴用阳字；宜阳用阴字。

闭口叠用　凡闭口字，只许单用。如用"侵"，不得又用"寻"或又用"监咸""廉纤"等字。双字如"深深""毵毵""忺忺"类，不禁。

韵脚多以入代平　此类不免，但不许多用。如纯用入声韵及用在句中者，俱不禁。

叠用双声　字母相同，如"玲珑""皎洁"类，止许用二字，不许连用至四字。

叠用叠韵　二字同韵，如"逍遥""灿烂"，亦止许用二字，不许连用至四字。

开闭口韵同押　凡闭口，如"侵""寻"等韵，不许与开口韵同押。

陈腐　不新采。

生造　不现成。

俚俗　不文雅。

謇涩　不顺溜。

粗鄙　不细腻。

错乱　无次序。

蹈袭　忌用旧曲语意；若成语不妨。

沾唇　不脱口。

拗嗓　平仄不顺。

方言　他方人不晓。

…………

右诸禁，凡四十条，在知音高手，自然不犯。如不能尽免，须检点去其甚者，令不碍眼。不尔，终难为识者，非法家曲也。

论套数第二十四

套数之曲，元人谓之"乐府"；与古之辞赋，今之时义⑥，同一机轴。有起有止，有开有阖。须先定下间架，立下主意，排下曲调，然后遣句，然后成章；切忌凑插，切忌将就。务如常山之蛇，首尾相应；又如鲛人之锦，不着一丝纰颣。意新语俊，字响调圆；增减一调不得，颠倒一调不得；有规有矩，有色有声，众美具矣。

论小令第二十五

作小令，与五、七言绝句同法。要蕴藉，要无衬字，要言简而趣味无穷。昔人谓：五言律诗如四十个贤人，着一个屠沽不得。小令亦须字字看得精细，着一戾句不得，着一草率字不得。弇州⑦论词，所谓宛转绵丽，浅至儇俏，正作小令至语。

论过曲第三十二

过曲[8]体有两途：大曲宜施文藻，然忌太深。小曲宜用本色，然忌太俚。须奏之场上，不论士人闺妇，以及村童野老，无不通晓，始称通方。

最要落韵稳当，如《琵琶》"手指上血痕尚在衣麻"，"衣麻"是何话说？《红拂》"鬓云撩"，下无"乱"字，是歇后语矣！皆谓趁韵。

又不可有败笔语。《琵琶·侥侥令》，既云"但愿岁岁年年人长在，父母共夫妻相劝酬"，下却又云"夫妻长厮守，父母愿长久"，说过又说；至"两山排闼"二句，与上何干？大是"请客"！尾声"惟有快活是良媒"，直张打油语矣。

用韵须是一韵到底方妙；屡屡换韵，毕竟才短之故，不得以《琵琶》《拜月》借口。若重韵，则正不必拘。古剧皆然，避而牵强，不若重而稳俏之为愈也。

杂论第三十九

世有不可解之诗，而不可令有不可解之曲。曲之不可解，非入方言，则用僻事之故也。

词之异于诗也，曲之异于词也，道迥不相侔也。诗人而以诗为曲也，文人以词为曲也，误矣，必不可言曲也。

晋人言："丝不如竹，竹不如肉。"以为渐近自然。吾谓：诗不如词，词不如曲，故是渐近人情。夫诗之限于律与绝也，即不尽于意，欲为一字之益，不可得也。词之限于调也，即不尽于吻，欲为一语之益，不可得也。若曲，则调可累用，字可衬增。诗与词不得以谐语方言入，而曲则惟吾意之欲至，口之欲宣，纵横出入，无之而无不可也。故吾谓：快人情者，要毋过于曲也。

〔明〕王骥德《曲律》 中国戏剧出版社《中国古典戏曲论著集成》

①《琵琶记》，高则诚著。《拜月亭》，关汉卿著。
②嗽杀，声音急促。
③前有浮声，后有切响：本是沈约《宋书·谢灵运传论》中语，论诗歌韵文音律，须前后交互对应，以形成抑扬顿挫。浮声、切响，或以为即平声、仄声，或以为指字音的清浊轻重。
④入声，南曲有入声，北曲无入声。
⑤阴阳，指音的清浊，"扬者为阴，抑者为阳"，清声字为阴，浊声字为阳；又指平声字之分阴阳。
⑥时义，时文，八股文。
⑦弇（yǎn 掩）州，王世贞号。
⑧过曲，剧曲中除专用作引子、尾声以外的曲。

徐渭

文而晦不若俗鄙易晓

夫曲本取于感发人心，歌之使奴童妇女皆喻，乃为得体。经子之谈，以之为诗且不可，况此等耶？直以才情太少，未免矬补成篇。吾意与其文而晦，曷若俗而鄙之易晓也。

〔明〕徐渭《南词叙录》 中国戏剧出版社《中国古典戏曲论著集成》

凌濛初

曲贵当行，不贵藻丽

曲始于胡元，大略贵当行①，不贵藻丽。其当行者曰本色，盖自有此一番材料，其修饰词章，填塞学问，了无干涉也。故荆、刘、拜、杀②为四大家，而长材如《琵琶》犹不得与，以《琵琶》间有刻意求工之境，亦开琢句修词之端，虽曲家本色故饶，而诗余弩末亦不少耳。

〔明〕凌濛初《谭曲杂札》　中国戏剧出版社《中国古典戏曲论著集成》
①当行，合乎本行演唱需要，如语言浅显，遵守音乐程式。
②荆、刘、拜、杀，元四大传奇，即《荆钗记》《刘知远白兔记》《拜月亭》《屠狗记》。

李渔

元曲绝无书本气

元人非不读书，而所制之曲，绝无一毫书本气，以其有书而不用，非当用而无书也。后人之曲，则满纸皆书矣。元人非不深心，而所填之词，皆觉过于浅近，以其深而出之以浅，非借浅以文其不深也。

〔清〕李渔《笠翁偶集·词曲部》　芥子园《笠翁一家言全集》

黄周星

制曲之难易

诗降而为词，词降而为曲。名为愈趋愈下，实则愈趋愈难。何也？诗律宽而词律严，若曲则倍严矣。按格填词，通身束缚，盖无一字不由凑拍，无一语不由扭捏而能成者。故愚谓曲之难有三：叶律，一也；合调，二也；字句天然，三也。尝为之语曰："三仄更须分上下，两平还要辨阴阳。"诗与词曾有是乎？

愚谓曲有三难，亦有三易。三易者：可用衬字、衬语，一也；一折之中，韵可重押，二也；方言俚语，皆可驱使，三也。是三者，皆诗文所无而曲所有也。然亦顾其用之何如，未可草率。即如宾白，何尝不易，亦须顺理成章，方可动听，岂皆市井游谈乎？

有一老友语余曰："制曲之难，无才学者不能为，然才学却又用不着。"旨哉斯言！余见新旧传奇中，多有填砌汇书，堆垛典故，及琢炼四六句[1]，以示博丽精工者。望之若饾饤牲筵，触目可憎。夫文各有体，曲虽小技，亦复有曲之体。若典汇、四六，原自各成一家，何必活剥生吞，强施之于曲乎！

〔清〕黄周星《制曲枝语》 中国戏剧出版社《中国古典戏曲论著集成》

[1] 四六句，骈文句法，或称骈四骊六。全篇多用四字六字相间的语句，一组四六字句两两相对。

黄周星

制曲之诀

愚尝谓曲之体无他，不过八字尽之，曰"少引圣籍，多发天然"而已。制曲之诀无他，不过四字尽之，曰"雅俗共赏"而已。论曲之妙无他，不过三字尽之，曰"能感人"而已。

制曲之诀，虽尽于"雅俗共赏"四字，仍可以一字括之，曰"趣"。古人云："诗有别趣。"曲为诗之流派，且被之弦歌，自当专以趣胜。今人遇情境之可喜者，辄曰"有趣！有趣！"则一切语言文字，未有无趣而可以感人者。趣非独于诗酒花月中见之，凡属有情如圣贤豪杰之人，无非趣人；忠孝廉节之事，无非趣事。知此者，可与论曲。

〔清〕黄周星《制曲枝语》 中国戏剧出版社《中国古典戏曲论著集成》

黄图珌

曲贵乎口头言语，化俗为雅

宋尚以词，元尚以曲，春兰秋菊，各茂一时。其有所不同者：曲贵乎口头言语，化俗为雅；词难于景外生情，出人意表。字字清新，笔笔芳润，方为绝妙好辞。

元人白描，纯是口头言语，化俗为雅。亦不宜过于高远，恐失词旨；又不可过于鄙陋，恐类乎俚下之谈也。其所贵乎清真，有元人白描本色之妙也。

〔清〕黄图珌《看山阁全集·闲笔》 中国戏剧出版社《中国古典戏曲论著集成》

陈栋

本色语不可离趣，矜丽语不可入深

曲与诗余相近也而实远。明人滞于学识，往往以填词笔意作之，故虽极意雕饰，而锦糊灯笼，玉相刀口，终不免天池生[1]所讥。间有矫枉之士，去繁就简，则又满纸打油，与街谈巷议无异。夫曲者，曲而有直体，本色语不可离趣，矜丽语不可入深。元人以曲为曲，明人以词为曲，国初介于词曲之间，近人并有以赋为曲者。赏音可觏[2]，定不河汉余言。

〔清〕陈栋《北泾草堂曲论》 《新曲苑》本
[1]天池生，徐渭，字文长，号天池山人，明文学家、书画家。
[2]觏（gòu 构），遇见。

刘熙载

《艺概》论曲

元张小山、乔梦符①为曲家翘楚，李中麓②谓犹唐之李、杜。……小山极长于小令。梦符虽颇作杂剧、散套，亦以小令为最长。两家固同一骚雅，不落俳语，惟张尤翛然独远耳。

曲辨平仄，兼辨仄之上、去。盖曲家以去为送音，以上为顿音，送高而顿低也。辨上、去，尤以煞尾句为重；煞尾句，尤以末一字为重。

曲句有当奇，有当偶。当奇而偶，当偶而奇，皆由昧于句读、韵脚及衬字以致误耳。

曲于句中多用衬字，固嫌喧宾夺主，然亦有自昔相传用衬字处，不用则反不灵活者。

曲家高手，往往尤重小令。盖小令一阕中，要具事之首尾，又要言外有余味，所以为难，不似套数可以任我铺排也。

北曲用《中原音韵》，南曲用《洪武正韵》，明人有其说矣。然南曲只可从《正韵》分平、上、去之部，不可用其入声为韵脚。案《正韵》二十二韵，入声凡十。自东之入屋，以至盐之入叶，其入声径读入声，三声皆不能与之相叶；即句中各字于《中原》之入作平者，并以勿用为妥。盖南曲本脱胎于北，亦须无使北人棘口也。

〔清〕刘熙载《艺概·词曲概》 上海古籍出版社排印本

①张小山，张可久，字仲远，号小山，散曲作品最为丰富。乔吉，字梦符，兼擅散曲杂剧。

②李中麓，李开先，字伯华，号中麓子，明戏曲家。

（二）诗类

1. 山水诗

周紫芝

作诗正要写所见

余顷年游蒋山，夜上宝公塔，时天已昏黑，而月犹未出，前临大江，下视佛屋峥嵘，时闻风铃，铿然有声。忽记杜少陵诗："夜深殿突兀，风动金琅珰。"恍然如己语也。又尝独行山谷间，古木夹道交阴，惟闻子规相应木间，乃知"两边山木合，终日子规啼"之为佳句也。又暑中濒溪，与客纳凉，时夕阳在山，蝉声满树，观二人洗马于溪中。曰，此少陵所谓"晚凉看洗马，森木乱鸣蝉"者也。此诗平日诵之，不见其工，惟当所见处，乃始知其为妙。作诗正要写所见耳，不必过为奇险也。

〔南宋〕周紫芝《竹坡诗话》 何文焕辑《历代诗话》本

葛立方

钱塘风物入诗多

钱塘风物湖山之美，自古诗人，标榜为多。如谢灵运云"定山缅云雾，赤亭无滞薄①"，郑谷②云"潮来无别浦，木落见他山"，张祜③云"青壁远光凌鸟峻，碧湖深影鉴人寒"，钱起云"渔浦浪花摇素壁，西陵树色入秋窗"之类，皆钱塘城外江湖之景，盖行人客子于解鞍系缆顷刻所见尔。城中之景，惟白乐天所赋最多，所谓"潮声夜入伍员庙，柳色春藏苏小家"，"大屋檐多装雁齿，小航船亦画龙头"，"灯火万家城四畔，星河一道水中央"，至今尚有可考。

〔南宋〕葛立方《韵语阳秋》卷十三　何文焕辑《历代诗话》本

①滞薄，《文选》作"淹薄"，停泊，停宿。李善注：薄，与泊同。
②郑谷，字守愚，晚唐诗人，官至都官郎中，人称郑都官，以《鹧鸪》诗闻名，人称郑鹧鸪。
③张祜，字承吉，中唐诗人。

杨载

登临诗有一定之法

登临之诗，不过感今怀古，写景叹时，思国怀乡，潇洒游适，或讥刺归美，有一定之法律也。中间宜写四面所见山川之景，庶几移不动。第一联指所题之处，宜叙说起。第二联合用景物实说。第三联合说人事，或感叹古今，或议论，却不可用硬事。或前联先说事感叹，则此联写景亦可；但不可两联相同。第四联就题生意发感慨，缴前二句，或说何时再来。

〔元〕杨载《诗法家数》　何文焕辑《历代诗话》本

杨慎

陈尧佐诗咏东南之美

陈文惠公尧佐①《吴江》诗云："平波渺渺烟苍苍，菰蒲才熟杨柳黄。扁舟系岸不忍去，西风斜日鲈鱼香。"后人于其地立鲈香亭，和者计百余人，皆不及也。噫，此诗尚敢和耶！

又《碧澜堂》诗云:"苕溪清浅霅溪②斜,碧玉光涵一万家。谁向月明中夜听,洞庭渔笛隔芦花。"二诗曲尽东南之景,后之作者,无复措手。

〔明〕杨慎《升庵诗话》卷七　丁福保辑《历代诗话续编》本
①陈尧佐,字希元,北宋宰相,诗人,谥文惠。
②霅(zhà乍)溪,东西苕溪在浙江吴兴(今湖州市)汇合称霅溪。

谢榛

情景有异同,作者须异其同

作诗本乎情景,孤不自成,两不相背。凡登高致思,则神交古人,穷乎遐迹,系乎忧乐,此相因偶然,著形于绝迹,振响于无声也。夫情景有异同,模写有难易,诗有二要,莫切于斯者。观则同于外,感则异于内,当自用其力,使内外如一,出入此心而无间也。景乃诗之媒,情乃诗之胚,合而为诗,以数言而统万形,元气浑成,其浩无涯矣。同而不流于俗,异而不失其正,岂徒丽藻炫人而已。然才亦有异同,同者得其貌,异者得其骨。人但能同其同,而莫能异其异。吾见异其同者,代不数人尔。

〔明〕谢榛《四溟诗话》卷三　丁福保辑《历代诗话续编》本

谢榛

假山川以发豪兴

夫情景相触而成诗,此作家之常也。或有时不拘形胜,面西言东,但假山川以发豪兴尔。譬如倚太行而咏峨嵋,见衡漳而赋沧海,即近以彻远,犹夫兵法之出奇也。

〔明〕谢榛《四溟诗话》卷四　丁福保辑《历代诗话续编》本

叶燮

游览诗不可作应酬山水语

游览诗切不可作应酬山水语。如一幅画图，名手各各自有笔法，不可错杂。又名山五岳，亦各各自有性情气象，不可移换。作诗者以此二种心法，默契神会；又须步步不可忘我是游山人，然后山水之性情气象，种种状貌变态影响，皆从我目所见耳所听足所履而出，是之谓游览。且天地之生是山水也，其幽远奇险，天地亦不能一一自剖其妙，自有此人之耳目手足一历之，而山水之妙始泄。如此方无愧于游览，方无愧乎游览之诗。

〔清〕叶燮《原诗》外篇下　丁福保辑《清诗话》本

宋征璧

自然妙境

王摩诘"明月松间照，清泉石上流"，魏文帝"俯视清水波，仰看明月光"，俱自然妙境。

〔清〕宋征璧《抱真堂诗话》　郭绍虞辑《清诗话续编》本

王士禛

写实景宛然在目

常爱杜诗"两边山木合，终日子规啼。"又明初人诗"数家茅屋临江水，一路松风响杜鹃。"写蜀江风景宛然在目。予曾拟作一联送同年张仲诚沐知资县云："子规声断处，山木雨来时。"又"嘉陵驿路千余里，处处春山叫画眉。"皆眼前实景也。《香祖笔记》

〔清〕王士禛《带经堂诗话》卷十二　人民文学出版社校点本

张谦宜

古诗写景如写意

古诗写景如写意，山水林木云石不须细细勾勒，屋宇人物不须琐琐描画，然须一气磅礴中苍厚浑成，当于此等处会心。

〔清〕张谦宜《䂮斋诗谈》卷二　郭绍虞辑《清诗话续编》本

沈德潜

游山诗勿失山水真面目

游山诗，永嘉山水主灵秀，谢康乐称之；蜀中山水主险隘，杜工部称之；永州山水主幽峭，柳仪曹[①]称之。略一转移，失却山川真面。

〔清〕沈德潜《说诗晬语》卷下　丁福保辑《清诗话》本

①柳仪曹，柳宗元，"永贞革新"时任礼部员外郎，贬为永州司马，其山水游记为世所称。仪曹，掌礼仪。

翁方纲

山水各有地方特色

诗不但因时，抑且因地。如杜牧之云："南山与秋色，气势两相高"，此必是陕西之终南山。若以咏江西之庐山，广东之罗浮，便不是矣。即如"夜足沾沙雨，春多逆水风"，不可以入江浙之舟景；"阊阖晴开诀荡荡①，曲江翠幕排银榜"，不可以咏吴地之曲江也，明矣。今教粤人学为诗，而所习者，止是唐诗，只管蹈袭，势必尽以西北方高明爽垲之时景，熟于口头笔底，岂不重可笑欤？

〔清〕翁方纲《石洲诗话》卷二　郭绍虞辑《清诗话续编》本

①诀（dié迭）荡荡，开阔清朗貌。《汉书·礼乐志》："天门开，诀荡荡。"

厉志

偶然感触方有好诗

到一名胜之所，似乎不可无诗，因而作诗，此便非真性情，断不能得好诗。必要胸中本有诗，偶然感触，遂一涌而出，如此方有好诗。

〔清〕厉志《白华山人诗说》卷一　郭绍虞辑《清诗话续编》本

朱庭珍

山水诗应有内心，传山水之性情精神

夫诗贵相题，尤贵切题，人人知之。作山水诗，何独不然。相山水雄险，则诗亦出以雄险；山水奇丽，则诗亦还以奇丽；山水幽峭，则诗亦与为幽峭；山水清远，则诗亦肖其清远。凡诗家莫不能之，犹是外面工夫，非内心也。即于写山水中，由景生情立意，以求造语合符理境，又由情起一波澜，以求语有风趣，亦非难事。诗家有工候才力者，皆所优为，系由外达里，上阶工夫，尚未登堂，遑问入室，亦非内心也。夫文贵有内心，诗家亦然，而于山水诗尤要。盖有内心，则不惟写山水之形胜，并传山水之性情，兼得山水之精神，探天根而入月窟，冥契真诠，

立跻圣域矣。

夫山容水色，丘壑林泉，天下山水同有之景也。琳宫梵宇，月榭风亭，人工点缀，以助名胜，亦天下山水同有之景也。而或雄奇，或深险，或高厚，或平远，或浓秀，或澹雅，气象各殊，得失不一，则同之中又有异焉。况山者天地之筋骨，水者天地之血脉，而结构山水，则天地之灵心秀气，造物之智慧神巧也。山水秉五行之精，合两仪之撰以成形。其山情水意，天所以结构之理，与山水所得于天，以独成其奇胜者，则绝无相同重复之处。历一山水，见一山水之妙，矧阴晴朝暮，春秋寒暑，变态百出。游者领悟当前，会心不远，或心旷神怡而志为之超，或心静神肃而气为之敛，或探奇选胜而神契物外，或目击道存而心与天游。是游山水之情，与心所得于山水者，又各不同矣。

作山水诗者，以人所心得，与山水所得于天者互证，而潜会默悟，凝神于无朕之宇，研虑于非想之天，以心体天地之心，以变穷造化之变。扬其异而表其奇，略其同而取其独，造其奥以泄其秘，披其根以证其理，深入显出以尽其神，肖阴相阳以全其天。必使山情水性，因绘声绘色而曲得其真，务期天巧地灵，借人工人籁而毕传其妙，则以人之性情通山水之性情，以人之精神合山水之精神，并与天地之性情、精神相通相合矣。以其灵思，结为纯意，撰为名理，发为精词，自然异香缤纷，奇彩光艳，虽写景而情生于文，理溢成趣也。使读者因吾诗而如接山水之精神，恍得山水之情性，不惟胜画真形之图，直可移情卧游，若目睹焉。造诣至此，是为人与天合，技也进于道矣。此之谓诗有内心也。康乐、工部二公以后，《广陵散》[①]绝已久，柳州②望门而未深入，不足嗣音。归愚翁所论，只能模山范水，未能为作表章，以附山水知己也。

〔清〕朱庭珍《筱园诗话》卷一 郭绍虞辑《清诗话续编》本

①《广陵散》，琴曲，比喻谢灵运、杜甫二人的山水诗。三国时魏嵇康善弹此曲，因不满司马氏专权而被害，临刑索琴弹此曲，叹曰：《广陵散》绝矣。

②柳州，柳宗元，由永州迁柳州刺史，世称柳柳州。

2. 咏史怀古诗

叶梦得

歌风台题诗不凡

沛县有汉高祖庙并歌风台，前后题诗人甚多，无不推颂功德。独安道《高祖庙诗》曰："纵酒疏狂不治生，中阳有土不归耕。偶因乱世成功业，更向翁前与仲争。"又《歌风台》曰："落魄刘郎作帝归，樽前感慨大风诗①。淮阴反接英彭族②，更欲多求猛士为？"盖自少已不凡矣。

〔北宋〕叶梦得《石林诗话》卷中 何文焕辑《历代诗话》本

①刘邦作《大风歌》，有"安得猛士兮守四方"句。

②淮阴，淮阴侯韩信。英彭，英布、彭越。三人皆是猛将、功臣，先后被杀，韩、彭夷三族。

张戒

李商隐咏史用事似僻，意则甚远

"地险悠悠天险长，金陵王气应瑶光①。休夸此地分天下，只得徐妃半面妆②。"李义山此诗，非夸徐妃，乃讥湘中③也。

义山诗佳处,大抵类此。咏物似琐屑,用事似僻,而意则甚远,世但见其诗喜说妇人,而不知为世鉴戒。"玉桃偷得怜方朔,金屋妆成贮阿娇。谁料苏卿老归国,茂陵松柏雨萧萧。"案:李商隐诗刊本"妆成"或作"修成"。此诗非夸王母玉桃,阿娇金屋,乃讥汉武也。④"景阳宫井剩堪悲,不尽龙鸾誓死期。肠断吴王宫外水,浊泥犹得葬西施。"此诗非痛恨张丽华,乃讥陈后主也。其为世鉴戒,岂不至深至切。

〔南宋〕张戒《岁寒堂诗话》卷上　丁福保辑《历代诗话续编》本
①二句意为南朝帝王自恃有天险和王气天命。
②徐妃,梁元帝妃子徐昭佩,因瞎一只眼睛,徐故意只妆饰半边脸。
③湘中,应为湘东,梁元帝曾为湘东王。
④此诗讥讽汉武帝重个人享受,轻忽持节老臣,致苏武留匈奴多年,武帝未能亲见他生还归国,进行封赏。茂陵,武帝葬处。温庭筠《苏武庙》:"茂陵不见封侯印,空向秋波哭逝川。"

都穆

杜牧、王安石咏项羽

杜樊川题《乌江项羽庙》诗云:"胜败兵家不可期,包羞忍耻是男儿。江东子弟多豪俊,卷土重来未可知。"后王荆公诗云:"百战疲劳壮士哀,中原一败势难回。江东子弟今虽在,肯为君王卷土来。"荆公反樊川之意,似为正论,然终不若樊川之死中求活。

〔明〕都穆《南濠诗话》　丁福保辑《历代诗话续编》本

杨慎

晚唐希声马戴诗

马戴①《楚江怀古》:"露气寒光集,微阳下楚邱。猿啼洞庭树,人在木兰舟。广泽生明月,苍山夹乱流。云中君②不见,竟夕自悲秋。"前联虽柳恽③不是过也,晚唐有此,亦希声乎!严羽卿④称戴诗为晚唐第一,信非溢美。

〔明〕杨慎《升庵诗话》卷七 丁福保辑《历代诗话续编》本

①马戴,字虞臣,晚唐诗人,善律诗。
②云中君,云神,或说是云梦泽之神。《云中君》是《楚辞·九歌》之一。
③柳恽,南朝梁诗人,为吴兴太守,有《江南曲》:"汀洲采白蘋,日暖江南春。洞庭有归客,潇湘逢故人。故人何不返?春花复应晚。不道新知乐,只言行路远。"
④严羽卿,严羽字仪卿(或作羽卿,误),其《沧浪诗话·诗评》云:"马戴在晚唐诸人之上。"

王士禛

咏息夫人诗有所不同

息夫人①庙今曰桃花夫人庙,王摩诘诗云:"莫以今时宠,能忘旧日恩。看花满眼泪,不共楚王言。"②杜牧之诗云:"细腰宫里露桃新,脉脉无言度几春。至竟息亡缘底事?可怜金谷坠楼人。"③近益都孙相国泲亭诗云:"无言空有恨,儿女綮成行。"④则以诙嘲出之,令人绝倒。《古夫于亭杂录》

〔清〕王士禛《带经堂诗话》卷二十四 人民文学出版社校点本

①息夫人,春秋息国君夫人,貌美,楚王闻之,于是灭息,掳入后宫,生二子,即堵敖与成王。息夫人始终不言语,王问其故,云:"吾一妇人而事二夫,纵弗能死,其又奚言?"
②王维诗赞息夫人,怜其忍受屈辱悲酸,无言似无声的抗议。
③杜牧诗对息夫人颇有微辞,认为她导致息国的灭亡,未能像绿珠那样刚

烈而死。金谷坠楼人，指绿珠，西晋巨富石崇乐伎，居金谷园。权贵孙秀向石崇求绿珠不得，矫诏收石下狱，绿珠坠楼，以死殉主。

④孙沚亭诗轻薄，嘲笑息夫人为王生子，有恨未必真。

贺贻孙

杜牧《赤壁》风华蕴藉

杜牧之作《赤壁》诗云："折戟沉沙铁未销，自将磨洗认前朝。东风不与周郎便，铜雀春深锁二乔。"许彦周①曰："牧之意谓赤壁不能纵火，即为曹公夺二乔置之铜雀台上。孙氏霸业在此一战，社稷存亡，生灵涂炭，都付不问，只怕捉了二乔，可见措大不识好恶。"彦周此语，足供挥麈一噱，但于作诗之旨，尚未梦见。牧之此诗，盖嘲赤壁之功，出于侥幸，若非天与东风之便，则周郎不能纵火，城亡家破，二乔且将为俘，安能据有江东哉！牧之诗意，即彦周伯业②不成意，却隐然不露，令彦周辈一班浅人读之，只从怕捉二乔上猜去，所以为妙。诗家最忌直叙，若竟将彦周所谓社稷存亡，生灵涂炭，孙氏霸业不成等意，在诗中道破，抑何浅而无味也！惟借"铜雀春深锁二乔"说来，便觉风华蕴藉，增人百感，此政是风人巧于立言处。彦周盖知其一，不知其二者也。

尹按：许彦周不懂诗艺，他欣赏的是"老干体"。

〔清〕贺贻孙《诗筏》 郭绍虞辑《清诗话续编》本
①许彦周，生平无可考，有《彦周诗话》，南宋初年自序。
②伯业，霸业。

■ 贺裳

翻案贵入情

王介甫《明妃曲》二篇,诗犹可观,然意在翻案。如"家人万里传消息,好在毡城莫相忆。君不见咫尺长门闭阿娇,人生失意无南北。"其后篇益甚,故遭人弹射不已。至高季迪①长篇,则翻案愈奇,结句曰:"妾语还凭归使传,妾身没虏不须怜。愿君莫杀毛延寿,留画商岩②梦里贤。"意则正矣,有此事否?恐终是文人之语,非儿女子之言也。余因思此题终不及储光羲③"胡王知妾不胜悲,乐府皆传汉国词。朝来马上《箜篌引》,稍似宫中闲夜时"。大都诗贵入情,不须立异,后人欲求胜古人,遂愈不如古矣。(黄白山评:此真在里之言。)又郭代公④曰:"自嫁单于国,长衔汉掖悲。容颜日憔悴,有甚画图时。"乐天则曰:"汉使却回凭寄语,黄金何日赎蛾眉?君王若问妾颜色,莫道不如宫里时。"似此翻案却佳,盖尤为切情合事也。

〔清〕贺裳《载酒园诗话》卷一 郭绍虞辑《清诗话续编》本
①高季迪,高启。
②商岩,傅说(yuè悦)原在傅岩为奴筑墙,殷商王武丁欲起用为相,自称梦见圣人名说,画出说貌,令百官寻找,终于在罪徒中寻得。
③储光羲,唐田园山水诗派诗人,后世常与王、孟、韦、柳并称,实不相如。
④郭代公,郭震,字元振,初唐名将,武后时任安西大都护,进为宰相,以诛太平公主有功封代国公。

■ 叶矫然

同题始皇陵诗各有其妙

同题始皇陵诗,王维"星辰七曜隔,河汉九泉开"①,许浑"一种青山秋草里,路人惟拜孝文陵",元好问"无端一片云亭石,杀尽苍生有底②功",侈语③,冷语,谩骂语,各有其妙。

〔清〕叶矫然《龙性堂诗话》续集　郭绍虞辑《清诗话续编》本

①二句写地宫辉煌壮丽,珍珠似星辰丽天,水银如江河入地。七曜,日月与金木水火土五大行星的合称。

②底,唐人俗语,什么。

③侈语,夸饰之语。

乔亿

咏史诗须使人一唱三叹

咏史诗当如龙门诸赞①,抑扬顿挫,使人一唱三叹。咏古人即采摭古人事迹,定非高手。试看老杜咏昭烈、武侯诗极多,何尝实填一事,而俯仰伤怀,将五百余年精神,如相契合,是何等胸次也!渔洋先生②诗,如《谒少陵祠》《题三闾大夫庙》等作,并组织极工,才思极赡,而读罢茫然无所感发。后来作手,必有短长之者。

〔清〕乔亿《剑溪说诗》卷下　郭绍虞辑《清诗话续编》本

①龙门诸赞,司马迁《史记》人物传记末的评论"太史公曰"。司马迁生于龙门。

②渔洋先生,王士禛,号阮亭,又号渔洋山人,论诗主神韵说,有《带经堂集》等。

沈德潜

咏古诗避雷同剿说

咏古诗未经阐发者,宜援据本传,见微显阐幽之意。若前人久经论定,不须人云亦云。王摩诘《西施咏》①、李东川《谒夷齐庙》②,或别寓兴意,或淡淡写景,以避雷同剿说,此别行一路法也。

〔清〕沈德潜《说诗晬语》卷下　丁福保辑《清诗话》本
①王维《西施咏》，揭示世态，升沉全凭际遇，戒人贵者勿骄。
②原题《登首阳山谒夷齐庙》，"苍苔归地骨，皓首采薇歌。成仁无怨色，毕命其如何？"。夷齐，伯夷、叔齐。李东川，李颀。

沈德潜

咏史不必粘着一事，须写己怀抱

太冲①《咏史》，不必专咏一人，专咏一事，己有怀抱，借古人事以抒写之，斯为千秋绝唱。后人粘着一事，明白断案，此史论，非诗格也。至胡曾②绝句百篇，尤堕恶道。

〔清〕沈德潜《说诗晬语》卷下　丁福保辑《清诗话》本
①太冲，左思字，西晋文学家。
②胡曾，晚唐诗人。

沈德潜

怀古诗必切时地

怀古必切时地。老杜《公安县怀古》中云："洒落君臣契，飞腾战伐名。"简而能该①，真史笔也。刘沧咸阳、邺都、长洲诸咏，设色写景，可互相统易，是以酬应为怀古矣。许浑稍可观，然落句往往入套。

〔清〕沈德潜《说诗晬语》卷下　丁福保辑《清诗话》本
①该，包括一切。

方世举

《西塞山怀古》章法之妙

刘梦得《西塞山怀古》，白香山所让能，其妙安在？宜田云：

"前半专叙孙吴,五句以七字总括东晋、宋、齐、梁、陈五代,局阵开拓,乃不紧迫。六句始落到西塞山,'依旧'二字有高峰堕石之捷速。七句落到怀古,'今逢'二字有居安思危之遥深。八句'芦荻'是即时景,仍用'故垒',终不脱题。此抟结一片之法也。至于前半一气呵成,具有山川形势,制胜谋略,因前验后,兴废皆然,下只以'几回'二字轻轻兜满,何其神妙!"

〔清〕方世举《兰丛诗话》 郭绍虞辑《清诗话续编》本

袁枚

咏史须有新义味永

读史诗无新义,便成《廿一史弹词》。虽着议论,无隽永之味,又似史赞一派,俱非诗也。余最爱常州刘大猷《岳墓》云:"地下若逢于少保,南朝天子竟生还。"[①]罗两峰《咏始皇》云:"焚书早种阿房火,收铁还留博浪椎。"周钦来《咏始皇》云:"蓬莱觅得长生药,眼见诸侯尽入关。"松江徐氏女《咏岳墓》云:"青山有幸埋忠骨,白铁无辜铸佞臣。"皆妙。

〔清〕袁枚《随园诗话》卷二 人民文学出版社校点本
[①]诗意说,岳飞以生前未能直捣黄龙为最大恨事,闻知于谦打败故军使被俘的天子生还(岳可能更加激愤,想迎回徽、钦二帝)。于谦,任监察御史,国危时拥立景帝,击败犯京的蒙古瓦剌部,迎回被俘的明英宗朱祁镇,因功加封少保。英宗复辟,以"大逆不道,迎立外藩"罪被杀。

袁枚

怀古诗不以详核为佳

怀古诗、乃一时兴会所触,不比山经地志,以详核为佳。

近见某太史《洛阳怀古》四首，将洛下故事，搜括无遗，竟有一首中，使事至七八者。编凑拖沓，茫然不知作者意在何处。因告之曰："古人怀古，只指一人一事而言，如少陵之《咏怀古迹》：一首武侯，一首昭君，两不相屦也。刘梦得《金陵怀古》，只咏王濬楼船一事，而后四句，全是空描。当时白太傅谓其'已探得骊珠，所余鳞甲无用。'真知言哉！不然，金陵典故，岂王濬一事？而刘公胸中，岂止晓此一典耶？"

〔清〕袁枚《随园诗话》卷六 人民文学出版社校点本

王寿昌

吊古诗须褒贬森严

吊古之诗，须褒贬森严，具有《春秋》之义，使善者足动后人之景仰，恶者足以垂千秋之炯戒。如左太冲之《咏史》，则曰"何世无奇才，遗之在草泽"，不胜动人以遗贤之忧；李太白之《怀祢衡》，则曰"才高竟何施？寡识冒天刑"，不禁深人以恃才之惕；谢宣城①之《孙权城》，感盛衰于倏忽，知书轨之荐必同；杜少陵之《九成宫》，慨遗迹于雕墙，见夏、殷之鉴不远。……近体如少陵之"丞相祠堂何处寻？锦官城外柏森森。映阶碧草自春色，隔叶黄鹂空好音。三顾频烦天下计，两朝开济老臣心。出师未捷身先死，长使英雄泪满襟。"《蜀相》钱员外②之"汉家无事乐时雍，羽骑年年出九重。玉帛不朝金阙路，旌旗长绕彩霞峰。且贪原兽轻黄屋，岂畏渔人犯白龙？薄暮方归长乐观，垂杨几处绿烟浓。"《汉武出猎》李义山之"紫泉宫殿锁烟霞，欲取芜城作帝家。玉玺不缘归日角，锦帆应是到天涯。于今腐草无萤火,终古垂杨有暮鸦。地下若逢陈后主,岂宜重问《后庭花》!"《隋宫》③ "玄武湖中玉漏催,鸡鸣埭口绣襦回。谁言琼树朝朝见,不及金莲步步来。敌国军营漂木柹,前朝神庙锁烟煤。满宫学士皆颜色,江令当年只费才。"《南朝》④温飞卿之"苏武魂消汉使前,古祠高树两茫然。云边雁断胡天月,陇上羊归塞草烟。回日楼台非甲帐,去时冠剑是丁年。茂陵不见封侯印,空向秋波哭逝川。"《苏武庙》如此诸作,其凄恻既足以动人,其抑扬复足以惩劝,犹有诗人之遗意也。至若刘梦得之"王濬楼船下益州,金陵王气黯然收。千寻铁锁沉江底,一片降幡出石头。人世几回伤往事,山形依旧枕寒流。从今四海为家日,故垒萧萧芦荻秋。"《西塞山怀古》读前半篇暨义山"敌国军营"二句,令人凛然知忧来之无方,祸至之无日,而思患预防之心,不可不日加惕也。吁,至矣!

〔清〕王寿昌《小清华园诗谈》卷下　郭绍虞辑《清诗话续编》本

①谢宣城,谢朓,曾任宣城太守。

②钱员外,钱起,字仲文,大历十才子之一,任司勋员外郎、司封郎中,终考功郎中,故称钱员外、钱考功。

③全诗揭示隋亡的教训,在于炀帝沉溺游乐,与南朝宋齐梁陈帝王荒淫失国相同。日角,额角隆起如日,旧说帝王之象。此代指李渊。

④全诗意是隋军积极准备进攻,而陈末代皇帝还在日夜歌舞享乐,宫廷文人极力撰写艳曲丽词。鸡鸣埭(dài带),南朝齐武帝凌晨常带宫女游乐,至玄武湖北鸡始鸣。埭,土坝。漂木柹(fèi吠),漂浮着削下的木片,意为大造战船。江令,江总,为陈尚书令,不理政务,日与后主游宴,与一班狎客使尽文才描绘帝妃们的腐化生活。

朱庭珍

出新奇以正大之域，融议论于神韵之中

凡怀古诗，须上下千古，包罗浑含，出新奇以正大之域，融议论于神韵之中，则气韵雄壮，情文相生，有我有人，意不竭而识自见，始非史论一派。唐、宋名篇，选本林立，今略摘近代数首为法。明人高青邱①《岳王墓》云："大树无枝向北风，十年遗恨泣英雄。班师诏已来三殿，射虏书犹说两宫。②每忆上方谁请剑，空嗟高庙自藏弓。栖霞岭上今回首，不见诸陵白露中。"杨升庵③《武侯祠》云："剑江春水绿沄沄④，五丈原头日又曛。旧业未能归后主，大星先已落前军。南阳祠宇空秋草，西蜀关山隔暮云。正统不惭传万古，莫将成败论三分。"边华亭⑤《文丞相祠》云："丞相英灵迥未消，绛帷灯火飒寒飙。黄冠天地牵羊礼，碧血山河饮马谣。花外子规燕市月，水边精卫浙江潮。祠堂亦有西湖树，不遣南枝向北朝。"……以上诸作，或高浑沉雄，或生辣苍凉，或清丽超妙，均属盖代名篇，怀古诗中卓然可传之笔，学者所当熟玩而以为法者也。

〔清〕朱庭珍《筱园诗话》卷三　郭绍虞辑《清诗话续编》本

①高青邱，高启，字季迪，号青丘子，明代成就最高的诗人之一。

②两句意说，皇帝命令班师回朝，岳飞军却在奋力进攻，要直捣敌巢，迎回徽钦二帝。

③杨升庵，杨慎，字用修，号升庵，明学者，以直谏忤旨，谪戍云南永昌，著述宏富。

④沄（yún云）沄，水流动貌。

⑤边华亭，边贡，历城（今山东济南）人，家居华泉，号华泉子，明前七子之一。边华亭，"亭"疑是"泉"之误。

朱庭珍

怀古七绝既须新警，复须深情远韵

咏古七绝尤难，以词意既须新警，而篇终复须深情远韵，令人玩味不穷，方为上乘。若言尽意尽，索然无余味可寻，则薄且直矣。陈元孝[①]《题秦纪》云："谤声易弭怨难除，秦法虽严亦甚疏。夜半桥边呼孺子，人间犹有未烧书。"较元人陈刚中[②]《咏博浪椎》之"如何十二金人外，尚有民间铁未销"，更觉生色。邓孝威[③]《咏息夫人》云："楚宫慵扫黛眉新，只自无言对暮春。千古艰难惟一死，伤心岂独息夫人！"包罗广远，意在言外。较唐人小杜之"至今息亡缘底事？可怜金谷坠楼人"，更觉含蓄有味。所谓微词胜于直斥，不著议论，转深于议论也。钱牧斋[④]《读汉书》诗云："汉家争道孝文明，左右临朝问亦轻。绛灌但知谗贾谊，可思流汗愧陈平！"[④]颇有玉溪生[⑤]笔意，则又著议论之佳者。诗固不可执一格论也。

〔清〕朱庭珍《筱园诗话》卷三　郭绍虞辑《清诗话续编》

①陈元孝，生平不详。

②陈刚中，南宋诗人。

③邓孝威，清初诗人。

④钱牧斋，钱谦益，字受之，号牧斋，晚号蒙叟，明末清初人，诗文时负盛名，有《初学集》《列朝诗集》等。诗《读汉书》婉讽汉文帝之明，批评老臣周勃（绛侯）、灌婴妒才忌贤。陈平，传曾为高祖刘邦六出奇计，与周勃定计诛诸吕，迎立文帝，为丞相。

⑤玉溪生，李商隐号，其无题诗和咏史诗对后世影响较大。

3. 咏物诗

阮阅

此咏物非诗

杨蟠字公济，为《莼菜诗》云："休说江东春水寒，到来且觅鉴湖船。鹤生嫩顶浮新紫，龙脱香髯带旧涎。玉割鲈鱼迎刃滑，香炊稻饭落匙圆。归期不待秋风起，漉酒调羹任我年。"时人以为读其诗，不必食莼羹然后知其味。余以为可以言咏物，未可以语诗耳。

〔北宋〕阮阅《诗话总龟》前集卷二十一　人民文学出版社校点本

张戒

咏物须各相称

《江头五咏》[1]：物类虽同，格韵不等。同是花也，而梅花与桃李异观。同是鸟也，而鹰隼与燕雀殊科。咏物者要当高得其格致韵味，下得其形似，各相称耳。杜子美多大言，然咏丁香、丽春、栀子、鸂鶒、花鸭，字字实录而已，盖此意也。

〔南宋〕张戒《岁寒堂诗话》卷下　丁福保辑《历代诗话续编》本

①此诗为杜甫居成都、客梓州时作。五咏，即咏丁香、丽春、栀子、鸂鶒、花鸭。俱是五言八句，前二古体，后三律体。如咏丁香："丁香体柔弱，乱结枝犹垫。细叶带浮毛，疏花披素艳。深栽小斋后，庶使幽人占。晚堕兰麝中，休怀粉身念。"垫，下。《杜诗镜铨》注：此公自喻见弃远方，安分隐退，不复更怀末路之荣以贾祸也。

杨载

咏物诗要托物以伸意

咏物之诗,要托物以伸意。要二句咏状写生,忌极雕巧。第一联须合直说题目,明白物之出处方是。第二联合咏物之体。第三联合说物之用,或说意,或议论,或说人事,或用事,或将外物体证。第四联就题外生意,或就本意结之。

〔元〕杨载《诗法家数》 何文焕辑《历代诗话》本

胡应麟

杜甫咏物自开堂奥

咏物起自六朝。唐人沿袭,虽风华竞爽,而独造未闻。惟杜诸作自开堂奥,尽削前规。如题月:"关山随地阔,河汉近人流。"雨:"野径云俱黑,江船火独明。"雪:"暗度南楼月,寒深北浦云。"夜:"重露成涓滴,稀星乍有无。"皆精深奇邃,前无古人,后无来者。然格则瘦劲太过,意则寄寓太深。他鸟兽花木等多杂议论,尤不易法。

〔明〕胡应麟《诗薮》内编卷四 上海古籍出版社排印本

胡应麟

咏物须有格调,切而不觉其切

杜题柏:"霜皮溜雨四十围,黛色参天二千尺。"说者谓太细长,诚细长也,如句格之壮何!题竹:"雨洗娟娟净,风吹细细香。"说者谓竹无香,诚无香也,如风调之美何!宋人《咏蟹》:"满腹红膏肥似髓,贮盘青壳大于杯。"《荔枝》:"甘露落来鸡子大,晓风吹作水晶团。"非不酷肖,毕竟妍丑何如?诗固有以切工者,不伤格,不贬调,乃可。

咏物着题,亦自无嫌于切。第单欲其切,易易耳。不切而切,切而不觉其切,此一关前人不轻拈破也。

〔明〕胡应麟《诗薮》内编卷五　上海古籍出版社排印本

王骥德

咏物妙在不即不离,如灯镜传影

咏物毋得骂题①,却要开口便见是何物。不贵说体,只贵说用。佛家所谓不即不离,是相非相,只于牝牡骊黄②之外,约略写其风韵,令人仿佛中如灯镜传影,了然目中,却摸捉不得,方是妙手。元人王和卿《咏大蝴蝶》:"挣破庄周梦③,两翅驾东风。三百座名园,一采一个空。谁道风流种,唬杀寻芳的蜜蜂。轻轻飞动,把卖花人扇过桥东。"只起一句,便知是大蝴蝶。下文势如破竹,却无一句不是俊语。

〔明〕王骥德《曲律》卷三　中国戏剧出版社《中国古典戏曲论著集成》
①骂题,写明题物的名称,一说违背本题主旨。
②牝(pìn聘)牡骊黄,雌雄黑黄,比喻事物的表象。
③庄周梦,《庄子·齐物论》:"昔者庄周梦为蝴蝶,栩栩然蝴蝶也。"

王夫之

即物达情,勿带匠气

咏物诗,齐、梁始多有之。其标格高下,犹画之有匠作,有士气。征故实,写色泽,广比譬,虽极镂绘之工,皆匠气也。又其卑者,饾凑成篇,谜也,非诗也。李峤①称"大手笔",

咏物尤其属意之作，裁剪整齐而生意索然，亦匠笔耳。至盛唐以后，始有即情达物之作。"自是寝园春荐后，非关御苑鸟衔残"，贴切樱桃，而句皆有意，所谓"正在阿堵中"也。"黄莺弄不足，含人未央宫"，断不可移咏梅、桃、李、杏，而超然玄远，如九转还丹，仙胎自孕矣。宋人于此茫然，愈工愈拙，非但"认桃无绿叶，道杏有青枝"为可姗笑②而已也。

〔清〕王夫之《姜斋诗话》卷下　丁福保《清诗话》本
①李峤，初唐诗人。
②姗笑，讥笑。姗，通"讪"。

吴乔

咏物诗贵活句，贱死句

诗贵活句，贱死句。石曼卿①《咏红梅》云："认桃无绿叶，辨杏有青枝。"于题甚切，而无丰致、无寄托，死句也。明人充栋之集，莫非是物，二李②为尤甚耳。子瞻能识此病，故曰："赋诗必此诗，定知非诗人。"其题画云："野雁见人时，未起意先改。君于何处看，得此无人态？"措词虽未似唐人，而能于画外见作画者鱼鸟不惊之致，乃活句也。咏物非自寄则规讽，郑谷《鹧鸪》、崔珏《鸳鸯》，已失此意，何况曼卿宋人耶！梅询③退位而热中，其侄女《咏蜡烛》以刺之云："樽前独垂泪，应为未灰心。"询见之有愧色。视《红梅》何如！

〔清〕吴乔《围炉诗话》卷一　郭绍虞辑《清诗话续编》本
①石曼卿，石延年字曼卿，北宋诗人，性豪放。欧阳修撰有《石曼卿墓表》。
②二李，明李梦阳、李攀龙。
③梅询，北宋宣州宣城人，任太常丞、三司户部判官，从子梅尧臣。

邹祗谟

咏物取形不如取神

咏物固不可不似，尤忌刻意太似。取形不如取神，用事不若用意。宋词至白石、梅溪，始得个妙谛。今则短调必推云间[1]，长调则阮亭[2]《赠雁》，金粟[3]《咏萤》《咏莲》诸篇，可谓神似矣。

〔清〕邹祗谟《远志斋词衷》 《词话丛编》本

①云间，陈子龙、李雯、宋征舆，称"云间三子"，明末清初词人。云间，松江（今属上海市）的古称。

②阮亭，王士禛号。

③金粟，彭孙遹，字骏孙，号金粟山人，工诗词，为王士禛所推重。

王士禛

咏物须不粘不脱

咏物之作，须如禅家所谓不粘不脱，不即不离，乃为上乘。古今咏梅花者多矣，林和靖"暗香、疏影"之句，独有千古；山谷谓不如"雪后园林才半树，水边篱落忽横枝"；而坡公"竹外一枝斜更好"，识者以为文外独绝，此其故可为解人道耳。

《蚕尾文》

〔清〕王士禛《带经堂诗话》卷十二 人民文学出版社校点本

吴雷发

咏物诗论工拙，不必计较寓意

咏物诗要不即不离，工细中须具缥缈之致。若今人所谓必不可不寓意者，无论其为老生常谈，试问古人以咏物见称者，如郑鹧鸪、谢蝴蝶、高梅花、袁白燕诸人①，彼其诗中寓意何处，君辈能一一言之否？夫诗岂不贵寓意乎？但以为偶然寄托则可，如必以此意强入诗中，诗岂肯为俗子所驱遣哉！总之，诗须论其工拙，若寓意与否，不必屑屑计较也。

〔清〕吴雷发《说诗菅蒯》　丁福保辑《清诗话》本

①郑鹧鸪，晚唐诗人郑谷；谢蝴蝶，北宋诗人谢逸；高梅花，明初诗人高启；袁白燕，明初诗人袁凯：皆以咏该物著称而得名。

李重华

咏物诗两法

咏物诗有两法：一是将自身放顿在里面，一是将自身站立在旁边。

咏物一体，就题言之，则赋也；就所以作诗言之，即兴也、比也。

〔清〕李重华《贞一斋诗说·诗谈杂录》　丁福保辑《清诗话》本

张谦宜

咏物贴切须超脱变化，有自家意思

咏物贴切固佳，亦须超脱变化。宋人《猩毛笔》诗："平生几两屐，身后五车书。"①《芭蕉》②诗："叶如斜界纸，心似倒抽书。"非不恰肖，但刻划太细，全无象外追神本领，终落小家。证诸杜陵咏物，方信予言不谬。

杜诗咏物，俱有自家意思，所以不可及。如《苦竹》，便画出个孤介人；《除架》，便画出个飘零人；《蕃剑》《宛马》，又居然是英雄磊落气概。

仇沧柱③云:"不离咏物,却不徒咏物,此之谓大手笔。"此言极当,凡托物以自况处,皆作如是观。

〔清〕张谦宜《絸斋诗谈》卷二　郭绍虞辑《清诗话续编》本

①两句系黄庭坚《和答钱穆父咏猩猩毛笔》颔联,尾联"拔毛能济世,端为谢杨朱",全诗意在说明生命的价值和意义。平生几两屐,意为一生穿不了几双鞋,不必多物欲,语出《世说新语·雅量》。两,緉,鞋两只。
②唐路德延作。
③仇沧柱,仇兆鳌,字沧柱,号知几子,清学者,有《杜诗详注》等。

洪亮吉

咏月诗佳者多

古今咏月诗,佳者极多。然如"明月照高楼"、"明月照积雪"、"月华临静夜"等篇,皆系兴到之作,非规规于咏月也。李、杜为唐大家,即咏月诗而论,亦非人所能到。杜云:"四更山吐月,残夜水明楼。"李云:"青天中道流孤月",又云:"五峰转月色,百里行松声。"写月有声有色如此,后人复何能着笔耶!

〔清〕洪亮吉《北江诗话》卷一　人民文学出版社校点本

施补华

同一咏蝉,比兴不同

《三百篇》比兴为多,唐人犹得此意。同一《咏蝉》,虞世南"居高声自远,端不藉秋风",是清华人语;骆宾王"露重飞难进,风多响易沉",是患难人语;李商隐"本以高难饱,徒劳恨费声",是牢骚人语,比兴不同如此。

〔清〕施补华《岘佣说诗》 丁福保辑《清诗话》本

■ 施补华

咏物必有寄托

咏物必有寄托。如《观打鱼歌》①"众鱼常才尽却弃,赤鲤腾跃如有神。潜龙无声老蛟怒,回风飒飒吹沙尘",见贤才被困,愤懑无聊光景。"君不见朝来割素鬐②,咫尺波涛永相失",告以爱惜贤才之意。

〔清〕施补华《岘佣说诗》 丁福保辑《清诗话》本
①杜甫诗。
②素鬐(qí 奇),鱼脊,马鬣。

■ 蒋敦复

咏物贵得风人比兴之旨

词源于诗,即小小咏物,亦贵得风人比兴之旨。唐五代、北宋人词,不甚咏物。南渡诸公有之,皆有寄托。白石、石湖①咏梅,暗指南北议和事,及碧山、草窗、玉潜、仁近诸遗民②《乐府补题》中,龙涎香、白莲、莼、蟹、蝉诸咏,皆寓其家国无穷之感,非区区赋物而已。知乎此,则《齐天乐》咏蝉,《摸鱼儿》咏莼,皆不可续貂。即间有咏物,未有无所寄托而可成名作者。余于近来诸君子咏物之作,纵极绘声绘影之妙,多所不取。善乎保绪③先生之言曰:"凡词后段须拓开说去",此可为咏物指南。

〔清〕蒋敦复《芬托利室词话》卷三 唐圭璋编《词话丛编》本
①石湖,范成大,字致能,号石湖居士,南宋词人。
②碧山,王沂孙号;草窗,周密号;玉潜,唐珏字;仁近,仇远字:皆是宋末元初人。

③保绪,姓周,清嘉庆词人。

王寿昌

咏物诗之切、工、精、妙

从来咏物之诗,能切者未必能工,能工者未必能精,能精者未必能妙。……雍陶之"双鹭应怜水满池,风飘不动顶丝垂。立当青草人先见,行傍白莲鱼未知。一足独拳寒雨里,数声相叫早秋时。林塘得尔须增价,况与诗人物色宜。"《咏双白鹭》精矣而未妙也。郑谷之"暖戏烟芜锦翼齐,品流应得近山鸡。雨昏青草湖边过,花落黄陵庙里啼。游子乍闻征袖湿,佳人才唱翠眉低。相呼相唤湘江阔,苦竹丛深春日西。"《鹧鸪》暨杜牧之"金河秋半虏弦开,云外惊飞四散哀。仙掌月明孤影过,长门灯暗数声来。须知胡骑纷纷在,岂逐春风一一回?莫厌潇湘少人处,水多菰米岸莓苔。"《早雁》如此等作,斯为能尽其妙耳。

〔清〕王寿昌《小清华园诗谈》卷下 郭绍虞辑《清诗话续编》本

陈仅

咏物以寓兴见我为上

问:咏物诗以何道为贵?

咏物诗寓兴为上,传神次之。寓兴者,取照在流连感慨之中,《三百篇》之比兴也。传神者,相赏在牝牡骊黄之外,《三百篇》之赋也。若模形范质,藻绘丹青,直死物耳,斯为下矣。予尝评友人诗云:"诗中当有我在,即一题画,必移我以入画,方有妙题;一咏物,必因物以见我,方有佳咏。小者且然,况其大乎!"此语试参之。

〔清〕陈仅《竹林答问》 郭绍虞辑《清诗话续编》本

朱庭珍

咏物诗最难见长，杜甫小诗妙绝时人

咏物诗最难见长。处处描写物色，便是晚唐小家门径，纵刻划极工，形容极肖，终非上乘，以其不能超脱也。处处用意，又入论宗，仍是南宋人习气，非微妙境界。则宛转相关，寄托无迹，不粘滞于景物，不着力于论断，遗形取神，超相入理，固别有道在矣。少陵《画鹰》《宛马》之篇，《孤雁》《萤火》之什，《蕃剑》《捣衣》之作，皆小题咏物诗也。而不废议论，不废体贴，形容仍超超玄著，刻划亦落落大方，神理俱足，情韵遥深，视晚唐、南宋诗人体物，迨[殆]如草根虫吟耳。是以知具大手笔，并小诗亦妙绝时人，学者可知所取法矣。

〔清〕朱庭珍《筱园诗话》卷四 郭绍虞辑《清诗话续编》本

4.题画诗

曾季狸

《明皇夜游图》诗讽当时

东湖①《明皇夜游图》诗，宣和间作，其意盖讽当时也。诗中云："苑风翠袖湿，宫露赭袍光"，可见其游宴达旦也；"闺阁连闾阖，骅骝从骍骊"，可见其宫禁与外无间也。东湖尝对予自释其意如此。

〔南宋〕曾季狸《艇斋诗话》　丁福保《历代诗话续编》本
①东湖，徐俯，字师川，号东湖居士，北宋诗人。

葛立方

苏黄等题惠崇小景

僧惠崇善为寒汀烟渚，萧洒虚旷之状，世谓"惠崇小景"，画家多喜之，故鲁直诗云："惠崇笔下开江面，万里晴波向落晖。梅影横斜人不见，鸳鸯相对浴红衣。"东坡诗云："竹外桃花三两枝，春江水暖鸭先知。蒌蒿满地芦芽短，正是河豚欲上时。"舒王①诗云："画史纷纷何足数，惠崇晚出我最许。沙平水澹西江浦，凫雁静立将俦侣。"皆谓其工小景也。

〔南宋〕葛立方《韵语阳秋》卷十四　何文焕辑《历代诗话》本
①舒王，王安石，封荆国公，死后追封舒王。

葛立方

王安石题燕画山水

王荆公题燕侍郎①山水诗，有"燕公侍书燕王府，王求一笔终不与"之句，故燕画之在世者甚鲜。学士院亦有燕侍郎画图，荆公有一绝云："六幅生绡四五峰，暮云楼阁有无中。去年今日长干里，遥望钟山与此同。"张天觉有诗跋其后云："相君开卷忆江东，仿佛钟山与此同。今日还为一居士，翛然②身在画图中。"

〔南宋〕葛立方《韵语阳秋》卷十四　何文焕辑《历代诗话》本
①燕侍郎，燕文贵，官至兵部侍郎、敷文阁直学士，北宋画家。
②翛（xiāo 萧）然，自由自在貌。

杨慎

东坡诗画论有偏

东坡先生诗曰:"论画以形似,见与儿童邻。作诗必此诗,定知非诗人。"言画贵神,诗贵韵也。然其言有偏,非至论也。晁以道①和公诗云:"画写物外形,要物形不改。诗传画外意,贵有画中态。"其论始定,盖欲补坡公之未备也。

〔明〕杨慎《升庵诗话》卷十三　丁福保辑《历代诗话续编》本
①晁以道,宋代制墨名家、经学家。

瞿佑

黄庭坚题《浣花醉归图》

山谷题《浣花①醉归图》云:"中原未得平安报,醉里眉攒万国愁。"能道出少陵心事。赵子昂诗云:"江花江草诗千首,老尽平生用世心。"亦仿佛得之。

〔明〕瞿佑《归田诗话》卷中　丁福保辑《历代诗话续编》本
①浣花,杜甫,家住成都浣花溪。

谢榛

白居易《画竹歌》难得

白乐天《画竹歌》云:"西丛七茎劲而健,省向天竺寺前石上见。东丛八茎疏且寒,忆曾湘妃庙里雨中看。"此作造语清润,读者襟抱洒然,能发万里之兴,所谓淘沙拣金,难得之句也。释景云《画松》诗云:"画松一似真松树,且待思量记得无?忆在天台山上见,石桥南畔第三株。"此诗全袭乐天,未见超绝。

〔明〕谢榛《四溟诗话》卷四 丁福保辑《历代诗话续编》本

王士禛

倪云林自题画

往见倪云林①小画,自题诗云:"萧萧风雨麦秋寒,把笔临摹强自宽。赖有俞君相慰藉,松肪笋脯劝加餐。"《池北偶谈》

倪云林每作画必题一诗,多率意漫兴,惟《妮古录》载一诗最佳,云:"十月江南未陨霜,青枫欲赤碧梧黄。停桡坐对西山晚,新雁题诗小著行。"《香祖笔记》

〔清〕王士禛《带经堂诗话》卷二十二、二十三 人民文学出版社校点本
①倪云林,倪瓒,号云林子,元画家。

张谦宜

《絸斋诗谈》评前人题画诗

《戏题王宰画山水图歌》杜甫,用笔少,光景多。○"山木尽亚洪涛风",风势水势树势,七字藏三层意,此谓活笔。卷四

《戏韦偃为双松图歌》杜甫,"白摧朽骨龙虎死",说下面突出之根;"黑入太阴雷雨垂",说上面直起之梢。谁有此雄健沉郁之力!○声势色泽,谡谡惊人,题画作此等语,所谓不经人道也。

《画鹰》杜甫,首句未画先衬,言下便有活鹰欲出;次点"画"

字以存题，以下俱就生鹰摹写，其画之妙可知。运题入神，此百代之法也。○一结有千斤力，须学此种笔势。

《荷》七首徐渭，题画荷却不作绘事想。盖画理入神，由幻传真；诗思入神，得情忘相。此最为难到。卷六

《群鸦寒话图歌》周亮工，题是群鸦寒话，作者却从枯树上着精神，亦如画家之渲染。

《题怀耕图》谢连芳，"村中野老溪边立，园后桃花屋上明。"雪淡中含灵趣，此最难处。卷七

"画松一似真松树，且待寻思记得无？曾在天台山上见，石桥南畔第三株。"一气承接如话，不惟工于赞画，连追想神情，声口俱活，极明快，却又蕴藉风味。此晚唐终不落宋调也，细辨之。此唐僧景云作。卷八

〔清〕张谦宜《䌷斋诗谈》　郭绍虞辑《清诗话续编》本

沈德潜

题画不粘画上发论

唐以前未见题画诗，开此体者老杜也。其法全在不粘画上发论，如题画马画鹰，必说到真马真鹰，复从真马真鹰开出议论，后人可以为式。又如题画山水，有地名可按者，必写出登临凭吊之意；题画人物，有事实可拈者，必发出知人论世之意。本老杜法推广之，才是作手。

〔清〕沈德潜《说诗晬语》卷下　丁福保辑《清诗话》本

陈仅

题画诗中须有人在

凡题画山水,必说到真山水,此法稍知诗理者皆能言之。然此中须有人在,否则虽水有声,山有色,其如盲聋何!试观老杜题山水必曰:"若耶溪,云门寺,青鞋布袜从此始。"题画松必曰:"我有一匹好东绢,重之不减锦绣段,请君放笔为直干。"题画马必曰:"真堪托死生。"题画鹰必曰:"吾今意何伤,顾步独纡郁。"厥后东坡、放翁亦均如此,可悟矣。

〔清〕陈仪《竹林答问》 郭绍虞辑《清诗话续编》本

乔亿

题画诗概况

题画诗,三唐间见,入宋寖①多,要惟老杜横绝古今,苏文忠②次之,黄文节③又次之。金源则元裕之④一人,可下视南渡诸公。至有元作者尤众,而虞邵庵、吴渊颖⑤,又一时两大也。

古今题画之作,大率古体及绝句,律则五言,以七言律者,未数数然也。

〔清〕乔亿《剑溪诗谈》卷下 郭绍虞辑《清诗话续编》本
①寖,同"侵",渐近。
②苏文忠,苏轼,谥文忠。
③黄文节,黄庭坚,谥文节。
④金源,金国的别称。元裕之,元好问,字裕之,号遗山,金文学家。
⑤虞绍庵,虞集,字伯生,号道园,又号邵庵,元学者、诗人;吴渊颖,吴莱,字立夫,门人私谥渊颖先生,元学者、诗人。

袁枚

题画诗最妙者

题画诗最妙者：徐文长①《画牡丹》云："毫端顷刻百花开，万事惟凭酒一杯。茅屋半间无住处，牡丹犹自起楼台。"唐六如②《画山水》云："领解皇都第一名，猖披归卧旧茅衡。立锥莫笑无馀地，万里江山笔下生。"

〔清〕袁枚《随园诗话》卷十二　人民文学出版社校点本
①徐文长，徐渭，字文长，号青藤老人、天池山人、山阴布衣，明画家、诗人。
②唐六如，唐寅，字伯虎，改字子畏，号六如居士、桃花庵主，明书画家、诗人。

潘德舆

题赵孟𫖯画者率寓讥刺

赵子昂①对元世祖诗："往事已非那可说，且将忠赤报皇元。"哀哉若人，乃至于此！……后人题子昂画者，率寓刺讥，而诗品亦有高下，不可一例以为工也。如虞胜伯《题子昂苕溪图》云："吴兴公子玉堂仙，写出苕溪似辋川。回首青山红树下，那无十亩种瓜田！"沈启南《题子昂画马》云："隅目晶莹耳竹披，江南流落乘黄姿。千金千里无人识，笑看蕃人买去骑。"史明古《题子昂画兰》云："国香零落佩纕②空，芳草青青合故宫。谁道有人和泪写，托根无地怨东风③。"方良右《题子昂竹枝》云："中原日暮龙旗远，南国春深水殿寒。留得一枝烟雨里，又随人去报平安④。"……数诗中惟虞君、史君有忠厚之意，余悉隽而伤于刻矣。

〔清〕潘德舆《养一斋诗话》卷三　郭绍虞辑《清诗话续编》本
①赵子昂，赵孟𫖯(fǔ府)字子昂，宋宗室，宋亡入元，累官至翰林学士兼承旨。
②佩纕（xiāng香），佩囊。《离骚》："解佩纕以结言兮，吾令蹇修以为

理。"縷，一说为带。

③两句意谓赵子昂不如宋遗民郑所南。郑画兰根全露于空中，人问其故，曰：国亡，兰无地以生也。

④句意讽刺画作者赵子昂无气节，随人讴歌太平盛世，讨好元朝统治者。唐段成式《酉阳杂组续集·支植下》：北都晋阳童子寺，有幼竹一窠，僧每日报竹平安。后以竹报平安指平安家信。

5. 酬赠诗

刘攽

赓和诗有次韵、依韵、用韵

唐诗赓和，有次韵，先后无易。有依韵，同在一韵。有用韵，用彼韵不必次。吏部和皇甫《陆浑山火》①是也，今人多不晓。刘长卿《余干旅舍》云："摇落暮天迥，丹枫霜叶稀。孤城向水闭，独鸟背人飞。渡口月初上，邻家渔未归。乡心正欲绝，何处捣征衣。"张籍《宿江上馆》云："楚驿南渡口，夜深来客稀。月明见潮上，江静觉鸥飞。旅宿今已远，此行殊未归。离家久无信，又听捣砧衣。"两诗偶似次韵，皆奇作也。

尹按：次韵即步韵，用原诗的韵字，先后次序不变，最严；用韵，用原诗的韵字，先后次序不同，次严；依韵，也称和韵，用原诗同韵部的字作韵脚，可以全不同或部分相同于原诗的韵字，较宽。如欧阳修《昨日偶陪后骑同适近郊谨成七言四韵兼呈圣俞》："堤柳才黄已落梅，寻芳弭盖共徘徊。桑城日暖蚕催浴，麦垅风和雉应媒。别浦人嬉遗翠羽，弋林春废锁歌台。归鞍暮逼宫街鼓，府吏应惊便面回。"梅尧臣《依韵和欧阳永叔同游近郊》："洛水桥边春已回，柳条葱茜眼初开。无人拾翠过幽渚，有客寻芳上古台。林邃珍禽时一啭，酒酣红日未西颓。知君最是怜风物，更约偷闲取次来。"两诗都用的上平声灰韵,但除了"台"、"回"两字,梅诗所用韵字与欧诗不同。"意如答问而不同韵者,谓之和诗"(吴乔)。当今诗作者有将次韵步韵称为依韵者,似非。

〔北宋〕刘攽《中山诗话》 何文焕辑《历代诗话》本
①韩愈《陆浑山火和皇甫湜用其韵》数十句,用十三元韵,见上海古籍出版社《全唐诗》第五函第十册。

阮阅

陶宏景答南齐帝诗

丹阳陶宏景,永平中谢职,隐居茅山,性爱林泉,尤好著述。齐高祖曰:"山中何所有?"宏景赋诗以答曰:"山中何所有?岭上多白云。只可自怡悦,不堪持赠君。"《诗薮》①

〔北宋〕阮阅《诗话总龟》前集卷二十八 人民文学出版社校点本
①阮阅注:《诗薮》疑为《谈薮》。

洪迈

和诗当和意

古人酬和诗,必答其来意,非若今人为次韵所局也。观《文选》所编何劭、张华、卢谌、刘琨、二陆、三谢①诸人赠答,可知已。唐人尤多,不可具载。姑取杜集数篇,略纪于此。高适寄杜公云:"愧尔东西南北人。"杜则云:"东西南北更堪论。"高又有诗云:"草《玄》今已毕,此外更何言?"杜则云:"草《玄》吾岂敢,赋或似相如。"严武寄杜云:"兴发会能驰骏马,终须重到使君滩。"杜则云:"枉沐旌麾出城府,草茅无径欲教锄。"……皆如钟磬在簴②,叩之则应,往来反复,于是乎有余味矣。

〔南宋〕洪迈《容斋随笔》卷十六　上海古籍出版社排印本

①二陆，陆机、陆云兄弟。三谢，谢灵运、谢惠连、谢朓。以上诸人皆是晋至南朝宋齐时诗人。

②簴（jù具），悬挂钟磬的支柱。

杨万里

投人诗文须知语忌

投人诗文，有语忌者，不可不知。人有上文潞公诗，用寿考字。公曰："五曰考终命①，和我死也说了。"程子山自中书舍人谪为赣州安远令，士子上生日诗，用岳降②事。子山曰："降做县令了，更去甚处。"周茂振贺刘季高由谪籍放自便启云："十年去国，惊我马之虺隤③；一日还家，喜是翁之夒铄。"季高曰："是翁却将对我马。"此类多矣。

〔南宋〕杨万里《诚斋诗话》　丁福保辑《历代诗话续编》本

①考终命，尽享天年，长寿而终。考，老。人生五福：一曰寿，二曰富，三曰康宁，四曰攸好德，五曰考终命。

②岳降，称颂诞生或诞辰。《诗·大雅·崧高》"惟岳降神，生甫及申。"

③虺（huī灰）隤（tuí颓），疲极而病。

严羽

赠答多相勉

古人赠答多相勉之词。苏子卿①云："愿君崇令德，随时爱景光。"李少卿②云："努力崇明德，皓首以为期。"刘公干③云："勉哉修令德，北面自宠珍。"杜子美云："君若登台辅，临危莫爱身。"往往是此意。有如高达夫④赠王彻云："我知十年后，季子多黄金。"金多何足道，又甚于以名位期人者。

此达夫偶然漏逗处也。

〔南宋〕严羽《沧浪诗话·诗评》 何文焕辑《历代诗话》本

①苏子卿，苏武字子卿，汉中郎将，出使匈奴被扣留十九年，返汉任典属国。

②李少卿，李陵字少卿，李广孙，屡战匈奴，以少敌众，因矢尽援绝而降，家族被诛。李陵与苏武诗三首，苏武诗四首，载《文选》卷二十九。据考，苏、李诗系汉人伪托之作。

③刘公干，刘桢字公干，建安七子之一。

④高达夫，高适，字达夫，一字仲武，盛唐边塞诗人。

杨载

赠别诗当写不忍之情

赠别之诗，当写不忍之情，方见襟怀之厚。然亦有数等：如别征戍，则写死别，而勉之努力效忠；送人远游，则写不忍别，而勉之及时早回；送人仕宦，则写喜别，而勉之忧国恤民，或诉己穷居而望其荐拔，如杜公"唯待吹嘘送上天"之说是也。凡送人，多托酒以将意，写一时之景以兴怀，寓相勉之词以致意。第一联叙题意起。第二联合说人事，或叙别，或议论。第三联合说景，或带思慕之情，或说事。第四联合说何时再会，或嘱咐，或期望。于中二联，或倒乱前说亦可，但不可重复，须要次第。末句要有规警，意味渊永方佳。

〔元〕杨载《诗法家数》 何文焕辑《历代诗话》本

杨载

赞美宜的当亲切，勿过与不及

赞美之诗，多以庆喜颂祷期望为意，贵乎典雅浑厚，用事宜的当亲切。第一联要平直，或随事命意叙起。第二联意相承，或用事，必须实说本题之事。第三联转说要变化，或前联不曾用事，此正宜用引证，盖有事料则诗不空疏。结句则多期望之意。大抵颂德贵乎实，若褒之太过，则近乎谀，赞美不及，则不合人情，而有浅陋之失矣。

〔元〕杨载《诗法家数》 何文焕辑《历代诗话》本

▌杨载

赓和诗当观原诗之意

赓和之诗，当观元诗①之意如何。以其意和之，则更新奇。要造一两句雄健壮丽之语，方能压倒元、白。若又随元诗脚下走，则无光彩，不足观。其结句当归着其人方得体。有就中联归着者，亦可。

〔元〕杨载《诗法家数》 何文焕辑《历代诗话》本
①元诗，原诗。

▌杨载

哭挽诗要情真事实

哭挽之诗，要情真事实。于其人情义深厚则哭之，无甚情分，则挽之而已矣。当随人行实作，要切题，使人开口读之，便见是哭挽某人方好。中间要隐然有伤感之意。

〔元〕杨载《诗法家数》 何文焕辑《历代诗话》本

▌李东阳

近时挽寿诗之病

挽诗始盛于唐，然非无从而涕者。寿诗始盛于宋，渐施于官长故旧之间，亦莫有未同而言者也。近时士大夫子孙之于父祖者弗论，至于姻戚乡党，转相征乞，动成卷帙，其辞亦互为蹈袭，陈俗可厌，无复有古意矣。

〔明〕李东阳《麓堂诗话》　丁福保辑《历代诗话续编》本

王世贞

和韵联句易为害而无大益

和韵联句，皆易为诗害而无大益，偶一为之可也。然和韵在于押字浑成，联句在于才力均敌，声华情实中不露本等面目，乃为贵耳。

〔明〕王世贞《艺苑卮言》卷一　丁福保辑《历代诗话续编》本

贺贻孙

卢谌、刘琨相赠诗佳

汉以前无应酬诗，魏、晋以来间有之，亦绝无佳者。惟卢谌、刘琨[①]相赠二首，颂美中颇有感恩知己，好善不倦之意，应酬体中差为铮铮耳。

〔清〕贺贻孙《诗筏》　郭绍虞辑《清诗话续编》本

[①]刘琨，字越石，西晋将领、诗人。卢谌（chén沉），字子谅，本是刘琨僚属，后投鲜卑。卢、刘赠答诗见《文选》卷二十五。

叶燮

题是应酬，诗自我作

应酬诗有时亦不得不作。虽是客料生活，然须见是我去应酬他，不是人人都可将去应酬他者，如此便于客中见主，不失自家体段，自然有性有情，非幕下客及捉刀人所得代为也。每见时人一部集中，应酬居什九有余，他作居什一不足，以题张集，以诗张题，而我丧我久矣。不知是其人之诗乎？抑他人之诗乎？若惩噎而废食，尽去应酬诗不作，而卒不可去也。须知题是应酬，诗自我作，思过半矣。

〔清〕叶燮《原诗》外篇下　丁福保辑《清诗话》本

叶矫然

古人送别意实相师

古人送别，苦语不一，而意实相师。《卫风》"瞻望弗及，泣涕如雨"，《琴操》"手无斧柯，奈龟山何"①，谢客"顾望脰未悁②，河曲舟已隐"，岑参"桥回忽不见，征马尚闻嘶"，东坡"登高回首坡陇隔，惟见乌帽出复没"，总是一意。犹有伤心者，陇西③"长当从此别，且复立斯须"，属国④"生当复来归，死当长相思"，延之⑤"生为久别离，没为长不归"，子美"孰知是死别，且复哀其寒"，张籍"人当少年嫁，我当少年别"，亦一意也。

〔清〕叶矫然《龙性堂诗话》初集　郭绍虞辑《清诗话续编》本

①《琴操》，琴曲，东汉蔡邕序《龟山操》云："予欲望鲁兮，龟山蔽之。手无斧柯，奈龟山何！"

②脰，颈项。悁（yuān冤），忧愁，疲乏。

③李陵，陇西是李姓郡望。

④属国，苏武，任典属国，掌管属国归降朝贡事务。

⑤延之，颜延之，南朝宋文学家。

李重华

酬赠诗须辨别侪类

酬赠往复诗，须辨别侪类①。至亲不得用文饰语；尊者不得用评论语，亦不得轻易用夸奖语。反此者失之。

〔清〕李重华《贞一斋诗说》 丁福保辑《清诗话》本
①侪（chái 柴）类，侪辈，同辈。

沈德潜

应酬诗须切人切地，流露己之情性

钱、郎①赠送之作，当时引以为重；应酬诗，前人亦不尽废也。然必所赠之何人，所往之地何地，一一按切，而复以己之情性流露于中，自然可咏可歌，非幕下张君房②辈所能代作。

〔清〕沈德潜《说诗晬语》卷下 丁福保辑《清诗话》本
①钱、郎，钱起、郎士元，中唐诗人。
②张君房，宋真宗时人，尝记鬼神变怪事，作《乘异记》。

潘德舆

杜诗应酬之作不佳

杜诗亦多应酬之作，如《赠翰林张学士》《故武卫将军挽词》《奉赠集贤院崔于二学士》等诗是也。既无精义，而健羡荣华，悲嗟穷老，篇篇一律，有何特殊！挽武夫而不著姓名，尤无关系，殆不得已而为之者。学者一概奉为准绳，则识卑而气短，不足成章矣。"杜酒偏劳劝，张梨不外求"①，此小家之尤劣者，能谓杜诗一概佳耶？

〔清〕潘德舆《养一斋诗话》卷一　郭绍虞辑《清诗话续编》本

①杜甫《题张氏隐居二首》其二。张梨,张家果园之梨。

袁枚

王士禛五戒

阮亭尚书①自言一生不次韵,不集句,不联句,不叠韵,不和古人之韵。此五戒,与余天性若有暗合。

〔清〕袁枚《随园讲话》卷六　人民文学出版社校点本

①阮亭,王士禛,官至刑部尚书。

朱庭珍

真诗不得谓之应酬,诗家不登应酬为妙

诗家以不登应酬作为妙,此是正论。而袁枚非之,谓李、杜、苏、韩集中,强半应酬诗也。万里之外,情文相生,又可废乎?今若可删,昔可无赠。谁谓应酬诗不能工耶?噫!此借以文己过,强词夺理之言也。夫朋友列五伦之一,"同心之言,其臭①如兰",《周易》亦有取焉。勿论赠答唱和之作,但有深意,有至情,即是真诗,自应存以传世,不得谓之应酬。即投赠名公巨卿,或感其知,或颂其德,或纪其功,或述其义,但使言由衷发,无溢美逾分之词,则我系称情而施,彼亦实足当之,有情有文,仍是真诗。即其人无功德可传,而实能略分忘位,爱士怜才,于我果有深交厚谊,则知己之感,自有不容已于言者。意既真挚,情自缠绵,本非违心之词,亦是真诗,均不得以应酬论。所谓应酬者,或上高位,或投泛交,既无功德可颂,又无交情可言,徒以慕势希荣,逐利求知,屈意颂扬,违心谀媚,有文无情,

多词少意，心浮而伪，志躁以卑。以及祝寿贺喜，述德感恩，谢馈赠，叙寒暄，征逐酒食，流连宴游，题图赞像，和韵叠章。诸如此类，岂非词坛干进之媒，雅道趋炎之径！清夜扪心，良知如动，应自恧怩，不待非议及矣。是皆误于"应酬"二字者也。则不登应酬之作，所以严诗教之防；不滥作应酬之篇，所以立诗人之品，何可少也！考袁枚一生，最工献谀时贵，其集俱可覆按，直借诗以渔利耳，乃故作昧心之语，以饰己过，亦可丑也。后生勿受其愚。

〔清〕朱庭珍《筱园诗话》卷四　郭绍虞辑《清诗话续编》本
①臭，同"嗅"，气味。

梁章钜

诗以应酬世故不如不作

古人立言，以能感人为贵，而诗之入人尤深，故圣人言诗可以兴、观、群、怨。而今人作诗，但以应酬世故为能，则不如不作。

〔清〕梁章钜《退庵随笔》　郭绍虞辑《清诗话续编》本

6. 时事讽谕诗

《毛诗序》

诗以正得失，移风俗

治世之音安以乐，其政和；乱世之音怨以怒，其政乖；亡国之音哀以思，其民困。故正得失，动天地，感鬼神，莫近于诗。先王以是经夫妇，成孝敬，厚人伦，美教化，移风俗。

《毛诗序》 十三经注疏本《毛诗正义》

白居易

《新乐府》系于意不系于文

篇无定句，句无定字，系于意不系于文。首句标其目，卒章显其志：诗《三百》之义也。其辞质而径，欲见之者易喻也。其言直而切，欲闻之者深戒也。其事核而实，使采之者传信也。其体顺而肆，可以播于乐章歌曲也。总而言之，为君、为臣、为民、为物、为事而作，不为文而作也。

〔唐〕白居易《新乐府序》 文学古籍刊行社《白氏长庆集》卷三

魏泰

王逵嘲贪腐吏

苗振，熙宁初知明州，致仕归郓，自明州造一堂极华壮，载以归。或言："郓州置田亦多机数而得。"是时，王逵亦居郓，作诗嘲之曰："伯起雄豪势莫偕，官高禄重富于财。田从汶上天生出，堂自明州地架来。十只画船风破浪，两行红粉夜传杯。自怜憔悴东邻叟，草舍茅檐真可咍①。"伯起，苗振字。东邻，逵自谓。……振竟至削夺。

〔北宋〕魏泰《临汉隐居诗话》 何文焕辑《历代诗话》本
①咍（hāi嗨），讥笑。

陈岩肖

杜甫诗多纪时事

杜少陵子美诗,多纪当时事,皆有据依,古号"诗史"。……少陵诗非特纪事,至于都邑所出,土地所生,物之有无贵贱,亦时见于吟咏。

〔南宋〕陈岩肖《庚溪诗话》卷上　丁福保辑《历代诗话续编》本

蔡梦弼

杜甫讥时事诗

三山老人①《胡氏语录》曰:"子美《慈恩寺塔》诗,乃讥天宝时事也。山者,人君之象。'泰山忽破碎',则人君失道矣。贤不肖混殽,而清浊不分,故曰'泾渭不可求'。天下无纲纪文章,而上都亦然,故曰'俯仰但一气,焉能辨皇州'。于是思古之贤君不可得,故曰'回首叫虞舜,苍梧云正愁'。是时明皇方耽于淫乐而不已,故曰'惜哉瑶池饮,日宴昆仑丘'。贤人君子多去朝廷,故曰'黄鹄去不息,哀鸣何所投'。惟小人贪窃禄位者在朝,故曰'君看随阳雁,各有稻粱谋。'"

〔南宋〕蔡梦弼《杜工部草堂诗话》卷一　丁福保辑《历代诗话续编》本
①三山老人,胡舜陟,北宋绩溪人,为岳飞辨冤而下狱死,后昭雪赠少师。

杨载

讽谏诗要忠厚恳恻,多借此喻彼

讽谏之诗,要感事陈辞,忠厚恳恻。讽喻甚切,而不失情性之正，触物感伤，而无怨怼之词。虽美实刺，此方为有益之言也。古人凡欲讽谏，多借此以喻彼，臣不得于君，多借妻以思其夫，或托物陈喻，以通其意。但观汉魏古诗及前辈所作，可见未尝有无为而作者。

〔元〕杨载《诗法家数》 何文焕辑《历代诗话》本

瞿佑

刘禹锡讥刺朝士并及君上，诗多感慨

刘梦得初自岭外召还，赋《看花》诗云："元都观里桃千树，尽是刘郎去后栽。"以是再黜。久之又赋诗云："种桃道士归何处？前度刘郎今又来。"讥刺并及君上矣。晚始得还，同辈零落殆尽。有诗云："昔年意气压群英，几度朝回一字行。二十年来零落尽，两人相遇洛阳城。"又云："休唱贞元供奉曲，当时朝士已无多。"又云："旧人惟有何戡在，更与殷勤唱渭城。"盖自德宗后，历顺、宪、穆、敬、文、武、宣凡八朝。暮年与裴、白[①]优游绿野堂，有"在人称晚达，于树比冬青"之句。又云："莫道桑榆晚，为霞尚满天。"其英迈之气，老而不衰如此。

〔明〕瞿佑《归田诗话》卷上 丁福保辑《历代诗话续编》本
①裴、白，裴度、白居易。

沈德潜

直诘易尽，婉道无穷

讽刺之词，直诘易尽，婉道无穷。卫宣姜[①]无复人理，而《君子偕老》一诗，止道其容饰衣服之盛，而首章末以"子之不淑，云如之何"二语逗露之。

〔清〕沈德潜《说诗晬语》卷上　丁福保辑《清诗话》本

①卫宣姜，卫宣公夫人，姜姓。宣公死后，与庶子烝居，生三男二女。

沈德潜

诗意在或不在文辞之中

政繁赋重，民不堪其苦。而《葚楚》①一诗，唯羡草木之乐，诗意不在文辞中也。至《苕之华》②明明说出，要之并为亡国之音。

〔清〕沈德潜《说诗晬语》卷上　丁福保辑《清诗话》本

①《诗·桧风·隰有苌楚》："隰有苌楚，猗傩其枝。夭之沃沃，乐子之无知。隰有苌楚，猗傩其华。夭之沃沃，乐子之无家。隰有苌楚，猗傩其实。夭之沃沃，乐子之无室。"

②《诗·小雅·苕之华》："苕之华，芸其黄矣。心之忧矣，维其伤矣！苕之华，其叶青青。知我如此，不如无生。牂羊坟首，三星在罶。人可以食，鲜可以饱。"

薛雪

世人喜爱触景垂戒之作

平生最爱随笔纳忠触景垂戒之作，如："昨日到城郭，归来泪满巾。遍身绮罗者，不是养蚕人。""锄禾日当午，汗滴禾下土。谁知盘中餐，粒粒皆辛苦。""子规啼彻四更时，起视蚕稠怕叶稀。不信楼头杨柳月，玉人歌舞未曾归。""地湿莎青雨后天，桃花红近竹林边。游人本是农桑客，记得春深欲种田。""一束清歌一束绫，美人犹自意嫌轻。不知织女寒窗下，多少工夫织得成！""一株杨柳一株花，云是官家卖酒家。惟有吾乡风土异，春深无处不桑麻。""采采西风雪满篮，御寒功已倍春蚕。世间多少闲花草,无补生民亦自惭"之类,不论唐、宋、元、明,中华异域,男子妇人所作,凡似此等,必见手录,信口闲哦,未尝忘之。一日大雨中,小儿不倚自扫叶庄遣人至城,天色未曙,云:为蚕桑叶尽,急不能待。遂为作札,遍叩友朋,了不可得。乃书一绝示之曰:"冲泥觅叶为蚕忙,到处园林叶尽荒。今日始知蚕食苦,不应空着绮罗裳。"并非蹈袭前人,却指一时实事。

〔清〕薛雪《一瓢诗话》 丁福保辑《清诗话》本

赵翼

吴伟业诗多有关于时事之大者

梅村①身阅鼎革②,其所咏多有关于时事之大者。如《临江参军》《南厢园叟》《永和宫词》《雒阳行》《殿上行》《萧史青门曲》《松山哀》《雁门尚书行》《临淮老妓行》《楚两生行》《圆圆曲》《思陵长公主挽词》等作,皆极有关系。事本易传,则诗亦易传。梅村一眼觑定,遂用全力结撰此数十篇,为不朽计,此诗人慧眼,善于取题处。白香山《长恨歌》,元微之《连昌宫词》,韩昌黎《元和圣德诗》,同此意也。

〔清〕赵翼《瓯北诗话》卷九 郭绍虞辑《清诗话续编》本

①梅村,吴伟业号,清初诗人,与钱谦益、龚鼎孳并称"江左三大家"。

②鼎革,取义于鼎、革二卦名,鼎取新,革去故,旧多指改朝换代。吴伟业身处明亡清兴之际。

潘德舆

讥讽诗尤须蕴藉

凡作讥讽诗,尤要蕴藉;发露尖颖,皆非诗人敦厚之教。如元人《博浪沙》云:"如何十二金人外,犹有民间铁未销?"[1]《陈桥驿》云:"路人遥指降王道,好似周家七岁儿。"[2]皆机警有余,深厚不足。予独爱袁凯《苏李泣别图》云:"犹有交情两行泪,西风吹上汉臣衣。"斧钺寓于缠绵,极耐寻讽,高出《白燕》诗[3]百倍。

义山讥汉武云:"侍臣最有相如渴,不赐金茎露一杯。"[4]意无关系,聪明语耳。许丁卯[5]则云:"闻有三山未知处,茂陵松柏满西风。"隽不伤雅,又足唤醒痴愚。《始皇墓》云:"一种青山秋草里,路人惟拜汉文陵。"亦森竦而无发露痕也。

〔清〕潘德舆《养一斋诗话》卷三　郭绍虞辑《清诗话续编》本

[1] 元诗人陈孚作。

[2] 元文学家刘因作,意思说宋朝最后灭亡,好像重演当初陈桥兵变周家小皇帝投降一样。

[3] 《白燕》诗,明袁凯作。

[4] 李商隐此诗讥刺汉武帝迷信神仙、疏远臣下,也在讽喻唐武宗的服丹求仙。相如渴,司马相如患消渴(糖尿病)。金茎露,汉武帝作柏梁铜柱(金茎),上为承露仙人掌。

[5] 许丁卯,许浑,字用晦(一作仲晦),因病退休居住润州丁卯涧桥别墅,有《丁卯集》。

王寿昌

刺恶诗贵字挟风霜

　　刺恶之诗，贵字挟风霜，庶几闻者足戒。如阮嗣宗[①]之"黄鹄游四海，中路安将归"《咏怀》，颜延年[②]之"君子失明德，谁与偕没齿"《秋胡诗》，语虽含蓄而义实凛然。他如太白《古别离》，于父子君臣之际，不胜忿激悲痛之情；少陵《丽人行》，于戚里嬖幸之间，无限迫切隐忧之意，亦可谓淋漓尽致矣。近体如李义山之"东征日调万黄金，几竭中原买斗心。军令未闻诛马谡，捷书惟是报孙歆。但须鸑鷟巢阿阁，岂假鸱鸮在泮林。可惜前朝玄菟郡，积骸成莽阵云深"《随师东》[③]。又"七国三边未到忧，十三身袭富平侯。不收金弹抛林外，却惜银床在井头。彩树转灯珠错落，绣檀回枕玉雕锼。当关不报侵晨客，新得佳人字莫愁"《富平少侯》[④]。

〔清〕王寿昌《小清华园诗谈》卷下　郭绍虞辑《清诗话续编》本

①阮嗣宗，阮籍字嗣宗，阮瑀之子，曾为步兵校尉，世称阮步兵，旷达不拘礼俗，有《咏怀》诗八十余首。

②颜延年，即颜延之，南朝宋诗人，与谢灵运并称"颜谢"。

③《随师东》，作者出京随天平军节度使令狐楚赴郓州（今山东郓城），进讨沧州横海镇自称留后的李同捷，诗记沿途所见所感。三、四句言军纪松弛，违法者不惩，唐将如晋将王浚谎报战功，未获孙歆（xīn 欣）而报已斩。五、六句言只须真正的贤臣在朝执政，何必让野心家在藩镇。鸑鷟（yuèzhuó 跃卓），凤的别称。泮林，借指州郡。七、八句言现今沧州地带荒凉可怕，战云密布。玄菟郡，汉武帝置，辖境相当今之辽东及朝鲜咸镜南北道，此借指李同捷所据地域。

④汉张安世封富平侯，其子孙延寿、勃、临、放四代皆嗣爵位。诗题谑称"富平少侯"，借以讽刺当时权贵子孙借先人荫庇，骄奢淫逸，醉生梦死。

沈祥龙

感时之作借景以形之

感时之作,必借景以形之。如稼轩云:"算只有殷勤,画檐蛛网,尽日惹飞絮。"同甫①云:"恨芳菲世界,游人未赏,都付与莺和燕。"不言正意,而言外有无穷感慨。

〔清〕沈祥龙《论词随笔》 唐圭璋编《词话丛编》本
①同甫,陈亮字同甫,号龙川,辛弃疾的好友,同主抗金,恢复中原。

附论

（一）诗的评赏

1. 评赏的态度、方法与准则

《孟子》

说诗应以意逆志

故说诗者，不以文害辞，不以辞害志，以意逆志①，是为得之。如以辞而已矣，《云汉》②之诗曰："周余黎民，靡有孑遗。"信斯言也，是周无遗民也。

《孟子·万章上》 十三经注疏本《孟子注疏》

①三句意思说，不应孤立地理解字义而误解文意，不要表面理解辞意而误解作者本意，应根据作品整个思想内容去体察作者本意。

②《云汉》，《诗·大雅》篇名。

刘勰

务先博观，无私不偏

凡操千曲而后晓声，观千剑而后识器①。故圆照之象，务先博观②。阅乔岳以形培塿，酌沧波以喻畎浍③。无私于轻重，不偏于憎爱，然后能平理若衡，照辞如镜矣。

〔梁〕刘勰《文心雕龙·知音》 人民文学出版社范注本

①二句说，会演奏上千支曲子以后才懂得音乐，观看过上千把剑以后才会识别宝剑。（不仅要看得多，还要能亲自操作。）

②二句说，所以全面观察的方法，务必先要看得多。

③二句意为看了高山就更清楚土堆之小，到过大海就更知道沟水之浅。畎

浍（kuài 快），田间小水沟。

刘勰

阅文须六观

将阅文情，先标六观①：一观位体，二观置辞，三观通变，四观奇正，五观事义，六观宫商。斯术既形，则优劣见矣。

〔梁〕刘勰《文心雕龙·知音》 人民文学出版社范注本

①六观，观察的六个方面。"第一看体制安排，第二看文辞布置，第三看继承变化，第四看或奇或正的表现手法，第五看运用事类，第六看声律。"（周振甫）

钟嵘

味之无极，闻之动心

使味之者无极，闻之者动心，是诗之至也。

〔梁〕钟嵘《诗品·序》 何文焕辑《历代诗话》本

令狐德棻

文章贵调远、旨深、理当、辞巧

原夫文章之作，本乎情性，……撼六经百氏之英华，探屈、宋、卿、云①之秘奥，其调也尚远，其旨也在深，其理也贵当，其辞也欲巧。然后莹金璧，播芝兰，文质因其宜，繁约适其变。权衡轻重，斟酌古今，和而能壮，丽而能典②，焕乎若五色之成章，纷乎若八音之繁会。

〔唐〕令狐德棻《周书·王褒庾信传论》 中华书局排印本
①卿、云，司马相如字长卿，扬雄字子云，汉辞赋家。
②典，雅。

刘攽

诗以意为主

诗以意为主,文词次之。或意深义高,虽文词平易,自是奇作。世效古人平易句,而不得其意义,翻成鄙野可笑。

〔北宋〕刘攽《中山诗话》 何文焕辑《历代诗话》本

苏轼

名实不可欺,高下付众口

世间唯名实不可欺。文章如金玉,各有定价。先后进相汲引,因其言以信于世,则有之矣。至其品目高下,盖付之众口,决非一夫所能抑扬。

〔北宋〕苏轼《答毛滂书》 商务印书馆《苏东坡集》

黄彻

以意为上

《剑阁》[1]云"吾将罪真宰,意欲铲叠嶂",与太白"捶碎黄鹤楼,划却君山好"语亦何异。然《剑阁》诗意在削平僭窃,尊崇王室,凛凛有忠义气;捶碎、划却之语,但觉一味粗豪耳。故昔人论文字,以意为上。

〔南宋〕黄彻《䂬溪诗话》卷一 丁福保辑《历代诗话续编》本
①杜甫诗。

黄彻

诗人之言不足为实

唐令狐相进李远为杭州，宣宗曰："闻李远云：'长日惟消一局棋。'岂可使治郡哉？"对曰："诗人之言，不足为实也。"乃荐远廉察可任。此正说诗者不以辞害志也。

〔南宋〕黄彻《䂬溪诗话》卷七　何文焕辑《历代诗话》本

陈俊卿

诗要中存风雅，外严律度，有补于时

作诗固难，评诗亦不易。酸咸殊嗜，泾渭异流。浮浅者喜夸毗①，豪迈者喜遒警，闲静之人尚幽眇，以至嫣然华媚无复体骨者，时有取焉，而非君子之正论也。夫诗之作，岂徒以青白相媲、骈骊相靡而已哉！要中存风雅，外严律度，有补于时，有辅于名教，然后为得。杜子美诗人冠冕，后世莫及，以其句法森严，而流落困踬之中，未尝一日忘朝廷也。孔子曰："《诗三百》，一言以蔽之，曰：'思无邪。'"以圣人之言，观后人之诗，则醇醨②不较而明矣。

〔南宋〕陈俊卿《䂬溪诗话序》　丁福保辑《历代诗话续编》本
①夸毗（pí 皮），足恭，过分柔顺以取悦于人。
②醇醨，犹言优劣。醨，味淡的酒。

张戒

诗语以中的为工，不可预设法式

"萧萧马鸣，悠悠旆旌"①，以"萧萧""悠悠"字，而出师整暇之情状，宛在目前。此语非惟创始之为难，乃中的之为工也。荆轲云："风萧萧兮易水寒，壮士一去兮不复还。"自常人观之，语既不多，又无新巧，然而此二语遂能写出天地愁惨之状，极壮士赴死如归之情，此亦所谓中的也。古诗"白杨多悲风，萧萧愁杀人"，"萧萧"两字，处处可用，然惟坟墓之间，白杨悲风，尤为至切，所以为奇。乐天云："说喜不得言喜，说怨不得言怨。"乐天特得其粗尔。此句用"悲""愁"字，乃愈见其亲切处，何可少耶？诗人之工，特在一时情味，固不可预设法式也。

〔南宋〕张戒《岁寒堂诗话》卷上　丁福保辑《历代诗话续编》本
①《诗·小雅·车攻》。

张戒

意、文、词、理，不可一偏

杜牧之序李贺诗云："骚人之苗裔。"又云："少加以理，奴仆命《骚》可也。"牧之论太过。贺诗乃李白乐府中出，瑰奇谲怪则似之，秀逸天拔则不及也。贺有太白之语，而无太白之韵。元、白、张籍以意为主，而失于少文，贺以词为主，而失于少理，各得其一偏。故曰："文质彬彬，然后君子。"

〔南宋〕张戒《岁寒堂诗话》卷上　丁福保辑《历代诗话续编》本

张表臣

诗要看气韵、格力

诗以意为主，又须篇中炼句，句中炼字，乃得工耳。以气韵清高深眇者绝，以格力雅健雄豪者胜。元轻白俗，郊寒岛瘦①，皆其病也。

〔南宋〕张表臣《珊瑚钩诗话》卷一　何文焕辑《历代诗话》本
①二句所论的诗人：元稹、白居易，孟郊、贾岛。

张表臣

非亲有体验者不能识诗语之妙

东坡称陶靖节诗云："'平畴交远风，良苗亦怀新。'非古之耦耕植杖者，不能识此语之妙也。"仆居中陶，稼穑是力。秋夏之交，稍旱得雨，雨余徐步，清风猎猎，禾黍竞秀，濯尘埃而泛新绿，乃悟渊明之句善体物也。

〔南宋〕张表臣《珊瑚钩诗话》卷一　何文焕辑《历代诗话》本

张表臣

含蓄天成为上，破碎雕镂为下

篇章以含蓄天成为上，破碎雕锼①为下。如杨大年②西昆体，非不佳也，而弄斤操斧太甚，所谓七日而混沌死③也。以平夷恬淡为上，怪险蹶趋为下。如李长吉锦囊句，非不奇也，而牛鬼蛇神太甚，所谓施诸廊庙则骇矣。

〔南宋〕张表臣《珊瑚钩诗话》卷一　何文焕辑《历代诗话》本
①雕锼（sōu 搜），刻镂。
②杨大年，杨亿字大年，北宋西昆体诗人。
③混沌，《庄子·应帝王》寓言中的中央帝（神）名，混原作浑。南海帝倏与北海帝忽想报答中央帝浑沌的厚意，替他凿七窍，凿至第七日而浑沌死。

朱熹
诗视其志之高下

熹闻诗者，志之所之，在心为志，发言为诗。然则诗者，岂复有工拙哉？亦视其志之所向者高下如何耳。……至于格律之精粗，用韵、属对、比事、遣辞之善否，今以魏晋以前诸贤之作考之，盖未有用意于其间者，而况于古诗之流乎！

〔南宋〕朱熹《答杨宋卿书》 《四部丛刊》本《晦庵先生朱文公文集》卷三十九

严羽
《沧浪诗话》论诗

诗之品有九：曰高，曰古，曰深，曰远，曰长，曰雄浑，曰飘逸，曰悲壮，曰凄婉。《诗辩》

诗之极致有一，曰入神。诗而入神，至矣，尽矣，蔑以加矣。惟李杜得之，他人得之盖寡也。

看诗须着金刚眼睛，庶不眩于旁门小法。禅家有金刚眼睛之说。《诗法》

读《骚》之久，方识真味，须歌之抑扬，涕泪满襟，然后方识《离骚》。否则为戛釜撞瓮耳。《诗评》

〔南宋〕严羽《沧浪诗话》 何文焕辑《历代诗话》本

刘克庄
诗以简澹、微婉、轻清、虚明为佳

古诗远矣，汉魏以来，音调体制屡变，作者虽不必同，然其佳者必同。繁浓不如简澹,直肆不如微婉,重而浊不如轻而清,实而晦不如虚而明,不易之论也。

〔南宋〕刘克庄《跋真仁夫诗卷》 《四部丛刊》本《后村先生大全集》卷九十九

元好问

诗之工与病

诗之目既广,而诗评、诗品、诗说、诗式亦不可胜读。大概以脱弃凡近,澡雪尘翳,驱驾声势,破碎阵敌,囚锁怪变,轩豁幽秘,笼络今古,移夺造化为工;钝滞僻涩,浅露浮躁,狂纵淫靡,诡诞琐碎陈腐为病。

〔金〕元好问《陶然集序》 《四部丛刊》本《遗山先生文集》卷三十七

杨载

作诗要正大雄壮

作诗要正大雄壮,纯为国事。夸富耀贵伤亡悼屈一身者,诗人下品。

〔元〕杨载《诗法家数》 何文焕辑《历代诗话》本

高启

诗之要有格、意、趣

诗之要,有曰格、曰意、曰趣而已。格以辩其体,意以达其情,趣以臻其妙也。体不辩,则入于邪陋,而师古之义乖;情不达,则堕于浮虚,而感人之实浅;妙不臻,则流于凡近,而超俗之风微。三者既得,而后典雅冲淡,豪俊秾缛,幽婉奇险之辞,变化不一,随所宜而赋焉。如万物之生，洪纤各具乎天；四序之行，荣惨各适其职。又能声不违节，言必止义，如是而诗之道备矣。

〔明〕高启《独庵集序》 《四部丛刊》本《高太史凫藻集》卷二

李东阳

意贵远贵淡

诗贵意，意贵远不贵近，贵淡不贵浓。浓而近者易识，淡而远者难知。如杜子美"钩帘宿鹭起，丸药流莺啭"[①]，"不通姓字粗豪甚，指点银瓶索酒尝"，"衔泥点涴琴书内，更接飞虫打着人"；李太白"桃花流水杳然去，别有天地非人间"；王摩诘"返景入深林，复照莓苔上"，皆淡而愈浓，近而愈远，可与知者道，难与俗人言。

〔明〕李东阳《麓堂诗话》 丁福保辑《历代诗话续编》本

①此为《水阁朝霁奉简云安严明府》五言古诗第七、八句，阁内人动作与所见阁外景物合写。

谢榛

解诗勿泥其迹

诗有可解、不可解、不必解，若水月镜花，勿泥其迹可也。

〔明〕谢榛《四溟诗话》卷一 丁福保辑《历代诗话续编》本

王骥德

曲之神品绝技

套数之曲……其妙处，政不在声调之中，而在句字之外。又须烟波渺漫，姿态横逸，揽之不得，挹之不尽。摹欢则令人神荡,写怨则令人断肠,不在快人,而在动人。此所谓"风神",所谓"标韵",所谓"动吾天机"。不知所以然而然,方是神品,方是绝技。即求之古人,亦不易得。

〔明〕王骥德《曲律》卷三《论套数》 中国戏剧出版社《中国古典戏曲论著集成》

吴乔

诗如陶杜者为上

诗如陶渊明之涵养性情,杜子美之忧君爱国者,契于《三百篇》,上也;如李太白之遗弃尘事,放旷物表者,契于庄、列①,为次之;怡情景物,优闲自适者,又次之;叹老嗟卑者,又次之;留连声色者,又次之;攀援贵要者为下。而皆发于自心,虽有高下,不失为诗。惟人事之用者,同于彘肩②酒槛,不足为诗。

〔清〕吴乔《围炉讲话》卷一 郭绍虞辑《清诗话续编》本
①庄、列,道家庄子、列子。
②彘(zhì治)肩,猪腿。

吴乔

诗贵有含蓄不尽之意

诗贵有含蓄不尽之意,尤以不着意见、声色、故事、议论者为最上。义山刺杨妃事之"夜半宴归宫漏永,薛王沉醉寿王醒"①是也。稍着意见者,子美《玄元庙》之"世家遗旧史,道德付今王"是也。稍着声色者,子美之"落日留王母,微风倚少儿"②是也。稍用故事者,子美之"伯仲之间见伊吕,指挥若定失萧曹"是也。着议论而不大露圭角③者,罗昭谏之"静怜贵族谋身易,危觉文皇创业难"④是也。露圭角者,杜牧之《题乌江亭》诗之"胜负兵家未可期,包羞忍耻是男儿。江东子弟多才俊,卷土重来未可知"是也。然已开宋人门径⑤矣。

〔清〕吴乔《围炉讲话》卷一　郭绍虞辑《清诗话续编》本
① 杨妃原为寿王妻,为父皇夺去,故"寿王醒"。
② 诗题《宿昔》,追忆明皇宫中行乐事。王母,喻杨贵妃;少儿,喻其姊妹秦、虢国夫人。
③ 圭角,圭玉的棱角,犹言锋芒。
④ 晚唐诗人罗隐(字昭谏)《中元甲子以辛丑驾幸蜀》诗句。
⑤ 宋人门径,宋人以议论为诗的门路。

王夫之

"兴观群怨"以辨诗

"诗可以兴,可以观,可以群,可以怨。"①尽矣。辩汉、魏、唐、宋之雅俗得失以此,读《三百篇》者必此也。

〔清〕王夫之《姜斋诗话》卷上　丁福保辑《清诗话》本
① 语出《论语·阳货》。兴,感发志意。

贺贻孙

诗贵厚

"厚"之一言,可蔽《风》《雅》。《古十九首》,人知其澹,不知其厚。所谓厚者,以其神厚也,气厚也,味厚也。即如李太白诗歌,其神气与味皆厚,不独少陵也。他人学少陵者,形状庞然,自谓厚矣,及细测之,其神浮,其气嚣,其味短。画孟贲①之目,大而无威;塑项籍之貌,猛而无气,安在其能厚哉!

〔清〕贺贻孙《诗筏》　郭绍虞辑《清诗话续编》本

①孟贲（bēn奔），战国时秦著名武士。

吴雷发

勿以一首一句便定人高下

一首一句，未必便能定人高下。人皆惑于虚声之士，以名士自命，阅人一首一句，即侈然评论，并欲概其生平，于是随声附和，茫无定见矣。不知古人以诗名者，集中尽有平庸之处，亦有毕世吟哦，仅得一二名句者，何可以概论。

〔清〕吴雷发《说诗菅蒯》　丁福保辑《清诗话》本

吴雷发

诗贵一气贯注，写出眼前道理

一首贵一气贯注。凡诗之精炼者，或少排宕流利，若能兼之，斯为上乘。落想时必与众人有云泥之隔，及写出却是眼前道理。文辞能千古常新者，恃有此耳。

〔清〕吴雷发《说诗菅蒯》　丁福保辑《清诗话》本

乔亿

诗当论性情、风韵

陈白沙①曰："论诗当论性情，论性情先论风韵，无风韵则无诗矣。"愚谓先生深味道腴，自具性情，故首以风韵为言。至近代名家，专尚风韵，不问性情，反得谓之有诗乎哉！○宋以来学《击壤集》②者多涉学究语，又或以书为诗，以文为诗，其乏风韵以此。

〔清〕乔亿《剑溪说诗》卷下　郭绍虞辑《清诗话续编》本

①陈白沙，原名献章，字公甫，明思想家、诗人。

②《击壤集》，宋邵雍撰，自言自乐之诗。《四库全书总目提要》："沿及北宋，鄙唐人之不知道，于是以论理为本，以修词为末，而诗格于是乎大变。此集其尤著者也。"

薛雪

听谈诗须竖起脊梁，撑开慧眼

诗文无定价，一则眼力不济，嗜好各别；一则阿私所好，爱而忘丑。或心知，或亲串，必将其声价逢人说项①，极口揄扬。美则牵合归之，疵则宛转掩之。谈诗论文，开口便以其人为标准，他人纵有杰作，必索一瘢以诋之。后生立脚不定，无不被其所惑。吾辈定须竖起脊梁，撑开慧眼；举世誉之而不加劝，举世非之而不加沮。则魔群妖党，无所施其伎俩矣。

〔清〕薛雪《一瓢讲话》　丁福保辑《清诗话》本

①说项，说人好话，替人吹嘘。唐杨敬之《赠项斯》诗："平生不解藏人善，到处逢人说项斯。"

徐增

论诗须细心探讨

今人论诗辄云：有意无意，可解不可解。此二语误人不浅。吾观古诗无一字无着落，须细心探讨，方不堕入云雾中，则将来诗道有兴矣。

〔清〕徐增《而庵讲话》　丁福保辑《清诗话》本

袁枚

论诗勿随声，要审音

徐凝《咏瀑布》云："万古常疑白练飞，一条界破青山色。"的是佳语。而东坡以为恶诗，嫌其未超脱也。然东坡《海棠》诗云："朱唇得酒晕生脸，翠袖卷纱红映肉。"似比徐凝更恶矣。人震苏公之名，不敢掉罄。此应劭所谓"随声者多，审音者少"也。

〔清〕袁枚《随园诗话》卷一　人民文学出版社校点本

袁枚

入人心脾便是佳诗

诗能入人心脾，便是佳诗，不必名家老手也。金陵弟子岳树德滋园，初学为诗，《铜陵夜泊》云："橹声乍住月初明，散步江皋宿雁惊。忽听邻舟故乡语，纵非相识也关情。"《古寺》云："寺荒僧去钟犹在，碑老苔生字半存。"……

〔清〕袁枚《随园诗话补遗》卷二　人民文学出版社校点本

朱庭珍

诗以超妙为贵

诗以超妙为贵，最忌拘滞呆板。故东坡云："赋诗必此诗，定非知诗人。"谓诗之妙谛，在不即不离，若远若近，似乎可解不可解之间。即严沧浪所谓"镜中之花，水中之月，但可神会，难以迹求"。司空表圣所谓"超以象外，得其环中"[①]是也。盖兴象玲珑，意趣活泼，寄托深远，风韵泠然，故能高踞题巅，不落蹊径，超超玄著，耿耿元精，独探真际于个中，遥流清音于弦外,空诸所有,妙合天籁。放翁云:"文章本天成,妙手偶得之。"亦即此种境诣。诗至此境,如画家神品逸品,更出能品奇品之上。凡诗皆贵此诣,不止咏物诗以此诣为最上乘。

〔清〕朱庭珍《筱园诗话》卷一　郭绍虞辑《清诗话续编》本

①此为司空图《诗品·雄浑》中语,意为超出迹象之外,仍得环中之妙。

▍方南堂

风雅之正传

有诗人之诗,有学人之诗,有才人之诗。……诗人之诗,心地空明,有绝人之智慧;意度高远,无物类之牵缠。诗书名物,别有领会;山川花鸟,关我性情。信手拈来,言近旨远,笔短意长,聆之声希,咀之味永。此禅宗之心印,风雅之正传也。

〔清〕方南堂《辍锻录》　郭绍虞辑《清诗话续编》本

▍方南堂

先辨是诗非诗

作诗未辨美恶,当先辨是非。有出入经史,上下古今,不可谓之诗者;有寻常数语,了无深意,不可不谓之诗者。会乎此,可与入诗人之域矣。

〔清〕方南堂《辍锻录》　郭绍虞辑《清诗话续编》本

▍陈廷焯

不容穿凿,必须考镜

《词选》云:"碧山①咏物诸篇,并有君国之忧。"自是确论。读碧山词者,不得不兼时势言之,亦是定理。或谓不宜附会穿凿，此特老生常谈，知其一不知其二。古人诗词，有不容穿凿者，有必须考镜者，明眼人自能辨之。否则徒为大言欺人，彼方自谓识超，吾直笑其未解。

〔清〕陈廷焯《白雨斋词话》卷二　人民文学出版社校点本
①碧山，王沂孙号。

王国维

大家之言情写景

大家之作，其言情也必沁人心脾，其写景也必豁人耳目。其辞脱口而出，无矫揉装束之态。以其所见者真，所知者深也。诗词皆然。持此以衡古今之作者，可无大误矣。

〔清〕王国维《人间词话》卷上　中华书局校注本

樊志厚

文学之工不工视其意境之有无与深浅

文学之事，其内足以抒己，而外足以感人者，意与境二者而已。上焉者意与境浑，其次或以境胜，或以意胜。苟缺其一，不足以言文学。原夫文学之所以有意境者，以其能观也。出于观我者，意余于境；而出于观物者，境多于意。然非物无以见我，而观我之时，又自有我在。故二者常互相错综，能有所偏重，而不能有所偏废也。文学之工不工，亦视其意境之有无与其深浅而已。

尹按：清光绪丙午（1906）三月，樊志厚应王国维之嘱为《人间词》甲稿作序。次年十月，王复请樊为《人间词》乙稿作序。《人间词话》校注者徐调孚1954年11月于《重印后记》说："署名山阴樊志厚的《人间词》甲乙稿两序，据赵万里先生所作《年谱》，实在是王国维自己的作品。"《人间词话新注》滕咸惠注引王幼安（王国维子）云："此二序虽为观堂手笔，而命意实出自樊氏"。王国维，字静安，号观堂。

〔清〕樊志厚《人间词乙稿序》　中华书局校注本《人间词话》补遗

2. 评赏举例

钟嵘

陶潜是古今隐逸诗人之宗

宋征士陶潜……文体省净，殆无长语。笃意真古，辞兴婉惬。每观其文，想其人德。世叹其质直。至如"欢言醉春酒"、"日暮天无云"，风华清靡，岂直为田家语邪？古今隐逸诗人之宗也。

〔梁〕钟嵘《诗品》卷中　何文焕辑《历代诗话》本

阮阅

司空图与杜甫诗之比较

司空表圣自论其诗以为得味外味，如"绿树连村暗，黄花入麦稀"，此句最善。又云："棋声花院闭，幡影石坛高。"吾尝独游五老峰白鹤观，松阴满庭，不见一人，惟闻琴磬之音，然后知此句之工，但恨其寒俭有僧态。若子美诗云："暗飞萤自照，水宿鸟相呼。""四更山吐月，残夜水明楼。"则才力富健，过表圣远甚。

〔北宋〕阮阅《诗话总龟》前集卷八　人民文学出版社校点本

■ 叶梦得

"池塘生春草"之工

"池塘生春草,园柳变鸣禽"①,世多不解此语之为工,盖欲以奇求之耳。此语之工,正在无所用意,猝然与景相遇,借以成章,不假绳削,故非常情所能到。诗家妙处,当须以此为根本,而思苦言难者,往往不悟。

〔北宋〕叶梦得《石林诗话》卷中　何文焕辑《历代诗话》本
①谢灵运《登池上楼》句。

■ 叶梦得

杜诗善用虚字

诗人以一字工,世固知之,惟老杜变化开阖,出奇无穷,殆不可以形迹捕。如"江山有巴蜀,栋宇自齐梁"。远近数千里,上下数百年,只在"有"与"自"两字间,而吞纳山川之气,俯仰古今之怀,皆见于言外。《滕王亭子》"粉墙犹竹色,虚阁自松声",若不用"犹"与"自"两字,则余八言凡亭子皆可用,不必滕王也。此皆工妙至到,人力不可及,而此老独雍容闲肆,出于自然,略不见其用力处。今人多取其已用字模放用之,偃蹇狭陋,尽成死法。不知意与境会,言中其节,凡字皆可用也。

〔北宋〕叶梦得《石林诗话》卷中　何文焕《历代诗话》本

叶梦得

独爱"初日芙蕖"与"弹丸脱手"

古今论诗者多矣,吾独爱汤惠休称谢灵运为"初日芙蕖",沈约称王筠为"弹丸脱手"两语,最当人意。"初日芙蕖",非人力所能为,而精彩华妙之意,自然见于造化之妙,灵运诸诗,可以当此者亦无几。"弹丸脱手",虽是输写便利,动无留碍,然其精圆快速,发之在手,筠亦未能尽也。然作诗审到此地,岂复更有余事。

〔北宋〕叶梦得《石林诗话》卷下　何文焕《历代诗话》本

杨万里

苏轼《煎茶》诗之意味

东坡《煎茶》诗云:"活水还将活火烹,自临钓石汲深清。"第二句七字而具五意:水清,一也;深处清,二也;石下之水,非有泥土,三也;石乃钓石,非寻常之石,四也;东坡自汲,非遣卒奴,五也。"大瓢贮月归春瓮,小杓分江入夜瓶。"其状水之清美极矣。分江二字,此尤难下。"雪乳已翻煎处脚,松风仍作泻时声。"此倒语也①,尤为诗家妙法,即少陵"红稻啄余鹦鹉粒,碧梧栖老凤凰枝"也。"枯肠未易尽三碗,卧听山城长短更。"又翻却卢仝公案。仝吃到七碗②,坡不禁三碗。山城更漏无定,长短二字,有无穷之味。

〔南宋〕杨万里《诚斋诗话》　丁福保辑《历代诗话续编》本
①顺语应是"煎处已翻雪乳脚,泻时仍作松风声"。②唐卢仝《走笔谢孟谏议寄新茶》:"七碗吃不得,惟觉两腋习习清风生。"

严羽

《沧浪诗话》评诗

唐人与本朝人诗,未论工拙,直是气象不同。

诗有词理意兴。南朝人尚词而病于理,本朝人尚理而病于意兴,唐人尚意兴而理在其中。汉魏之诗,词理意兴,无迹可求。

汉魏古诗,气象混沌,难以句摘。晋以还方有佳句,如渊明"采菊东篱下,悠然见南山",谢灵运"池塘生春草"之类。谢所以不及陶者,康乐之诗精工,渊明之诗质而自然耳。

黄初之后,惟阮籍《咏怀》之作,极为高古,有建安风骨。

李、杜二公,正不当优劣。太白有一二妙处,子美不能道;子美有一二妙处,太白不能作。子美不能为太白之飘逸,太白不能为子美之沉郁。

少陵诗法如孙吴,太白诗法如李广,少陵如节制之师。

高、岑之诗悲壮,读之使人感慨;孟郊之诗刻苦,读之使人不欢。

《楚词》,惟屈、宋诸篇当读之外,此惟贾谊《怀长沙》、淮南王《招隐》操、严夫子《哀时命》[1]宜熟读。此外亦不必也。

《九章》不如《九歌》,《九歌·哀郢》尤妙。

孟浩然之诗,讽咏之久,有金石宫商之声。

唐人七言律诗,当以崔颢《黄鹤楼》第一。

〔南宋〕严羽《沧浪诗话·诗评》 何文焕《历代诗话》本

[1]严夫子,庄忌,避明帝讳改姓严,汉辞赋家,作品仅存《哀时命》,哀悼屈原,感伤身世。

魏庆之

臞翁诗评[1]

魏武帝如幽燕老将，气韵沉雄；曹子建如三河少年，风流自赏；鲍明远[2]如饥鹰独出，奇矫无前；谢康乐如东海扬帆，风日流丽；陶彭泽如绛云在霄，舒卷自如；王右丞如秋水芙蕖，倚风自笑；韦苏州如园客独茧[3]，暗合音徽；孟浩然如洞庭始波，木叶微脱；杜牧之如铜丸走坂，骏马注坡；白乐天如山东父老课农桑，言言皆实；元微之如李龟年说天宝遗事，貌悴而神不伤；刘梦得如镂冰雕琼，流光自照；李太白如刘安鸡犬，遗响白云，核其归存，恍无定处；韩退之如囊沙背水，惟韩信独能；李长吉如武帝食露盘，无补多欲；孟东野如埋泉断剑，卧壑寒松；张籍如优工行乡饮，酬献秩如，时有诙气；柳子厚如高秋独眺，霁晚孤吹；李义山如百宝流苏，千丝铁网，绮密瑰妍，要非适用。本朝苏东坡如屈注天潢，倒连沧海，变眩百怪，终归雄浑；欧公如四瑚八琏，止可施之宗庙；荆公如邓艾缒兵入蜀，要以嶮绝为功；山谷如陶弘景祗诏入宫，析理谈玄，而松风之梦故在；梅圣俞如关河放溜，瞬息无声；秦少游如时女步春，终伤婉弱；后山如九皋独唳，深林孤芳，冲寂自妍，不求识赏；韩子苍[4]如梨园按乐，排比得伦；吕居仁如散圣安禅，自能奇逸。其他作者，未易殚陈。独唐杜工部，如周公制作，后世莫能拟议。

〔南宋〕魏庆之《诗人玉屑》卷二　上海古籍出版社排印本
①臞翁，敖陶孙，字器之，号臞庵、臞翁，南宋诗人。
②鲍明远，鲍照，南朝宋文学家。
③茧，声音微细。
④韩子苍，韩驹，北宋末南宋初诗人。

■ 李东阳

黄庭坚诗如熊蹯鸡跖

熊蹯鸡跖①，筋骨有余，而肉味绝少。好奇者不能舍之，而不足以厌饫②天下。黄鲁直诗大抵如此，细咀嚼之可见。

〔明〕李东阳《麓堂诗话》　丁福保辑《历代诗话续编》本

①熊蹯（fán 烦）鸡跖（zhí 职），熊掌鸡脚。
②厌饫（yù 玉），饱食。厌，通"餍"。

■ 王世贞

《孔雀东南飞》：长篇之圣

《孔雀东南飞》质而不俚，乱而能整，叙事如画，叙情若诉，长篇之圣也。人不易晓，至以《木兰》并称。

〔明〕王世贞《艺苑卮言》卷二　丁福保辑《历代诗话续编》本

■ 王世贞

李杜之优劣

李、杜光焰千古，人人知之。沧浪①并极推尊，而不能致辨。元微之②独重子美，宋人以为谈柄。近时杨用修为李左袒③，轻俊之士往往傅④耳。要其所得，俱影响之间。五言古、《选》体⑤及七言歌行，太白以气为主，以自然为宗，以俊逸高畅为贵；子美以意为主，以独造为宗，以奇拔沉雄为贵。其歌行之妙，咏之使人飘扬欲仙者，太白也；使人慷慨激烈，欷歔欲绝者，子美也。《选》体，太白多露语率语，子美多稚语累语，置之陶、谢间，便觉伧父面目，乃欲使之夺曹氏父子位耶⑥！五言律、七言歌行，子美神矣，七言律，圣矣。五七言绝，太白神矣，七言歌行，圣矣，五言次之。太白之七言律，子美之七言绝，皆变体，间为之可耳，不足多法也。

〔明〕王世贞《艺苑卮言》卷四　丁福保辑《历代诗话续编》本

①沧浪，严羽《沧浪诗话·诗评》。

②元稹《唐检校工部员外郎杜君墓志铭并序》言，子美"尽得古今之体势，而兼文人之所独专"，"则诗人以来，未有如子美者"。

③杨慎《升庵诗话》言，"太白诗，仙翁剑客之语；少陵诗，雅人骚士之词"。左袒，偏袒。

④傅，同"附"，附和。

⑤《选》体，《文选》所选诗体，五言古诗。

⑥王世贞以为李、杜的五言古诗，不如陶渊明、谢灵运，也撼动不了曹操父子三人的地位。

胡应麟

《敕勒歌》浑朴莽苍

齐、梁后，七言无复古意。独斛律金①《敕勒歌》云："敕勒川，阴山下，天似穹庐[笼]盖四野。天苍苍，野茫茫，风吹草底[低]见牛羊。"大有汉魏风骨。金武人，目不知书，此歌成于信口，咸谓宿根。不知此歌之妙，正在不能文者，以无意发之，所以浑朴莽苍，暗合前古。推之两汉，乐府歌谣，采自闾巷，大率皆然。使当时文士为之，便欲雕缋满眼，况后世操觚②者！

〔明〕胡应麟《诗薮》内编卷三　上海古籍出版社排印本

①斛律金，北齐朔州（今山西北部）敕勒部人，善骑射，曾为汾州刺史。

②操觚（gū孤），写作。觚，古代写字用的木板，又指一种酒器。

施闰章

唐人绝句有直述而自然入妙

太白、龙标外，人各逞能。有一口直述，绝无含蓄转折，自然入妙。如："昔年今日此门中，人面桃花相映红。人面不知何处去？桃花依旧笑春风。""清江一曲柳千条，二十年前旧板桥。曾与美人桥上别，恨无消息到今朝。""画松一似真松树，待我寻思记得无？曾在天台山上见，石桥南畔第三株。"此等着不得气力学问，所谓诗家三昧，直让唐人独步；宋贤要入议论，着见解，力可拔山，去之弥远。

〔清〕施闰章《蠖斋诗话》 丁福保辑《清诗话》本

贺贻孙

宋末诗人悲愤尽泄于诗，情真语切

谓宋诗不如唐，宋末诗又不如宋，似矣。然宋之欧、苏，其诗别成一派，在盛唐中亦可名家。而宋末诗人，当革命之际，一腔悲愤，尽泄于诗。如家铉翁①《忆故人》诗云："曾向钱塘住，闻鹃忆蜀乡。不知今夜梦，到蜀到钱塘？"王曼之②《幽窗诗》云："西窗枕寒池，池边老松树。渴猿下偷泉，见影忽惊去。"谢皋羽③咏《商人妇》云："抱儿来拜月，去日尔初生。已自满三载，无人问五行。孤灯寒杵石，残梦远钟声。夜夜邻家女，吹箫到二更。"又《过杭州故宫诗》二首云："禾黍何人为守阍，落花台殿暗销魂。朝元阁下归来燕，不见前头鹦鹉言。""紫云楼阁宴流霞，今日凄凉佛子家。残照下山花雾散，万年枝上挂袈裟。"皆宋、元间人也，情真语切，意在言外，何遽减唐人耶？

〔清〕贺贻孙《诗筏》卷一　郭绍虞辑《清诗话续编》本
①家铉翁，南宋末大臣，元初隐士。
②王晏之，不详。
③谢皋羽，谢翱，字皋羽，号晞发子，南宋末爱国诗人。

王士禛

诗之逸品

或问"不著一字，尽得风流"①之说。答曰：太白诗："牛渚西江夜，青天无片云；登高望秋月，空忆谢将军。余亦能高咏，斯人不可闻；明朝挂帆去，枫叶落纷纷。"襄阳②诗："挂席几千里，名山都未逢；泊舟浔阳郭，始见香炉峰。常读远公传，永怀尘外踪；东林不可见，日暮空闻钟。"诗至此，色相俱空，政如羚羊挂角，无迹可求，画家所谓逸品是也。《分甘余话》

〔清〕王士禛《带经堂诗话》卷三　人民文学出版社校点本
①语出司空图《诗品·含蓄》，意为不用一个字来点明要表达情意，就已十分完美精妙，使人体味到言外的情思。
②襄阳，孟浩然，襄阳人。

叶矫然

《锦瑟》诗用事写意

李义山《锦瑟》诗："锦瑟无端五十弦，一弦一柱思华年。庄生晓梦迷蝴蝶，望帝春心托杜鹃。沧海月明珠有泪，蓝田日暖玉生烟。此情可待成追忆，只是当时已惘然。"黄山谷不晓其义，盖未识其寓言之意也。细味此诗，起句说"无端"，结句说"惘然"，分明是义山自悔其少年场中，风流摇荡，到今始知其有情皆幻，有色皆空也。次句说"思华年"，懊悔之意毕露矣。此与香山《和微之梦游》诗同意。"晓梦"、"春心"、"月明"、"日暖",俱是形容其风流摇荡处,着解不得。义山用事写意,皆此类也。袁中郎谓《锦瑟》诗直谜而已,岂知义山也哉?

〔清〕叶矫然《龙性堂诗话》初集　郭绍虞辑《清诗话续编》本
①袁中郎,袁宏道,字中郎,号石公,明文学家,论诗主性灵。

袁枚

妙在孩子语

余尝谓:诗人者,不失其赤子之心者也。沈石田[①]《落花》诗云:"浩劫信于今日尽,痴心疑有别家开。"……近人陈楚南《题背面美人图》云:"美人背倚玉阑干,惆怅花容一见难。几度唤他他不转,痴心欲掉画图看。"妙在皆孩子语也。

〔清〕袁枚《随园诗话》卷三　人民文学出版社校点本
①沈石田,字启南,号白石翁,明画家,吴门四家之首。

赵翼

论陆游古今体诗

放翁以律诗见长,名章俊句,层见叠出,令人应接不暇。使事必切,属对必工;无意不搜,而不落纤巧;无语不新,亦不事涂泽:实古来诗家所未见也。然律诗之工,人皆见之,而古体则莫有言及者。抑知其古体诗,才气豪健,议论开辟;引用书卷,皆驱使出之,而非徒以数典为能事;意在笔先,力透纸背;有丽语而无险语,有艳词而无淫词;看似华藻,实则雅洁;看似奔放,实则谨严:此古体之工力,更深于近体也。或者以其平易近人,疑其少炼;抑知所谓炼者,不在乎奇险诘屈、惊人耳目，而在乎言简意深，一语胜人千百。此真炼也。放翁工夫精到，出语自然老洁，他人数言不能了者，只用一二语了之。此其炼在句前，不在句下，观者并不见其炼之迹，乃真炼之至矣。试观唐以来古体诗，多有至千余言四五百言者；放翁古诗，从未有至三百言以外，而浑浩流转，更觉沛然有余，非其炼之极功哉！至近体之刮垢磨光，字字稳惬，更无论矣。又放翁古今体诗，每结处必有兴会、有意味，绝无鼓衰力竭之态：此固老寿享福之征，亦其才力雄厚，不如是则不快也。

〔清〕赵翼《瓯北诗话》卷一　人民文学出版社校点本

管世铭

古近各体诗声不同

五言古诗，琴声也，醇至澹泊，如空山之独往。七言歌行，鼓声也，屈蟠顿挫，若渔阳之怒挝。五言律诗，笙声也，云霞缥缈，疑鹤背之初传。七言律诗，钟声也，震越浑锽，似蒲牢①之乍吼。五言绝句，磬声也，清深促数，想羁馆之朝击。七言绝句，笛声也，曲折缭亮，类羌城之暮吹。

〔清〕管世铭《读雪山房唐诗序例》　郭绍虞辑《清诗话续编》本
①蒲牢，传说中的海兽，受鲸撞则大鸣。钟上多作兽纽，就是蒲牢的形象。

施补华

杜甫《月夜》无笔不曲

诗犹文也，忌直贵曲。少陵"今夜鄜州月，闺中只独看"，是身在长安，忆其妻在鄜州看月也。下云"遥怜小儿女，未解忆长安",用旁衬之笔;儿女不解忆,则解忆者独其妻矣。"香雾云鬟""清辉玉臂",又从对面写,由长安遥想其妻在鄜州看月光景。收处作期望之词,恰好去路,"双照"紧对"独看",可谓无笔不曲。

〔清〕施补华《岘佣说诗》卷下　丁福保辑《清诗话》本

陈廷焯

苏辛并称,绝不相似

苏辛并称,然两人绝不相似。魄力之大,苏不如辛;气体之高,辛不逮苏远矣。东坡词寓意高远,运笔空灵,措语忠厚,其独至处,美成、白石亦不能到。昔人谓东坡词非正声,此特拘于音调言之,而不究本原所在,眼光如豆,不足与之辩也。

词至东坡,一洗绮罗香泽之态,寄慨无端,别有天地。《水调歌头》《卜算子·雁》《贺新凉》《水龙吟》诸篇,尤为绝构。

辛稼轩,词中之龙也,气魄极雄大,意境却极沉郁。不善学之,流入叫嚣一派,论者遂集矢于稼轩,稼轩不受也。

稼轩词仿佛魏武诗,自是有大本领大作用人语。

〔清〕陈廷焯《白雨斋词话》卷一　人民文学出版社校点本

陈廷焯

稼轩词之笔力与绝技

稼轩词,自以《贺新郎·别茂嘉十二弟》一篇为冠。沉郁苍凉,跳跃动荡,古今无此笔力。

稼轩词着力太重处,如《破阵子·为陈同甫赋壮词以寄之》、

《水龙吟·过南涧双溪楼》等作，不免剑拔弩张。余所爱者，如"红莲相倚深如怨，白鸟无言定是愁"，又"不知筋力衰多少，但觉新来懒上楼"，又"城中桃李愁风雨，春在溪头荠菜花"之类，信笔写去，格调自苍劲，意味自深厚。不必剑拔弩张，洞穿已过七札，斯为绝技。

〔清〕陈廷焯《白雨斋词话》卷一　人民文学出版社校点本

（二）诗人修养

屈原

《离骚》语录

长太息以掩涕兮，哀民生之多艰。

亦余心之所善兮，虽九死其犹未悔。

路曼曼①其修远兮，吾将上下而求索。

〔战国·楚〕屈原《离骚》 《四部丛刊》本《楚辞》
①曼曼，同"漫漫"，长远貌。

司马迁

屈原志可与日月争光

屈平①……其志洁，故其称物芳。其行廉②，故死而不容自疏③。濯淖污泥之中，蝉蜕于浊秽，以浮游尘埃之外，不获世之滋④垢，皭然⑤泥而不滓者也。推此志也，虽与日月争光可也。

〔西汉〕司马迁《史记·屈原贾生列传》 中华书局排印本
①屈平，屈原名平。
②廉，棱角，引申为方正。
③疏，疏失，懈怠。
④滋，污黑。
⑤皭（jiào 教，jué 绝）然，洁白貌。

陶渊明

陶渊明著文自娱，忘怀得失

环堵萧然，不蔽风日，短褐穿结，箪瓢屡空，晏如也。常著文章自娱，颇示己志，忘怀得失，以此自终。赞曰：黔娄①之妻有言：不戚戚于贫贱，不汲汲于富贵。其言兹若人之俦乎！

〔晋〕陶渊明《五柳先生传》 中华书局《陶渊明集》卷六
①黔娄，战国时齐隐士，辞官不就，安贫乐道。

曹丕

文人勿相轻，应审己以度人

文人相轻，自古而然。傅毅①之于班固，伯仲之间耳，而固小之，与弟超书曰："武仲以能属文为兰台令史，下笔不能自休。"夫人善于自见②，而文非一体，鲜能备善，是以各以所长，相轻所短。里语曰："家有弊帚，享之千金。"斯不自见③之患也。

今之文人，鲁国孔融文举，广陵陈琳孔璋，山阳王粲仲宣，北海徐干伟长，陈留阮瑀元瑜，汝南应玚德琏，东平刘桢公干：斯七子者④，于学无所遗，于辞无所假，咸以自骋骥騄于千里，仰齐足而并驰。以此相服，亦良难矣。盖君子审己以度人，故能免于斯累。

〔三国·魏〕曹丕《典论·论文》 上海古籍出版社《文选》卷五十二
①傅毅，字武仲，汉章帝时任兰台令史，与班固等共同典校书籍。
②见（xiàn现），同"现"，表现。
③自见，自知之明。
④斯七子者，即建安七子；并驾齐驱，互相佩服，无文人相轻短于自见的毛病。

刘勰

才为盟主，学为辅佐

夫姜桂同地，辛在本性；文章由学，能在天资。才自内发，学以外成，有学饱而才馁，有才富而学贫。学贫者，迍邅①于事义；才馁者，劬劳于辞情：此内外之殊分②也。是以属意立文，心与笔谋，才为盟主，学为辅佐，主佐合德，文采必霸，才学褊狭，虽美少功。

〔梁〕刘勰《文心雕龙·事类》 人民文学出版社范注本
① 迍邅（zhūn zhān 谆沾），难行貌，处在困境。
② 分，数本作方。范注：铃木云：案《御览》作分不作方。

刘勰

词人勿务华弃实

《周书》论士，方之梓材①，盖贵器用而兼文采也。是以朴斫成而丹膗施，垣墉立而雕杇附②。而近代词人，务华弃实。……吁，可悲矣！

〔梁〕刘勰《文心雕龙·程器》 人民文学出版社范注本
① 梓材，木工选材制器。梓，泛指木工。
② 二句意为器用在先，文采在后。朴斫，砍削木材。丹膗（huò 获），朱红的颜料。朴，整治木材。垣墉，高低墙壁。杇（wū 污），涂饰墙壁的工具，粉刷。

杜甫

读书破万卷，下笔如有神

甫昔少年日，早充观国宾。读书破万卷，下笔如有神。赋料扬雄敌，诗看子建亲。

〔唐〕杜甫《奉赠韦左丞丈二十二韵》 中华书局《杜诗详注》卷一

杜甫

不薄今人，转益多师

不薄今人爱古人，清词丽句必为邻。窃攀屈宋宜方驾，恐与齐梁作后尘①。

未及前贤更勿疑，递相祖述复先谁②？别裁伪体亲风雅③，转益多师是汝师。

〔唐〕杜甫《戏为六绝句》 中华书局《杜诗详注》卷十一

①二句说，自己努力追攀屈原、宋玉的《楚辞》精神和风格，应与之并驾齐驱，警惕沾染齐、梁追求形式的浮华诗风。窃，谦词。

②句意说，自己将首先继承前贤优良传统。递相祖述，即辗转学习，互相传述。

③句意说，区别和排除那些伪诗，要效法《诗经》中那些反映现实生活的优秀作品。

韩愈

立言者无诱于势利，应养根而俟实

将蕲①至于古之立言者，则无望其速成，无诱于势利，养其根而俟其实，加其膏而希其光。根之茂者其实遂，膏之沃者其光晔。仁义之人，其言蔼如也。

〔唐〕韩愈《答李翊书》 商务印书馆《韩昌黎集》卷十六

①蕲，通"祈"，求。

欧阳修

穷者之言易工

君子之学，或施之事业，或见于文章，而常患于难兼也。

盖遭时之士，功烈显于朝廷，名誉光于竹帛，故其常视文章为末事，而又有不暇与不能者焉。至于失志之人，穷居隐约，苦心危虑，而极于精思，与其有所感激发愤，惟无所施于世者，皆一寓于文辞。故曰：穷者之言易工①也。

〔北宋〕欧阳修《薛简肃公文集序》 《四部丛刊》本《欧阳文忠公文集》
①韩愈《荆潭唱和诗序》："欢愉之辞难工，穷苦之言易好。"

苏轼

勤读多为，文字自工

顷岁孙莘老识欧阳文忠公①，尝乘间以文字问之。云："无他术，惟勤读书而多为之，自工。世人患作文字少，又懒读书，每一篇出，即求过人，如此少有至者。疵病不必待人指摘，多作自能见之。"

〔北宋〕苏轼《东坡志林》卷一 中华书局排印本
①孙莘老，孙觉，字莘老，高邮人，与苏轼有交往。欧阳文忠公，欧阳修，谥文忠。

陈师道

欧阳修为文有三多

永叔谓为文有三多：看多，做多，商量多也。

〔北宋〕陈师道《后山诗话》 何文焕辑《历代诗话》本

吕本中

文字频改，工夫自出

老杜云："新诗改罢自长吟。"文字频改，工夫自出。近世欧公作文，先贴于壁，时加窜定，有终篇不留一字者。鲁直长年[1]多改定前作，此可见大略。《丛话》前八 《竹庄》一 《玉屑》八

〔北宋〕吕本中《童蒙诗训》 郭绍虞辑《宋诗话辑佚》本

[1]鲁直，黄庭坚字。长年，老年。

葛立方

艰危困踣，不忘制述

自古文人，虽在艰危困踣之中，亦不忘于制述。盖性之所嗜，虽鼎镬在前不恤也，况下于此者乎？李后主在危城中，可谓危矣，犹作长短句。所谓"樱桃落尽春归去，蝶翻金粉双飞。子规啼月小楼西"，文未就而城破。蔡约之尝亲见其遗稿。东坡在狱中作诗《赠子由》云："是处青山可埋骨，他年夜雨独伤神。"犹有所托而作。李白在狱中作诗上崔相云："贤相燮元气，再欣海县康。应念覆盆[1]下，雪泣拜天光。"犹有所诉而作。是皆出于不得已者。刘长卿在狱中[2]，非有所托诉也，而作诗云："斗间谁与看冤气，盆下无由见太阳。"一诗云："壮志已怜成白发，馀生犹待发青春。"一诗云："冶长空得罪，夷甫不言钱。"[3]又有《狱中见画佛诗》，岂性之所嗜，则缧绁[4]之苦，不能易雕章缋句之乐与？

〔南宋〕葛立方《韵语阳秋》卷三 何文焕辑《历代诗话》本

[1]覆盆，比喻社会黑暗或沉冤莫白。

[2]刘长卿，字文房，性刚，多忤权贵。唐肃宗至德年间为转运使判官，因观察使诬奏，非罪系姑苏监狱。

[3]《罪所留系寄张十四》诗句。公冶长，孔子弟子。夷甫，王衍，字夷甫，西晋清谈家，不言钱。

[4]缧绁（léi xiè 雷泄），捆绑犯人的绳索，代指囚禁。

陆游

工夫在诗外

我初学诗日,但欲工藻绘;中年始少悟,渐若窥宏大。怪奇亦间出,如石漱湍濑。数仞李杜墙,常恨欠领会。元白才倚门,温李真自郐①。正令笔扛鼎,亦未造三昧②。诗为六艺一,岂用资狡狯?汝果欲学诗,工夫在诗外③。

〔南宋〕陆游《示子遹》 汲古阁本《剑南诗稿》卷七十八

①二句言元、白仅及李、杜门墙,温、李更下一等,不值得评说。自郐(kuài):《左传·襄公》二十九年,吴公子季扎在鲁观乐,对齐、魏、郑、秦等大国乐歌皆有评语,"自郐以下无讥焉"。郐,周诸侯国名,在今河南密县东北。

②三昧,佛学译语,事物的诀窍或精义。

③指作者对现实生活的体验和品德修养。陆游论诗:"法不孤生自古同,痴人乃欲镂虚空。君诗妙处吾能识,正在山程水驿中。"(《题庐陵萧彦毓秀才诗卷后》)"纸上得来终觉浅,绝知此事要躬行。"(《冬夜读书示子聿》)

陆游

有是实乃有是文

君子之有文也,如日月之明,金石之声,江海之涛澜,虎豹之炳蔚,必有是实,乃有是文。夫心之所养,发而为言,言之所发,比而成文。人之邪正,至观其文,则尽矣决矣,不可复隐矣。爝火不能为日月之明,瓦釜不能为金石之声,潢污不能为江海之涛澜,犬羊不能为虎豹之炳蔚,而或谓庸人能以浮文眩世,乌有此理也哉!使诚有之,则所可眩者,亦庸人耳。……天下岂有器识卑陋而文词超然者哉!

〔南宋〕陆游《上辛给事书》 《四部丛刊》本《渭南文集》卷十三

沈祥龙

有才而淫于富贵，移于贫贱，得不偿失

诗岂易言哉！才得之天，而气者我之所自养。有才矣，气不足以御之，淫于富贵，移于贫贱，得不偿失，荣不盖愧。诗由此出，而欲追古人之逸驾，讵可得哉！

〔南宋〕陆游《方德亨诗集序》 《四部丛刊》本《渭南文集》卷十四

严羽

入门须正，立志须高

夫学诗者以识为主，入门须正，立志须高，以汉、魏、晋、盛唐为师，不作开元、天宝以下人物。若自退屈，即有下劣诗魔入其肺腑之间，由立志之不高也。行有未至，可加工力；路头一差，愈骛愈远，由入门之不正也。故曰：学其上仅得其中，学其中斯为下矣。

〔南宋〕严羽《沧浪诗话·诗辨》 丁福保辑《历代诗话》本

范开

器大声必闳，志高意必远

器大者声必闳[①]，志高者意必远。知夫声与意之本原，则知歌词之所自出。是盖不容有意于作为，而其发越著见于声音言意之表者，则亦随其所蓄之浅深，有不能不尔者存焉耳。世言稼轩居士辛公之词似东坡，非有意于学坡也，自其发于所蓄者言之，则不能不坡若也。

〔南宋〕范开《稼轩词序》 上海古籍出版社《稼轩词编年笺注》附

①闳（hóng 洪），宏大。

刘克庄

诗人应有忧民之念

唐诗人出牧者，多夸说军府之雄，邑屋之丽，士女之盛。惟元道州《贼退示官吏》云："道呼且不忍，况乃鞭扑之。"韦苏州《寄人》云："身多疾病思田里，邑有流亡愧俸钱。"皆有忧民之念。

〔南宋〕刘克庄《后村诗话》后集卷二　中华书局排印本

①元道州，元结，字次山，唐代宗时任道州刺史。

元好问

工诗必生死于诗，反复锻炼

"毫发无遗恨"，"老去渐于诗律细"，"佳句法如何"，"新诗改罢自长吟"，"语不惊人死不休"，杜少陵语也。"好句似仙堪换骨，陈言如贼莫经心"，薛许昌①语也。"乾坤有清气，散入诗人脾，千人万人中，一人两人知"，贯休师语也。"看似寻常最奇崛，成如容易却艰难"，半山翁语也。"诗律伤严近寡恩"，唐子西②语也。子西又言："吾于他文，不至蹇涩，惟作诗极难苦，悲吟累日，仅自成篇。初读时未见可羞处，姑置之。后数日取读，便觉瑕疵③百出，辄复悲吟累日，反复改定，比之前作，稍有加焉。后数日复取读，疵病复出。凡如此数四，乃敢示人，然终不能工。"李贺母谓贺必欲呕出心乃已，非过论也。今就子美而下论之，后世果以诗为专门之学，求追配古人，欲不死生于诗，其可已乎！

〔金〕元好问《陶然集序》 《四部丛刊》本《遗山先生文集》卷三十七
①薛许昌，薛能，晚唐诗人。
②唐子西，北宋眉州人，有《唐子西文录》。
③壘（wěi伟），美。疑误，应如《诗人玉屑》作"疵"。

方回

诗人须有博识奇思

诗不过文章之一端，然必欲佳句脍炙人口，殆百不一二也。非有上下古今之博识，出入天地之奇思，则虽欲日锻月炼以求其佳，亦不能矣。

〔元〕方回《跋尤水寮诗》 四库全书《桐江集》卷三

辛文房

文人应文德兼备

人云：有德者或无文，有文者或无德。文德兼备，古今所难。《典论》谓"文人相轻，从古而然"，"各以所长，相轻所短"。矛盾之极，则是非锋起，隙始于毫末，祸大于丘山，前后类此多矣。夫以口舌常谈，无益无损，每至丧清德，负良友，承轻薄子之名，乏藏疾匿瑕之量。如此，功业未见其超者矣。君子所慎也。

〔元〕辛文房《唐才子传》卷八《曹唐》 上海古籍出版社排印本

宋濂

诗人须备才、功、师友、咏吟、江山助五美

诗缘情而托物者也，其亦易易乎！然非易也。非天赋超逸

之才，不能有以称其器。才称矣，非加稽古之功，审诸家之音节体制，不能有以究其施。功加矣，非良师友示之以轨度，约之以范围，不能有以择其精。师友良矣，非雕肝琢肾，宵咏朝吟，不能有以验其所至之浅深。吟咏侈矣，非得夫江山之助，则尘土之思，胶扰蔽固，不能有以发挥其性灵。五美云备，然后可以言诗矣。

〔明〕宋濂《刘兵部诗集序》 《四部丛刊》本《宋学士文集》卷十三

都穆

心画心声有失真者

扬子云曰："言心声也，字心画也。"盖谓观言与书，可以知人之邪正也。然世之偏人曲士，其言其字，未必皆偏曲。则言与书，又似不足以观人者。元遗山诗云："心画心声总失真，文章宁复见为人。高情千古《闲居赋》，争信安仁①拜路尘。"有识者之论，固如此。

〔明〕都穆《南濠诗话》 丁福保辑《历代诗话续编》本

①争信，怎信。安仁，潘岳字安仁，西晋文学家，其《闲居赋》有名，却谄事权贵贾谧，后被杀。

都穆

诗须苦吟

世人作诗以敏捷为奇，以连篇累册为富，非知诗者也。老杜云："语不惊人死不休。"盖诗须苦吟，则语方妙，不特杜为然也。贾阆仙①云："两句三年得，一吟双泪流。"孟东野②云："夜吟晓不休，苦吟鬼神愁。"卢延逊③云："险觅天应闷，狂搜海亦枯。"杜荀鹤云："生应无辍日，死是不吟时。"予由是知诗之不工，以不用心之故。盖未有苦吟而无好诗者。唐山人④题诗瓢云："作者方知吾苦心。"亦此意也。

〔明〕都穆《南濠诗话》 丁福保辑《历代诗话续编》本
①贾阆仙，贾岛，字阆仙，一作浪仙，中唐诗人。
②孟东野，孟郊，字东野，中唐诗人。
③卢延逊，应作卢延让，其《苦吟》云："莫话诗中事，诗中难更无。吟安一个字，捻断数茎须。险觅天应闷，狂搜海亦枯。不同文赋易，为著者之乎。"
④唐山人，唐求，唐末蜀州人，得诗即将稿捻为丸，置大瓢中。后卧病，投瓢于江，曰："兹瓢苟不沉没，得之者方知吾苦心耳。"

都穆

读书与为诗

老杜诗云："读书破万卷，下笔如有神。"萧千岩①云："诗不读书不可为，然以书为诗，则不可。"范景文②云："读书而至万卷，则抑扬高下，何施不可？非谓以万卷之书为诗也。"景文之语，犹千岩之意也。尝记昔人云："万卷书人谁不读？下笔未必能有神。"严沧浪云："诗有别材，非关书也。"斯言为得之矣。

〔明〕都穆《南濠诗话》 丁福保辑《历代诗话续编》本
①萧千岩，萧德藻，号千岩老人，南宋诗人。
②范景文，范晞文，南宋末太学生，著《对床夜语》。

谢榛

作诗勿自满

作诗勿自满。若识者诋诃，则易之。虽盛唐名家，亦有疵隙可议，所谓瑜不掩瑕是也。已成家数，有疵易露；家数未成，有疵难评。

作诗能不自满，此大雅之胎也。虽跻上乘，得正法眼评之尤妙。勤以进之，苦以精之，谦以全之。能入乎天下之目，则百世之目可知。

〔明〕谢榛《四溟诗话》卷二、三　　丁福保《历代诗话续编》本

谢榛

集众长合而为一

自古诗人养气，各有主焉。蕴乎内，著乎外，其隐见异同，人莫之辨也。熟读初唐盛唐诸家所作，有雄浑如大海奔涛，秀拔如孤峰峭壁，壮丽如层楼叠阁，古雅如瑶瑟朱弦，老健如朔漠横雕，清逸如九皋鸣鹤，明净如乱山积雪，高远如长空片云，芳润如露蕙春兰，奇绝如鲸波蜃气，此见诸家所养之不同也。学者能集众长合而为一，若易牙①以一味调和，则为全味矣。

〔明〕谢榛《四溟诗话》卷三　　丁福保《历代诗话续编》本
①易牙，春秋时齐桓公近臣，长于调味，善逢迎。

袁宗道

士先器识而后文艺

故君子者，口不言文艺，而先植其本。凝神而敛志，回光而内鉴，锷敛而藏声。其器若万斛之舟，无所不载也；若乔岳之屹立，莫撼莫震也；若大海之吐纳百川，弗涸弗盈也。其识若登泰顶而瞭远，尺寸千里也；若镜明水止，纤芥眉须无留形也；

若龟卜蓍筮，今古得失，凶吉修短，无遗策也。……信乎器识文艺，表里相须，而器识狷薄者，即文艺并失之矣。虽然，器识先矣，而识尤要焉。盖识不宏远者，其器必且浮浅。而包罗一世之襟度，固赖有昭晰六合之识见也。大其识者宜何如？曰：豁之以致知，养之以无欲，其庶乎！

〔明〕袁宗道《士先器识而后文艺》 明刻本《白苏斋类集》卷七

黄宗羲

作诗当性情、才识、火候三到

退山言作诗者，固当出之以性情，尤当扩之以才识，涵濡蕴蓄，更当俟之以火候，三者不至，不可以言诗。此与宋景濂①五美之论互相发明。

〔清〕黄宗羲《钱退山诗文序》 耕余楼本《南雷文存》三集卷一

①宋景濂，宋濂字景濂，号潜溪，别号龙门子，官翰林学士承旨，学者，与高启、刘基并称明初诗文三大家。

归庄

立德为立言之本

文章之道难矣！世之为诗古文者，多患才短；才赡矣，又患体杂；体醇矣，又患旨卑。立言之士，必有瑰异卓绝之才，得雅驯正大之体，而又议论关于名教，意旨合于圣贤，然后可以名世而传后。若此者，固已难矣，然而文章之道未尽也，盖有本原在焉。立德者，立言之本原也。苟但求工于文辞，而不思立德，考其行事，有与文辞不相似者，虽下笔语妙天下，不过文人而已，君子不贵也。

〔清〕归庄《黄蕴先生文集序》　中华书局《归庄集》卷三

叶燮

文人须才胆识力四者相济，以识为先

大约才、识、胆、力，四者交相为济，苟一有所歉，则不可登作者之坛。四者无缓急，而要在先之以识，使无识，则三者俱无所托。无识而有胆，则为妄，为卤莽，为无知，其言背理叛道，蔑如①也。无识而有才，虽议论纵横，思致挥霍，而是非淆乱，黑白颠倒，才反为累矣。无识而有力，则坚僻妄诞之辞，足以误人而惑世，为害甚烈。若在骚坛，均为风雅之罪人。惟有识则能知所从，知所奋，知所决，而后才与胆力，皆确然有以自信，举世非之，举世誉之，而不为其所摇，安有随人之是非以为是非者哉！其胸中之愉快自足，宁独在诗文一道已也！

〔清〕叶燮《原诗》内篇下　丁福保辑《清诗话》本
①蔑如，无视，盲目。

王士禛

根柢原于学问，兴会发于性情

夫诗之道，有根柢焉，有兴会焉，二者率不可得兼。镜中之象，水中之月，相中之色，羚羊挂角，无迹可求，此兴会也。本之《风》《雅》以导其源，泝之《楚骚》、汉魏乐府诗以达其流，博之《九经》①、《三史》②、诸子以穷其变，此根柢也。根柢原于学问，兴会发于性情。于斯二者兼之，又斡以风骨，润以丹青，谐以金石，

故能衔华佩实,大放厥词,自名一家。《渔洋文》

〔清〕王士禛《带经堂诗话》卷三　人民文学出版社校点本

①《九经》,九部儒家经典。唐代科举以《三礼》(《周礼》《仪礼》《礼记》)《三传》(《左传》《公羊传》《谷梁传》)连同《易》《书》《诗》合称九经。

②《三史》,《史记》《汉书》《后汉书》。

吴雷发

才识居读、做、讲究之先

笔墨之事,俱尚有才,而诗为甚。然无识不能有才,才与识实相表里。作诗须多读书,书所以长我才识也。然必有才识者方善读书,不然,万卷之书,都化尘壒①矣。诗须多做,做多则渐生才识也。然必有才识者方许多做,不然,如不识路者,愈走愈远矣。诗须多讲究,讲究多所以远其识、高其才也。然必有才识者方能讲究,不然,齐语楚咻②,茫然莫辨故也。故知才识尚居三者之先。

〔清〕吴雷发《说诗菅蒯》　丁福保辑《清诗话》本

①壒(ài 艾),尘埃。

②咻,喧嚷。《孟子·滕文公下》:"一齐人傅之,众楚人咻之。"

孔尚任

诗友应真实切磋,不以面谀为知己

捧读佳制,遂斗胆批改,盖遵台命,稍效其狂瞽之见,亦不敢自外之意也。拙句亦改数字,仍望再赐批抹。庶见吾两人真实切磋,不似泛交朋友,以面谀为知己耳。

〔清〕孔尚任《与李季霖刑部》　中华书局《孔尚任诗文集》卷七

李沂

学诗八字诀

学诗有八字诀,曰:多读、多讲、多作、多改而已。

〔清〕李沂《秋星阁诗话》 丁福保辑《清诗话》本

沈德潜

有第一等襟抱学识,斯有第一等真诗

有第一等襟抱,第一等学识,斯有第一等真诗。如太空之中,不着一点;如星宿之海,万源涌出;如土膏既厚,春雷一动,万物发生。古来可语此者,屈大夫以下数人而已。

〔清〕沈德潜《说诗晬语》卷上 丁福保辑《清诗话》本

徐增

人高诗高,人俗诗俗

诗乃人之行略,人高则诗亦高,人俗则诗亦俗,一字不可掩饰,见其诗如见其人。

〔清〕徐增《而庵诗话》 丁福保辑《清诗话》本

薛雪

作诗必先有诗之基

作诗必先有诗之基,胸襟是也。有胸襟然后能载其性情智慧,随遇发生,随生即盛。千古诗人推杜浣花,其诗随所遇之人、之境、之事、之物,无处不发其思君王,忧祸乱,悲时日,念友朋,吊古人,怀远道。凡欢娱、忧愁、离合、今昔之感,一一触类

而起；因遇得题，因题达情，因情敷句，皆由有胸襟以为基。如时雨一过，夭矫百物，随地而兴，生意各别，无不具足。

〔清〕薛雪《一瓢诗话》 丁福保辑《清诗话》本

乔亿

诗文名不可以口舌争、势力取

凡诗文身后之名，不可以口舌争、势力取。用功深者，默以自验。○毁来而怒心不生，则几于成矣。

〔清〕乔亿《剑溪说诗》卷下 郭绍虞辑《清诗话续编》本

袁枚

多师是我师

少陵云："多师是我师。"非止可师之人而师之也；村童牧竖，一言一笑，皆吾之师，善取之皆成佳句。随园担粪者，十月中，在梅树下喜报云："有一身花矣！"余因有句云："月映竹成千'个'字，霜高梅孕一身花。"余二月出门，有野僧送行，曰："可惜园中梅花盛开，公带不去！"余因有句云："只怜香雪梅千树，不得随身带上船。"

〔清〕袁枚《随园诗话》卷二 人民文学出版社校点本

袁枚

读万卷书，行万里路，缺一不可

王兰泉[1]方伯诗，多清微平远之音。拟古乐府及初唐人体，最擅长。自随阿将军征金川，在路间寄《南斗集》一册，读之，俶诡奇险，大得江山之助。方信古人云："读万卷书，行万里路。"缺一不可也。

〔清〕袁枚《随园诗话补遗》卷一　人民文学出版社校点本
①王昶，字德甫，号兰泉，乾隆进士，刑部右侍郎。

洪亮吉

诗人大节不可亏

诗人不可无品，至大节所在，更不可亏。

〔清〕洪亮吉《北江诗话》卷四　人民文学出版社校点本

何绍基

临大节而不可夺，谓之不俗

所谓俗者，非必庸恶陋劣之甚也。同流合污，胸无是非，或逐时好，或傍古人，是之谓俗。直起直落，独来独往，有感则通，见义则赴，是谓不俗。高松小草，并生一山，各与造物之气通。松不顾草，草不附松，自为生气，不相假借。泥涂草莽，纠纷拖沓，沾滞不别，腐期斯至。前哲戒俗之言多矣，莫善于涪翁①之言曰："临大节而不可夺，谓之不俗。"欲学为人，学为诗文，举不外斯旨。

〔清〕何绍基《使黔草自序》　同治刻本《东洲草堂文钞》卷三
①涪翁，黄庭坚号。

曾国藩

读书要慎择

书籍之浩浩，著述者之众，若江海然，非一人之腹所能尽饮也，要在慎择焉而已。余既自度其不逮，乃择古今圣哲三十余人，命儿子纪泽图其遗像，都为一卷，藏之家塾。后嗣有志读书，取足于此，不必广心博骛，而斯文之传，莫大乎是矣。

〔清〕曾国藩《圣哲画像记》 人民文学出版社《近代文论选》录自《曾文正公全集》

刘熙载

诗人忧乐过人

"心之忧矣，其谁知之"[1]，此诗人之忧过人也。"独寐寤言，永矢弗告"[2]，此诗人之乐过人也。忧世乐天，固当如是。

〔清〕刘熙载《艺概·诗概》 上海古籍出版社排印本
① 《诗·魏风·园有桃》句。
② 《诗·卫风·考槃》句。考槃，敲盘以歌。

朱庭珍

平心静气，公道持论

凡人各有得力处，即各有不足处。自古及今，勿论名家大家，或诗或文，凡有专集行世者，其人必有擅长处，故能成名，自立当时，流传后世；亦必有见短处，可以指摘。后人但当平心静气，公道持论，取其长以为法，弃其短而勿犯，则观古人得失，皆于我有裨益，何庸一概毁誉，固执成见耶！其随众毁誉者，如矮人观场，随声附和，无足责矣。吾独不解近代之诗文家及操选政者，非无过人之才力学识，而好恶徇一己之私。其所好者，极力推尊，并为曲护其短；其所恶者，深文巧诋，直欲并没其长。近己者则好之，不近己者则恶之，绝不知有公道，入主出奴[1]，纷争不已，是诚何心哉！

〔清〕朱庭珍《筱园诗话》卷三　郭绍虞辑《清诗话续编》

①入主出奴，学术上门户之见，以自己所崇信的为主，以所排斥的为奴。

王国维

大诗人其人格自足千古

三代以下之诗人，无过于屈子、渊明、子美、子瞻者。此四子者，若无文学之天才，其人格亦自足千古。故无高尚伟大之人格，而有高尚伟大文章者，殆未之有也。

〔清〕王国维《文学小言》　人民文学出版社《近代文论选》录自《晚清文选》

王国维

成大事业大学问者必经三种境界

古今成大事业大学问者，必经过三种之境界："昨夜西风凋碧树。独上高楼，望尽天涯路。"①此第一境也。"衣带渐宽终不悔，为伊消得人憔悴。"②此第二境也。"众里寻他千百度，回头蓦见当作蓦然回首，那人正当作却在、灯火阑珊处。"③此第三境也。此等语皆非大词人不能道。然遽以此意解释诸词，恐为晏、欧诸公所不许也。

〔清〕王国维《人间词话》卷上　中华书局校注本
①晏殊《蝶恋花》句。
②柳永《凤栖梧》句。
③辛弃疾《青玉案·元夕》句。

王国维

诗人对宇宙人生须入乎其内,出乎其外

诗人对宇宙人生,须入乎其内,又须出乎其外。入乎其内,故能写之;出乎其外,故能观之。入乎其内,故有生气;出乎其外,故有高致。

〔清〕王国维《人间词话》卷上　中华书局校注本

后　记

　　为了学习和研究诗词的方便，从20世纪80年代中期起，我开始做卡片，积累有关古人诗论的资料。90年代末，大体形成一部书稿，拟名《古代诗论选粹》。由于个人文事不断，加上一场重病，不觉过了十余年，本人已进入耄耋，目视电脑屏幕有鲁鱼亥豕之误，这才着忙起来。为了成书面世，于是精简章节篇幅，改书名为《古人论诗创作》，进行最后增删，校阅，定稿，于2013年10月由中国书籍出版社出版。

　　承蒙时任中华诗词研究院副院长易行先生作序，高度评价此书。此书，实际也受到诗友们欢迎，一所高校一次购买20册，给学生阅读；一位诗人兼高端诗刊编辑置诸案头，随时翻检。越是这样受人重视和使用，我心越不安，因为书中有十来个错字，且有应该选入而未选的多条语录。为此，我决定自费出版增订本，借以消除已发现的差借，弥补其不足。

　　此次重新出版，总论部分首先增加了《诗的概念》，相当一个总的纲领，避免开头过于突兀。附论部分增加了《诗的评赏》。因为评赏与创作息息相关，相辅相成，评赏的标准就是创作要达到的目标。懂得评赏，无疑会帮助提高创作水平。我国古代诗人，很多同时是诗评论家。我希望如今诗界，创作与评论两翼齐飞。除增补一些条目外，个别栏目内容略有调整，增加了简注。

限于个人条件，难以接触到古籍的原版善本，许多条诗论转录自中华书局、商务印书馆、上海古籍出版社、人民文学出版社等出版的有关书籍，如《历代诗话》及《续编》，《清诗话》及《续编》，《带经堂诗话》等。郭绍虞主编的《中国历代文论选》，谭奠、谭全基所编《修辞资料汇编》，谭令仰所编《古代文论萃编》，对我的助益很大。我对这些出版社和编著者表示深深感谢。另外，我要感谢西北师大博导尹占华教授校阅了部分文稿，并帮助解决了某些疑难问题。

流光易逝，馀年无多。但愿这书能对传承中华文化，繁荣中国诗歌，提高诗人素养有所帮助，此生庶几少憾。

此书重新出版，可能出现新的差误，限于个人水平，难以避免，只有再度烦请读者专家指正。一介书生，别无可报，仍然只有深鞠一躬，道声谢谢了。

尹　贤

2020年7月于兰州望蜀斋

内容提要

　　本书选编古人论诗创作有代表性的言论约 900 条。内容分三大部分：总论，包括创作动机目的、立意与篇章结构、表现艺术、语言选炼、要诀与鉴戒、法度与变化、继承与创新等理论原则及方法；分论，根据今人写作诗词的状况和需要，一按诗体论古诗、律诗、绝句、词、曲的特点，一按诗类论山水、咏史怀古、咏物、题画、酬赠、时事讽喻等诗的写作；附论，关于诗的评赏和诗人修养。所选言论皆属古代诗论精要，切合实际，烛幽发微，启人心智。较深奥生僻处多有简注，以便阅读。中华诗词研究院前副院长易行言此书"堪称古体诗词创作的《论语》，是诗家'必读'"。它是广大爱诗写诗人的良师益友，又是诗词教学、研究、批评的顾问和助手。白话新诗人从中也可获得重要启迪。